第一章
婿探しは突然に

『父が急病。すぐに婿を見つけ帰郷せよ。婿は誰でもいい』

王宮の一角にある研究棟で、魔道具を使って届けられる短いメッセージが書かれたカード――魔法速達《マジックレター》を見たヴィエラ・ユーベルトは、一旦そのカードを仕事場の机に置いた。

乱れていたイエローブロンドの髪を手櫛で整え直し、寝不足で霞《かす》んでいる薄紅色の大きな瞳に目薬をさす。ついでに眠気覚ましの苦い栄養ドリンクを口にしてから、再度カードを見た。

「見間違いではないようね」

童顔とよく言われる顔を、思い切り顰《しか》めた。

ヴィエラは、田舎領地を治めるユーベルト子爵家の長女だ。領地は、王都から馬車で一週間ほどの場所にある。

昔は金が採れる鉱山があって栄えていたが、廃鉱山となってからは衰退。現当主であるヴィエラの父が、王家に領地の返上を申し出ても、他家に譲渡を申し出ても断られるほどの土地になってしまっている。

現在、ユーベルト子爵家は貧乏貴族として有名だ。

幸いにも、ヴィエラには魔法の才能があった。アルバイトをしながら魔法学校に通い、がむしゃらに勉強した結果、王宮魔法使いとして国に就職することができている。

今は魔法局の技術課という部署で働き、実家と王立学園に通う妹に仕送りをしている。贅沢はできないが、食費に困るほどでもない生活を送っていた。

つまり、社交界に頻繁に出るためのドレス代や参加費用を捻出できるほどの余裕はないということ。妹のデビュタントに付き添って以降、夜会には二年以上出ていない。

そして仕事漬けのため出会いもなく、令嬢の婚約適齢期である二十歳を二年ほど過ぎている状態だ。そんなヴィエラに対して、急に婿を見つけろというのは無理難題と言える。

これまでは、六つ年下の可愛らしい妹が金持ちを捕まえて、彼女が子爵家の後継者になるものだと思っていた。妹もそのつもりで高い学費を払ってまで王立学園に入学し、学園内で婿を見つけるために精を出している。

ちなみにこの国——トレスティ王国では、女性でも当主の座に就くことができる。

しかし、伴侶がいるという条件付きだ。

貴族の当主たるもの、後継者を用意しなければいけない。男性と違って女性には妊娠や出産が伴い、領主として働けない期間が発生する。それを補う相手が、あらかじめ必要というわけだ。

妹はまだ十七歳になったばかり。後継者資格を得られる十八歳までまだ一年もある。父に万が一のことがあった場合、後継者問題は宙ぶらりん状態となるだろう。

母ひとりでは、あの貧乏領地のやりくりをするのは難しい。伴侶を亡くしてしまえば、母でさえも当主資格を保有できないのだ。

そうなれば自動的に王家に領地が返上になるのだが、ユーベルト家が自主的に爵位返上しようとして断られた過去がある。旨味《うまみ》がないからと王家に放置され、領民が飢えるようなことになっても大変だ。

つまり頼みの綱は、ヴィエラが結婚して帰郷できるかにかかっているということ。だから費用が高くて、普段は使わない魔法速達《マジックレター》を使ってまでメッセージを送ってきたのだろう。

「困ったわ……どうやって婿を探せばいいのかしら」

頭を抱え、机に突っ伏した。

「ヴィエラ先輩、サボりですか？　僕が頼んだ魔道具の製作終わってないですよね？」

今、一番聞きたくない男性の声が後頭部に降ってきた。ヴィエラは顔を上げて、恨めしい視線を隠さず相手を見上げた。

「クレメント様、そこまで早くほしいのなら私以外の技術者を指名してくださいませ」

焔《ほのお》のような赤髪に、透き通ったアンバーの瞳、見上げるのが大変なほど背が高い青年――クレメント・バルテルはニッコリほほ笑んでこう返した。

「ヴィエラ先輩が魔法付与した装備が一番気に入っているのに、酷いですね。指名注文のお陰で残業代も出て、指名代も出て、給与も上がっているはずなのですが……指名を外してもいいんですか？」

「……分かりましたよ。結界課二班の班長様」

クレメントは、魔法学校でヴィエラとゼミが同じだったひとつ下の後輩だ。

後輩に足元を見られて先輩の面目《めんぼく》は丸つぶれだが、手が止まっていたのは間違いない。ヴィエラは渋々作業を再開した。事実、この男の所業によって給与は同僚よりも多く得ているのだ。

ふたりが所属する魔法局は、三つの課に分けられている。

一つは、ヴィエラが所属する『技術課』。服や武具、その他道具に魔法を付与し、魔道具の製作を専門とする部署。

二つ目は、魔道具の開発を専門とする『開発課』。発想力と知識が必要とされているインテリの部署。

そして三つ目は、クレメントが所属する『結界課』。

この世界には魔物と呼ばれる、野生動物とは別の狂暴な生物がいる。魔物は人を餌と認識して積極的に襲う習性がある上に、自然界に普通に生息している厄介な存在。

動物は心臓で生き、魔物は核と呼ばれる石のようなものを動力にして生きていた。それが区別の基準になっている。

結界課は人が住むエリアに魔物が近寄らないように、危険な森に入って結界を張る専門の部署だ。魔法の才能だけではなく、高い運動能力が求められるエリート集団と言ってもいいだろう。憧れる魔法使いも多い。

中でもクレメントは、就職三年目の二十歳で班長に上り詰めた秀才。そんな彼はいつもヴィエラばかりを指名し、大量の魔道具を依頼してくる。彼女が慢性的な寝不足と疲労に襲われている元凶は、クレメントと言っても過言ではない。

本気で断りたいと思ったことは何度もあった。けれども、侯爵家の跡取りとして決まっているクレメントは貴族としても格上であり、魔法局においても役職持ち。

一方でヴィエラは単なる平職員。立場的に断れる要素が皆無《かいむ》だった。

「もうすぐ遠征が多くなる時期ですから、しっかりお願いしますよ。僕と班員の安全は、ヴィエラ先輩に委ねているんですからね」

「相変わらずプレッシャーをかけるのが上手《じょうず》ですね。安心してくださいませ。手は抜きません」

「ええ、信じていますよ。ということで、これ差し入れです」

コトリと音を立てて、クレメントは三本の小瓶を机の上に載せた。

それは最高級の栄養ドリンクだった。一般人では手に入らない限定品。効果は抜群で、これを飲んで寝ればどんなに短い睡眠時間でも、翌朝スッキリの最強ドリンク。

(つまり、これを飲んで魔道具を間に合わせろということね)

優しいふりをして、人を酷使するのは彼の常套《じょうとう》手段。ないよりはいいだろうとヴィエラは受け取ってから、あることを閃《ひらめ》いた。

(伴侶を得るための出会いといえば、なんだかんだ夜会よね。これがあれば平気で徹夜もできるから、夜会に参加できる時間も捻出できる。ドレスは妹から借りるか、型落ちをレンタルすればいいわ)

婿探しの希望を見いだし、落ちていた気分が浮上した。

「ありがとうございます！　私、頑張れそうです」

思わず満面の笑みを浮かべてクレメントにお礼を言えば、彼はパッと視線を逸《そ》らし、「なら頑張ってくださいよ」と言い残して足早に技術課室から出ていった。


三日後、早速ヴィエラは夜会に参加した。

数年ぶりのコルセットの苦しみに耐え、妹から借りたドレスに袖を通した。一応、令嬢に見えるよう化粧も濃いめに施《ほどこ》してみている。

「いざ、婿探しへ！」

そうして意気込んで来たものの、妹のデビュタント以来二年ぶり、かつ人生四回目くらいの夜会は、引きこもり令嬢には過酷な世界だった。異性の知り合いが技術課の同僚のみで、彼らが婿になってくれることはないと断言できる。

婿探しの希望が見いだせず壁の花になって遠い目をしていると、華やかに着飾った可愛らしい令嬢が近づいてきた。

蜂蜜のような淡い金色の髪に、ぱっちりとした薄紅色の大きな瞳を持つ彼女は、姉でも見惚《みと》れてしまう。

「私の天使は今日も可愛いわ」

「お姉様ったら相変わらずね。で、調子はどう？」

「見ての通りよ。ねぇ、エマの知り合いでとりあえず結婚してくれそうな男性はいないかしら？」

ヴィエラが投げやりに問うと、妹のエマは眉間《みけん》に皺《しわ》を寄せてため息をついた。

「軽いノリで結婚しそうな人に限って、お金持ちの親のすねを大口でかじっている殿方ばかりよ。財布の紐も緩《ゆる》ければ、ベルトも緩いんですもの。初心《うぶ》なお姉様に紹介できないわ」

「でも、今はそんなこと言える状況じゃないと思うんだけど」

「だとしても！　あえて問題児を婿に取る必要はないわ。資産以上に、もう少し精神面で紳士的な殿方でないと」

「エマが結婚して、正式な跡継ぎになるまでの数年だけの結婚でもいいと思っているの。駄目男なら離婚すればいいんだし、この際婿に来てくれるだけでも大歓迎だと思うのよ」

ふんっ、と鼻息を荒くしたヴィエラを見たエマは、整った眉尻を下げた。

「もうお姉様は十分家族のために頑張っているわ。お父様の事情は理解しているけれど、少しくらいは身の安全と、自身の幸せを考慮した相手を選んでほしいの」

「優しい妹ね。じゃあエマが認めても良さそうな人が見つかり次第、紹介してくれるかしら？」

「ええ、お姉様に相応《ふさわ》しい人を探すわ。早速、男漁りに行ってくるね！」

エマは親指を立てて、頼もしさ全開で人の輪に向かっていった。

ヴィエラは、妹の逞《たくま》しさにクスリと笑みを零《こぼ》した。

するとエマと入れ替わるように、また別の美しい令嬢が近づいてきた。

長く美しい赤髪にアンバーの瞳は、令嬢の双子の弟クレメントにそっくりだ。

「あら、ヴィエラ様ではなくって？　社交界に出てくるなんて、まさかおひとり？　パートナーはおりませんの？」

クレメントの姉サーラは扇で口元を隠しつつ、目に三日月のような弧を描いた。

会うたびに彼女は、ヴィエラに男性の影がないか探りを入れてくる。婚約の適齢期を過ぎても相手がいないことを、暗に馬鹿にしたいのかもしれない。

「残念ながら……。サーラ様こそ、ご成婚おめでとうございます。素敵な旦那様と噂で聞いておりますわ」

「クレメントから聞いたのかしら？　えぇ、わたくしにはもったいないほど素敵な方よ。そうだわ、幸せのお裾分けで殿方をご紹介してあげましょうか？」

「え？　た、例えば……」

「そうね――」

出会いのチャンスだ。そう思って期待に胸を膨らましたものの、サーラが名前を出した男性は社交界に疎いヴィエラでも逃げたくなるような殿方だった。

顔はいいが、破産寸前のギャンブル依存症。あるいは、金持ちだが隠し子の数が二桁になるという噂持ち。八人の妻に逃げられたため、新しい妻を募集中の親より年上の男性など……エマの言った、財布の紐とベルトが緩い以上に危ない訳あり男性ばかり。

ヴィエラは顔を引き攣《つ》らせた。

（クレメント様といい、サーラ様といい、この姉弟は私を弄《もてあそ》ぶのが趣味なの⁉）

このまま話していては、実際に引き合わせられてしまうかもしれない。

恐れたヴィエラは逃げ道を探る。

しかし、それを阻むように弟のクレメントがヴィエラの隣に立った。

いじわる姉弟に挟まれたヴィエラは、とっさに身構えたのだが――。

「サーラ、義兄上がお探しですよ」

「あら、旦那様が？　それなら行かなくてはね。ごきげんよう」

サーラは表情を明るくして、すぐにヴィエラのもとを去っていった。

クレメントが、案ずるような表情を浮かべる。

「大丈夫でしたか？」

「は、はい」

姉に便乗して揶揄《からか》われると思っていたため、クレメントが庇《かば》ってくれたことに少しばかり驚く。

ぎこちなく頷いた。

「良かった。それにしてもヴィエラ嬢、あなたがどうして夜会に参加を？」

仕事のときは魔法学校の延長で『先輩』と呼ぶ彼が、社交界ではきちんと令嬢扱いしようとすることにも驚いた。

ヴィエラは戸惑いながら、答える。

「伴侶を探しに……です」

「は？」

「今更ですが、親を安心させなきゃいけないと焦りまして」

「なんですか、それ……」

クレメントの呆《あき》れた声色《こわいろ》にはわずかな怒りが含まれており、ヴィエラはわけが分からず彼を見上げた。

彼は、頭が痛いと言わんばかりの表情をしている。

「ヴィエラ嬢が社交界で相手を探すことは無謀なことですよ。焦って見つけたとしても、サーラが名をあげた人たちのカモになるのがオチです。あなたは大人しく、魔法局に引きこもっているべきです」

「あら、随分と心配してくださるのですね」

「それはもちろん、あなたが――」

クレメントは、そこで言葉を途切れさせた。

（それはもちろん、私が結婚してしまうと依頼を押し付けられる都合のいい相手がいなくなるから……なんでしょうね。どこまで利用するつもりなんだか）

ヴィエラは相手に気づかれない程度に小さなため息をついて、ニッコリとほほ笑みを返した。

「ご心配ありがとうございます。しかしながら、一応私も貴族の令嬢でございます。立場を考えても、年齢的にも、今動かないと手遅れになってしまいます。心配よりも、健闘を祈ってくださいませ」

「……っ」

なぜか、クレメントの表情が固まった。

しかし、気遣う義務もないだろう。ヴィエラは軽く礼をしてから、彼からさっと離れた。

そして再びパートナーのいなそうな令息を探すが、社交界の婚約情報を持たない彼女に判断がつくわけもなく、相手から声をかけられることもない。

ヴィエラは、やけ酒に走ることにした。

なにせ参加費用を払っているのだ。婿を見つけられないのなら、食事で元を取らなければ——と貧乏魂が訴えたのだ。

しかし、会場は人目があって気ままに飲めない。ちまちま隅っこで飲んでいたヴィエラは、テーブルから一番高そうなウイスキーのボトルとグラスをさっと手に取って、誰もいなそうな庭園へと出た。

奥に見えた東屋《あずまや》が、ちょうど空いているように見える。ヴィエラは迷うことなく進み、東屋のベンチに座った。そしてボトルのキャップを開けてから気がついた。

テーブルの陰になって分からなかったが、正面のベンチで先客が寝そべっていたのだ。

闇に溶けてしまいそうな長い黒髪は三つ編みにしてあり、不機嫌な色が帯びた瞳はブルーグレー。目元は切れ長の印象だが、二重《ふたえ》がハッキリしていて麗しい。鼻梁《びりょう》が通り、口元はへの字に曲がっていても美しく見える。

ヴィエラは、素直に感嘆のため息を漏らした。

クレメントも美形の類《たぐ》いだが、目の前の男も負けないほど整った容姿をしていた。

年齢は少し上だろう。どこか畏怖を感じさせるような雰囲気がある。

思わず見惚れてしまうが、すぐに冷静さを取り戻した。

（こういう飛び抜けて顔のいい男性には、すでに婚約者がいるものよね。ない、ない。だからこの人の前で淑女に見えるよう頑張る必要はないわ）

先客は不機嫌そうに見てくるだけで、何も言ってこない。

ヴィエラは遅れて「相席失礼しますね」と断りを入れた。そして会場から拝借してきたウイスキーをグラスになみなみと注《そそ》いで、一気に半分ほど呷《あお》った。

「かぁー！　きくぅ！」

あまりのアルコール度数の高さに喉が熱くなるが、それ以上に美味《おい》しくて声が出てしまった。

先客の青年はぎょっとした顔で見てくるが、ヴィエラは気にしない。グラスに残った半分もすいすい飲んで、ひとりでウイスキーを楽しむ。

参加費が高いだけあって、お酒の質も上等だ。いい瓶を持ってこれたと、己《おのれ》の目利《めき》きを自画自賛しながら二杯目のグラスを傾《かたむ》けた。

先客は、そんなヴィエラを凝視してくる。

勝手に相席しておいて、ひとりでお酒を楽しんでいるのが申し訳なくなってきた。

「あはは、飲まなきゃやっていられない気分でして。もし良かったら、あなた様も飲みます？この通り変なものは入っていませんよ？」

もう一度グラスにたっぷりとウイスキーを注いでから、ボトルを先客に渡した。

「……ありがとう」

身を起こした彼は素直に受け取り、躊躇《ためら》うことなく直接ボトルに口を付ける。ごく、ごくと喉を鳴らして、一気に瓶の中身を減らした。

豪快な飲みっぷりに、ヴィエラは拍手を送る。

「いいですね～いいですね～あなた様こそ、そんな飲み方をするなんて嫌なことでもあったのですか？」

「嫌味に聞こえるかもしれないが……令嬢に囲まれすぎて、嫌気が差して逃げて来たんだ。まだ彼女たちは諦めていないようだから会場に戻りたくもないし、だが同行している兄夫婦を置いて勝手に帰るわけにもいかず」

そう言って黒髪の青年は、また酒を一口飲んだ。彼も今夜は酔いたい気分らしい。

「婚約者はいらっしゃらないのですか？」

「今まで仕事が忙しくて夜会に出る機会も経験も少なく、元から社交も得意ではなくて……。両親や周囲に説得されて縁を探しに来たものの、令嬢たちの言葉を躱《かわ》すので精一杯だ。社交辞令も下手に言えば、言質を取ったと騒ぎ出すから手に負えない」

普通の人なら鼻につくようなモテ自慢であるものの、この男の姿を見れば文句など出てこない。

女性が霞むほどの麗しい顔にしっかりとした体躯、着ている服は上質。誰がどう見ても優良物件。これは狙われても仕方がない。

「わぁ、人気なのも大変なのですね。私はむしろ誰も寄ってこなくて、この通りやけ酒ですよ！　貧乏金なし、縁なし、時間なし！　早く婿がほしいのに！」

「君も大変なんだな。どうしてまた急いで探しているんだ？」

「急に私が跡取りにならなければいけない状況に陥り、当主の資格を得るために結婚しなきゃいけないんですよ。でも、私も今まで仕事漬けで夜会は約二年ぶりで、片手で数えるほどしか経験がないんです。伝手《つて》なんてないし、領地は田舎で貧しいからハズレくじを引いてまで婿になりたい人なんていないですし……くぅ！」

一気に喋って渇いてしまった喉を潤すように、ぐびっとウイスキーを飲む。

「なるほど」

「良い人を紹介してやると言われて聞いてみれば、素行が悪かったり、女癖が悪かったり、散財癖のあるギャンブラーだったり、変態趣味で有名だったり！」

「酷いな。社交界はこれだから嫌なんだ。面白半分で、すぐに誰かを蹴落とそうとする」

黒髪の青年の話に強く頷きながら、ヴィエラはウイスキーを飲み進める。

貴族としても淑女としても失格なのかもしれないが、お酒がよく進む。

ふたりは社交界から離れたいという意見で盛りあがった。

「普通でいいの……この際、婿は働かなくてもいいの。贅沢はさせてあげられないけれど、私と結婚して静かに暮らしてくれるだけでいいのに！　ちくしょうっ」

すきっ腹にウイスキーを流し込んだため、ヴィエラは酔いがすっかり回っていた。

初対面の男に愚痴をこぼす。

相手が同情したように深く頷いてくれるものだから、饒舌《じょうぜつ》が止まらない。

「身分はなんだっていいのですよ？　平民でも問題ございません。私ってそんなに理想高いですか？　妹が結婚して跡継ぎの座を交代したあかつきには、相手が望めば離婚する覚悟だってあるんです。契約結婚でいいんです！」

「うんうん。結婚するための条件は高くないはずなのに、クリアできる相手が意外と見つからないんだよな。俺としては依存してこなければいいだけなのに、どの令嬢もか弱いふりして守って守ってと甘えてくる。俺の容姿や身なりを褒めつつ、品定めをしながら将来の自分に使える金を計算してくる。どれだけ散財する気なんだ彼女らは！　もっと地に足が着いた女性がいい！」

男も酔ってきているのか、頬に朱を差しながら熱く語る。瓶の中身も残りわずかだ。

ヴィエラはそんな男の頭から、スラリと伸びる足先まで見て、ふと気がついた。最初から体躯がしっかりしていると思っていたが、鍛え方が同僚の男性たちとは違うように見える。

「もしかして、あなた様は騎士？」

「なんだ。やっぱり俺のこと知らないのか。珍しいな」

令嬢に嫌気が差すほど人気という話から、やはり社交界では有名な騎士らしい。

「私は仕事漬けの引きこもりなので、夜会にもお茶会にも参加しません。噂とか流行りに疎いんです。有名人をチェックして、キャーキャーはしゃぐ年齢は過ぎましたし」

「だからか、君は俺に猫を被らない。非常に話しやすい」

「あら、嬉しいですわ。私も猫を被らなくていい相手というのは、話していて楽です」

グラスの底に残っていたウイスキーを気分良く飲み干し、窓から燦々と光をこぼしている夜会会場を眺めた。

つい半刻前まで最悪だった気分も、今は非常に愉快だ。

この男のように気兼ねなく過ごせる人が婿だったら、愛のない契約結婚だとしても友人のような関係で楽しく過ごせそうだ――そう思い、はたりと思いついた。

「ねぇ、騎士様。私からひとつ提案しても？」

「なんだ？」

「私と契約結婚しませんか？　凄いド田舎で貧乏ですけれど、衣食住の保証あり。当主の仕事は私がするので、騎士様はのんびりスローライフ。先ほど言った通り、数年後に希望すれば離婚もできます」

言ってから（とんでもない誘いをしたな）と、思考が鈍《にぶ》っている頭で思った。

現在のヴィエラは酔っ払いで、他の令嬢のように優雅さも可憐さもない。当主の婿だとしても、領地は貧乏で玉の輿とは程遠い。断られる前提の、駄目元での提案だ。

受け入れてくれたらそれこそ奇跡で――。

「その話、のった！　婿入りしてやる」

「はい⁉」

ヴィエラは薄紅色の目を、最大限に丸くした。

「なんだ？　嘘か？」

「嘘じゃありません！　まさか承諾してくれるなんて思っていなくて……。だって騎士の仕事があるでしょう？」

騎士は腕を組んで「うむ」と少し考え、口を開いた。

「仕事には誇りを持っているが、正直なところ少し騎士の仕事から離れたいと思っていたんだ。でも王都に住んでいる限り、辞めさせてもらえないだろう。だから当主として帰郷しなければならない君について行けば、引退の許可も出ると思うんだ」

「何かしたいことでも？　田舎領地だと、できることも少ないですが」

「勉強がしたい。本を読める環境があればどこでもいい。ずっと騎士の訓練ばかりで、望むような勉強ができなかったから……何より、煩わしい人間関係から解放される！」

そう言って騎士は夜会会場を睨《にら》みつけた。

契約の婿がほしい令嬢と、静かな場所に行きたい騎士。利害は一致していた。

「では決まりですね。改めまして、わたくしユーベルト子爵家の長子ヴィエラでございます。運命の騎士様、どうか私と結婚してくださいませんか？」

ヴィエラはほほ笑みを浮かべ、騎士に手のひらを向けた。

すると騎士も口元に弧を描き、大きな手を彼女の手に重ねた。

「俺の名はルカーシュ・ヘリング。喜んでお受けいたします」

ルカーシュ・ヘリング――聞いたことのある名だ。ミーハーな同僚が以前に話題に出したのかもしれない。

しかし家名を聞いても、爵位まで分からない。社交界とは無縁だと復習しなかったせいで、有力貴族以外の家名をすっかり忘れてしまっていた。だからといって、爵位を聞くのは失礼にあたるだろう。

（覚えていないということは、高位貴族に該当しないはず。そして騎士という職業柄、悪人ではないと信じたいところね）

爵位はあとで調べることにして、婿入りの追加条件を告げておく。

「ルカーシュ様、後出しで申し訳ないのですが、婿入りの際に守ってほしいことがございます。後処理が面倒になるので、借金と浮気だけはしないでください。他は自由です」

「約束する。もちろんヴィエラ殿も浮気なんてしないでくれよ。こっちは田舎のスローライフを楽しみにしているんだ。やっぱり他の男を婿にすると言って、鞍替えされるのは困る」

ルカーシュのように容姿が優れているのならともかく、自分がそんな心配されるとは思ってもいなかったヴィエラは、少し瞠目《どうもく》してからクスリと笑った。

「私はこの通り婿探しに悩むほど、これまで殿方と縁がなかった令嬢ですよ。浮気の心配はご無用ですわ。契約とはいえ、私は自分の夫を大切にすることを誓います」

「俺も妻を大切にすると誓おう」

ルカーシュはヴィエラの手の甲を上にして、キスを落とした。形の良い彼の唇はギリギリ触れていない、義理の仕草だ。

それでもヴィエラは、麗しすぎる光景に照れてしまう。顔が熱くなっていくが、相手がお酒のせいだと思ってくれることを願うばかり。

（婿を見つけるのは無理かも……って諦めかけていたけれど、思い切って夜会に出て良かったわ）

容姿端麗、信頼できる職業、堅苦しくない性格、年齢も近そうな好青年と巡り合えたのは幸運だ。ユーベルト子爵家の危機を救ってくれるルカーシュには感謝しかない。

「ルカーシュ様、本当にありがとうございます」

「俺にとっても都合のいい話だったからな」

ニカッと笑い、ルカーシュは立ち上がった。

「両親に確認するという理由もできたし、俺は早速帰って結婚の承諾を取り付けてくる。また明日にでも連絡したいんだが、ヴィエラ殿の仕事場は魔法局の技術課か？」

「正解です。どうしてご存じで？」

「やっぱり君か。技術課には、仕事に魂を捧げている中毒者がいると聞いたことがあったんだ」

「う……うふふふふ♡」

とりあえず笑うしかなかった。噂の元凶であろうクレメントへの恨みがまたひとつ増えた。

「ヴィエラ殿はどうする？　帰るのなら、馬車で君の家に寄ることもできるが」

「お気遣いありがとうございます。ではお言葉に甘えて、お願いします」

馬車代が浮いたと、喜んで誘いを受け入れる。

こうして裏ルートから会場を抜けたヴィエラは、ルカーシュが用意した非常に乗り心地の良い馬車で、ひとり暮らしをしているアパートまで送ってもらった。


翌朝、ヴィエラは軽い足取りで魔法局の技術課室へと向かっていた。昨夜は素敵な出会いがあって良かったと、上機嫌に進む。

だが、その軽やかな歩みは仕事場の直前で止まった。

警戒対象者である赤髪の青年が、通路の窓から外の景色を眺めていたのだ。

（誰よりも早く出勤しているのに、どうして私はクレメント様との遭遇率が高いのかしら？　仕事だけで十分なのに）

そう思いつつも、奥にある技術課室に行くためには、この回廊は避けては通れない。

ヴィエラは気配を消して、彼の後ろを素通りしようとしたが当然気づかれる。

「おはようございます、ヴィエラ先輩♪」

「お……おはようございます。クレメント様」

ほほ笑みを浮かべつつ、けれども探るような目線を向けてくるクレメントに対し、ヴィエラはぎこちない笑顔を返した。

「昨日の夜会、本気と言った割には早く帰ったそうですね」

帰宅のことはひっそり妹にだけ伝えていたし、ヴィエラは注目を集めるような令嬢ではない。

目立つルカーシュも一緒だったが、彼の案内で馬車乗り場まで人目の少ない裏ルートを歩いた。

それでも行動を把握されていることを知り、監視されているように感じて辟易《へきえき》する。

正直に婿が見つかったと報告する気が起こらない。

「えぇ、もう夜会に用はないと判断して早々に帰宅しましたわ」

「夜会に用はない……もう出ないつもりですか？」

「はい。婿探しはもうしません」

「そうですか。賢明な判断だと思います」

クレメントは、嬉しそうに笑顔を向けた。

（そんなに私の婚期が遅れるのが嬉しいの⁉　それとも注文を押し付けやすい下僕が社交界に出入りするなんて、目障りだと思っていた？　相変わらずの鬼畜ぶり……でも残念ね。あなたより格好いい婿様を見つけたんですから！）

隠し玉を持っているヴィエラの精神は今、最強だった。馬鹿にされても笑顔で返すことができる。

「そういうことですので、失礼します。クレメント様もお仕事や訓練で怪我をなさらないよう気をつけてください」

「はい、ヴィエラ先輩もお仕事頑張ってください」

「ありがとうございます」

新規の注文や絡んでくる様子もなくクレメントが立ち去り、ヴィエラはホッと安堵《あんど》のため息を零す。

そうして技術課室に入るなり、早速仕事を始めた。

数カ月後に、結界石の魔法式の更新をおこなう遠征シーズンに入る。結界課の魔法使いも、護衛の騎士も多く参加する大仕事。それに合わせ、技術課は装備を増産する必要があった。

ヴィエラは、靴の裏に使われる素材を机に広げた。

特殊な木から集めた樹液を乾燥させてできた厚めの生地で、『ゴム板』と呼ばれている。生産量が限られているため、この国では比較的高級な素材だ。革製品や木製品よりも耐水性に優れており、湿った森で仕事をする騎士や結界課の靴底の素材として重宝《ちょうほう》されていた。

そんなゴム板は溝が彫られ、靴底の形に加工され、皮に貼り付けるだけの状態になっている。

一セットだけ作業台の上に置いたヴィエラは先端に魔法石が付いたペンを取り出し、魔力を流した。

魔法石を青白く発光させると、魔力をインク代わりにして、靴底に魔法式を書き始めた。

『魔法』とは、魔力を用いて物質を触媒にして発動させる奇跡のひとつ。

基本的には魔力が込められた魔法式を道具に付与することで、対象物の性能を上げることを指す。

魔力をそのまま水や火、風に変換することも不可能ではないが、技術的に難しく、役に立つかどうか分からないレベル。誰も使わない。

基本的には盾を強化して防御力を高めたり、剣に防錆《ぼうせい》魔法を施して切れ味を保護したりと、サポート面で重宝されている。

ちなみに魔法を付与したものは、魔力を改めて流さないと効果は発揮されない。

そして今、ヴィエラが靴底になるゴム板に付与しているのは、『撥水《はっすい》』の魔法だ。

初めから耐水性に優れてはいるが、湿地に行けば泥を纏い重くなる。その靴で岩場などに足をかければ滑り、魔物と対峙したときに致命的な隙になりかねない。

それを防ぐために、泥がつかないよう撥水の魔法を付与するのだ。

履きながら魔力を流すと、滑り知らずの最強シューズになる。

「久々に撥水の魔法式を書いたけれど、いい感じね。魔法式もきちんと定着しているし、どんどん進めましょう」

短く息を吐いて、次のゴム板に集中した。

魔法式を間違えたら、たいていの素材は廃棄になる。非常にもったいない。

だが、魔法の解除は付与より難しい技術。効率を考えたら、廃棄は仕方のないことだ。

貧乏性のヴィエラは魔法式の解除技術を習得しているが、付与のやり直しは結局、魔力と時間の浪費も同然。それはそれでもったいない。

魔法付与の失敗が起こらないよう、丁寧に撥水の式を書いていく。

しかもゴム板の魔法付与は、室長命令でヴィエラが大半を受け持っている。量が多いので、間に合わせるためにはスピードも必要だ。

書いて、書いて、ただ魔法式を書き続ける。

ちなみにクレメントが所属する結界課の魔法は、付与の手段が少々異なる。

結界課は、石碑に魔物が嫌う音波を発生させる魔法——結界を付与させることが主な仕事だ。

石碑は国のあらゆるところに設置されているのだが、各地に常時人員を配備して、魔力を石碑に供給し続けることは難しい。靴底と違って、魔力を通さなくても約二年は自動で作動するようにしておく必要がある。

その際、魔法式を一文字ずつペンで書く記述付与法は使えない。魔法式をイメージした脳内に魔力を通し、魔法式の効力をもたせた魔力を専用の杖で石碑に流し込むのだ。

同時に他の魔法使いが、蓄積エネルギー用の魔力を石碑に流し込むことで魔法式と混ざり合い、石碑の結界は完成する。

脳に魔力を流す直接付与法は、高度な魔力操作と魔法式を完全に理解できる頭脳が必要とされている。

実力がない者がおこなうと、付与された計算式が乱れ、魔法が誤作動を起こし事故になりかねない。

そのため技術課の人間よりも、実力が上とされている結界課の人間の意見が優先されることが多い。

技術課のヴィエラが、結界課のクレメントに強く出られない理由のひとつでもある。

「湿地エリアの遠征も重なっているから、余計に注文が多いわね。交換が少なくなるよう、靴底の消耗が抑えられる魔法も付与したいけれど、そうしたら撥水の効果が落ちるし……魔法式の文字を圧縮して改造……無理ね。二重で付与できる魔法式を誰か考案してくれないかしら」

裏技はなくはない。結界の石碑を作るように直接付与法を用いて、結界の魔法式と動力源の魔法式と同じく、無理やり二重付与をすればいい。

しかし現実的ではない。この方法には、どうしても二名以上の魔法使いが必要になる。

ヴィエラは直接付与法を使える能力も合わせ持っているが、彼女の他にできる人は技術課には少ない。

なおかつ、直接付与法は魔力を一度頭の中で循環させる分、記述付与法より魔力を消費する。二重付与となると、片方の魔法式のことも考えながらおこなうので消費はより多くなる。靴底を完成させる前に、魔力が枯渇するだろう。

「……って無理だと分かっていても、縋《すが》りたくなるのよね～」

素材の山を見て、ため息をついた。ペンを使う記述付与法は魔力消費が少ないものの、同じ体勢で書くため、肩の凝りは溜まっていく一方だ。

腕を回してほぐしていると、定時出社の同僚たちが技術課室に入ってきた。

「お疲れ様。お菓子のお裾分けをどうぞ。疲れには糖分よ」

「相変わらず酷使されているなぁ。俺からは安物だけど栄養ドリンクね」

「ありがとうございます！」

先輩職員が、ヴィエラの机の上に差し入れを置いていく。

仕事は大変だけれど、こうやって同じ指名持ちで苦労が分かる同僚たちが良くしてくれるので頑張れる。休憩室で手早くお菓子と栄養ドリンクで活力を補充して、再び机に向かう。

すると、王宮騎士が技術課にやってきた。

「ヴィエラ・ユーベルト殿はいらっしゃいますか？」

「あ、私です！」

「上司からあなたに手紙です。お手数ですがすぐに中身を確認していただき、お返事を受け取りたいのですが」

そう言われて封筒の裏面を見ると、送り主はルカーシュだった。

上司と呼ばれることから役職持ちの騎士らしい。ますます信用度が高くなる。

感心しながら中身を確認して、ヴィエラは顔を緩ませた。

『両親の了承は得た。今後について少々打ち合わせをしたい。今夜、仕事終わりに君のアパートに寄ってもいいだろうか？　ルカーシュ・ヘリング』

なんの旨味もない極貧子爵家への婿入りに、彼の両親からの反発を恐れていたが、問題なくクリアしたらしい。

(これで私の両親も安心させられるわ。技術課を退職するから仕送りがなくなる分、資金繰りは考えなきゃいけないけれど、領主不在よりはいいはずよ)

安堵で肩の力がどっと抜けた。

すぐに『承知しました。お待ちしております』と、簡潔に手紙をしたためて騎士に渡す。

「どうか、よろしくお願いします」

「必ずやお届けいたします！」

騎士は使命感に燃えた様子で、すぐに立ち去った。

だが見送ってから、ルカーシュの退勤時間を聞くのを忘れたことに気がつく。残業していては、彼を家の前に待たせてしまうことになるかもしれない。

もちろん大切な婿様にそんなことはさせたくない。

「早く終わらせてみせるわ。本気出すわよ……！」

使っていた記述付与法のペンを、直接付与法の専用ペンに交換する。直接付与法の魔力消費は多いが、定時で上がるためにもスピード重視で作業を進めたいところ。幸いにもヴィエラの魔力保有量は人より多いため、ギリギリ足りるだろう。彼女は脳内に魔力を巡らせ、靴底に付与を再開した。


休まず作業を続けて迎えた夕方。少しだけ定時を過ぎたものの、ヴィエラは史上最速といえるほどのスピードでノルマを達成させた。

急いでアパートの前に行くが誰もいない。ルカーシュを待たせていないと知り、ホッとしながら家の中に入る。

（元から物は少ないし、散らかっているわけではないけれど、身支度と軽く掃除できる余裕があって良かったわ）

部屋に異性を招くことなど初めてだ。しかも、退職でき次第一緒に暮らす相棒。恋愛感情がない契約の相手だけれども、やはり与える印象はいいに越したことはない。

さっとシャワーを浴びてから、軽く物の位置を整えて箒《ほうき》がけをしておく。

次にヴィエラが取り掛かったのは夕食作りだ。

仕事帰りだとしたら、ルカーシュもまだ食べていない可能性があるので、念のため二人前のパスタを茹でる。食べないようであれば、翌朝の朝食にすれば無駄は出ない。

そうしてパスタを茹で始めてすぐ、玄関の扉がノックされた。覗《のぞ》き穴から扉の向こうを確認して、ヴィエラはすぐに来訪者を歓迎した。

「ルカーシュ様、お疲れ様です。いらっしゃいませ」

「こんばんは、ヴィエラ殿。急に悪いな」

「いえいえ、こちらこそ足を運んでくださってありがとうございます」

コートのフードを被っているルカーシュを中に招き入れる。

彼はぐるっと部屋を眺め、キッチンで視線を止めた。

「もしかして夕飯を作っている途中だったか？」

「はい。もしルカーシュ様も食べてなければご一緒にと思って、パスタを」

「これは余計だったか」

彼は苦笑して、腕に抱えていた紙袋をテーブルに載せた。

「見ても?」と尋ねてから中を確認すると、お酒の瓶にサンドイッチやチーズなど、つまみになる物がたくさん入っていた。

ルカーシュもヴィエラと夕飯を食べようと、きちんと二人前用意してきたらしい。

「どうして？」

「残業だらけで仕事が大変なのだろう？　疲れていたら夕食作りも大変かと思って」

「――っ！」

優しさが染みわたり、胸を打つ。

また、コートを脱いだ彼の服装はカジュアルな私服だった。つまり、制服から着替えてきたということ。

騎士の訓練は厳しい。けれども彼からは汗臭さを一切感じない。むしろ石鹸の爽やかな香りがする。しかも素敵なお土産付き。

(すごくいい人だわ。ルカーシュ様だって疲れているはずなのに、なんて紳士的なのかしら。条件が悪いのに婿になってくれるし、気遣いもできるなんて！　しかも容姿も完璧。あら？　私にはもったいない相手なのでは？　うん、絶対にこの婿様を大切にするわ！)

改めて決意を胸に宿し、ヴィエラは笑顔を咲かせた。

「今夜はルカーシュ様が用意してくれた、こちらを一緒に食べましょう？　パスタは保冷庫に入れて明日食べますから！」

「いや。せっかく作ってくれているようだし、パスタをいただいても？　実は訓練で腹ペコなんだ。サンドイッチよりもパスタのほうが腹に溜まりそうだ」

「ふふふ、分かりました。ではサンドイッチを保冷庫に入れておきますね。ちなみにパスタは、トマト風とチーズ風ならどちらがいいですか？」

「トマトで頼む。好きなんだ」

未来の婿様に好きと言われたら、ヴィエラも気合が入るのも当然で。いつもは節約しているベーコンをたっぷりと入れて、トマトパスタを仕上げた。

「カンパーイ！」

ルカーシュが持ってきたお酒で、夕食をスタートさせる。

「あぁ……美味しい。これ、いいお酒ですよね？　高かったのではありませんか？」

「婚約記念だから、少しくらい贅沢してもいいだろ？　俺の奢りだ」

「そういうことなら遠慮なく」

貧乏人は施しを拒絶しない。ありがたく頂戴する。

お酒の美味しさに浸っていると、目の前の美青年はブルーグレーの瞳を細めて肩を揺らした。

「本当にお酒が好きなんだな」

「どうせ淑女らしくない令嬢ですよ。ルカーシュ様もお好きなほうでしょう？」

「そうだな。仕事終わりの一杯は最高だ」

ふたりは顔を見合わせ、ニカッと笑った。

「それよりも、ルカーシュ様のご両親が承諾なされて安心しました。昨日は酔った勢いもありましたし、ご両親の反対を理由に無効にされても仕方ないと思っていたので」

「俺は跡を継がない末っ子の三男だし、悪女でなければ誰でもいいと言われていたからな。むしろ領主の婿という立場に喜んでいた」

「貧乏なのに？」

「領主の婿なら国を出ることがないだろう？　だからだよ」

ルカーシュの両親は国内にどうしても留めておきたいほど、息子を溺愛しているらしい。

彼の両親に失礼がないよう、ますます大切にしなければとヴィエラの覚悟は強くなっていく。

「大切な息子さんをいただくのですから、ご両親にご挨拶したほうがいいですよね？」

「助かる。両親も君の顔を見たいと言っていた。子爵の体調を考えれば、婚約から成婚まで可能な限り早く進めたほうがいいだろう。けれども仕事の引継ぎや世間体も考え、最低一カ月は婚約期間を設けるべきだと言ってきているんだ。婚約証明書の作成をしてからとなると、数日以内に動きたいところ。直近だと両親は明日の夜が空いているはずなのだが」

「それなら明日、お伺いしてもいいですか？　仕事は定時に終わらせますから」

子爵家の未来に関わる重要事項だ。幸いにも高級な栄養ドリンクが一本残っているため、後日徹夜すればどうにかなる。

「分かった。明日の夕方、君の職場がある西棟へ迎えにいく。馬車を用意しておくから、一緒に屋敷に行こう」

「何から何までありがとうございます」

こうしてふたりはお酒やパスタに舌鼓を打ちながら、婚約に至った表向きの経緯について打ち合わせをしていく。

ルカーシュは両親に「噂で聞いていた苦労令嬢が生家の危機に心を痛め涙し、けれども前を向いて奮闘する姿に俺の庇護欲《ひごよく》が刺激された。運命を感じた」と、まずは説明したらしい。

そしてルカーシュはその場で婚約を申し込み、危機的状況を救ってくれる彼にヴィエラはときめき、一夜にして両想いに至った――と続けたという。

なんとも情熱的で、弱者を守りたいという騎士らしい理由だろうか。少々ヴィエラが可憐に仕立てられているが、これくらいの演出があったほうが周囲も納得するだろう。実際にルカーシュの両親は、その説明で納得したようだ。

己の恥ずかしさは、心の奥にしまい込んでおく。

そのあと退職や引っ越しのタイミングなどについても話し合っていたのだが、気づけば深夜になっていた。

「こんな時間か。すまない、帰ろう」

ルカーシュは椅子から立ち上がり、コートを手に取った。実に紳士的だ。

しかしヴィエラは、それに待ったをかけた。

「ルカーシュ様、今夜はお泊まりになってください」

「は？」

未来の婿は口を開けたまま固まってしまった。

ヴィエラはニッコリとほほ笑みながら、提案を続ける。

「ここが比較的安全な城下エリアであり、ルカーシュ様が騎士とはいえ、こんな深夜におひとりで歩くのは危険です」

騎士という職業柄、たいていの相手には負けないだろうが、狙われることすら避けたい。自分のためにアパートを訪ねてきてくれた夜に、大切な婿に万が一でも何かあればやるせない。

「心配なのは分かるが……男女ふたりで一晩というのは」

ルカーシュは苦言を呈《てい》しながら、戸惑いの表情を浮かべた。

ふたりは結婚が確定した仲なので、お泊まり愛を他人から非難される筋合いはない。この国は貴族でも恋愛に寛容なのだ。気にするのは王位継承権が発生する王族くらい。

つまり王族ではないルカーシュは、素直に恋愛感情のない女性と同衾《どうきん》することに抵抗があるのだろう。もちろんヴィエラもそれは望んでいない。

「ご安心ください。私はリビングで寝るので、ルカーシュ様は私のベッドをお使いください」

「リビングで？　ソファもないじゃないか。床に直で寝ようというのか？　女性にそんなことはさせられない」

「大丈夫ですよ。秘密兵器があるんです」

紳士すぎるルカーシュに感動しながら、ヴィエラは床下収納から折りたたまれた布を取り出した。

それを広げると、布に埋め込まれた金属製の小さな箱が姿を現した。

ヴィエラは箱の上に手を載せて、魔力を流した。箱の内部に仕込まれたプロペラが回り始め、袋状になっていた布が長方形になるように膨らみ出す。

そうしてあっという間に、シングルサイズの風船ベッドが完成した。

「これは驚いた。こんなものを隠し持っていたなんて」

ルカーシュは少年のように目を輝かせて、風船ベッドをツンツンと指で突いた。ボヨヨンと揺れる。

「王立学園が長期休校のとき、領地に帰る旅費がもったいないからと、妹がここに泊まるんです。ベッドをもう一台ずっと置いておくほど部屋は広くないですし、床にラグを敷いて寝るのも数日が限界だったので作ってみました。反発力が強いので寝返りのたびに揺れますが、床よりは寝られるかと。だから安心して、ルカーシュ様は寝室のベッドで寝てください」

ベッドが別だけでなく、部屋まで別だ。お互いに気兼ねなく寝られるだろう。

だがルカーシュの関心は、風船ベッドに強く向けられていた。

「ヴィエラ殿、これはどれぐらいの重さまで耐えられる？　今夜寝てみたいのだが」

彼はしゃがみ込んで、まじまじとベッドを観察している。

「ルカーシュ様は、こんなお粗末なベッドに寝たいと？」

「遠征では地べたに敷物一枚で寝ることだってある。それに比べればずっと快適そうだし、使い心地が気になって仕方ない。駄目か？」

やや上目遣いでブルーグレーの瞳を輝かせ、おねだりされてしまったら断る理由などない。

「今すぐに整えましょう！」

専用のボックスシーツを被せ、先日買ったばかりの真新しいブランケットを用意した。

出来上がった風船ベッドにルカーシュは恐る恐る寝そべり、壊れないことが分かるとまた目を輝かせた。

「想像よりも快適だ。これはいい。地方遠征に持っていきたい」

「でも、遠征シーズンを迎えるより先に引退になるのでは？」

「そうだった。まだ実感が湧かないな」

ルカーシュは苦笑した。

ヴィエラはそんな彼にブランケットを優しくかけた。

「あなた様が私の前に現れて、婿になってくれると頷いてくれて本当に助かりました。贅沢はさせてあげられないけれど、のんびり暮らせる環境が作れるよう妻として頑張ります」

「俺こそ自由になれるチャンスをくれてありがとう。友人のように気軽に過ごせる君と出会えて良かった。君は最高の同僚で相棒になりそうだ」

「それは嬉しいですね。おやすみなさい、ルカーシュ様」

「おやすみ、ヴィエラ殿」

　こうしてふたりは平和的に夜を越したのだった。

第二章

騎士の正体は想定外で

翌朝、ヴィエラが起きるとすでにルカーシュは起きていた。別々で寝たとはいえ、少し気恥ずかしい気持ちで挨拶を交わし、昨夜残していたサンドイッチで朝食を済ます。

そしてルカーシュは朝食後、早々にアパートを出た。

「旦那様を見送るってこんな感じなのかしら」

扉を閉じて、ヴィエラは呟いた。

昨夜が楽しかった分、離れることになんとなく寂しさを感じてしまった。同時に、今夜また会えることも楽しみで、長期休暇後の妹を見送る気分に似ているなとも思った。


「今日もノルマ達成最短記録を狙って頑張るわよ！」

ヴィエラは、今日も誰ひとりいない仕事場で魔法付与の作業を始めた。

本日のノルマは木札に着火の魔法を付与する作業だ。これがあると、遠征の野営時に簡単に火が熾《おこ》せるようになる。

昨日とは違い、初めから直接付与法で仕上げていく。

直接付与法のいいところは、こういった小さいものなら一度に複数仕上げることができることだ。今日は定時に仕事を終わらせるだけでなく、もう一つのミッションのために時間を作る必要があったのだ。

「ドレッセル室長。突然ですが、私ヴィエラ・ユーベルトは婚約し、一カ月後に入籍することになりました」

「……今、なんて？」

ヴィエラの上司――魔法局技術課の室長ドレッセルは、部下の報告を聞いて目を丸くした。驚きの表情になったせいで、分厚い眼鏡がずり落ちる。

婿が決まり、帰郷するためには上司に退職の申請をする必要があり、相談のために時間を捻出したのだ。

「結婚することになったと、ご報告申し上げました」

「ヴィ、ヴィエラさん、それ本当のことなんだね⁉」

「はい、急な話ですが本当です。そこで仕事について相談があるのですが――」

「わぁ！　ついに結婚かぁ～。私はこの報告が聞ける日をずっと待っていたんだよ」

ドレッセル室長は眼鏡の隙間にハンカチを滑り込ませ、感動の涙を拭いた。

上司のあまりの喜びように、ヴィエラは顔を引き攣らせる。こんなにも婚期を心配されていたとは思ってもいなかった。

「室長……それで今後の仕事についてなんですが」

「あぁ！　大丈夫だよ。これまでのように多くの仕事が君ひとりにいかないよう相談するよ。まぁ結婚するなら、その必要もなくなるんだけどね」

さっさと寿退社したくなるように、故意に仕事量を増やしていたのだろうか。それなら話が早い。

そう思いながら、ヴィエラは再び退職のタイミングを切り出そうとするが――。

「こうしてはいられない！　私は各方面に根回ししに行くから、出かけてくるよ！」

なんだか上機嫌でドレッセル室長は、職場から飛び出してしまった。

「根回しって……結界課かしら？」

特にクレメント率いる第二班の装備の魔法付与は、ヴィエラがほぼ専属でおこなっていた。

（何も言われないといいけれど）

辞めることで、迷惑をかける可能性が高い。

クレメントの反応が少し不安になるが、室長の様子は明るかった。任せれば大丈夫だろうと、ヴィエラは机に戻った。


あれから上司は夕方まで技術課室に戻ってこなかった。

ドレッセル室長は優秀な魔法使いのひとり。消耗した王宮内の設備の修復によく巻き込まれて帰ってこないことがあるので、今日もそうなのだろう。

（退職日の相談と、結婚相手の報告の続きをしたかったけれど、また後日改めるしかなさそうね。さて、時間通りに終わったわ）

魔力の消費が大きく疲れはいつも以上だけれど、きっちり定時上がりだ。

　ヴィエラは待ち合わせ場所に行く前に休憩室に寄って、髪型を確認して軽く化粧を整えた。ルカーシュも騎士服で今夜は同席すると言うので、ヴィエラも技術課の制服のままだ。

「皺なし、汚れなし、ほつれなし。あとは笑顔で挨拶！」

　結婚相手の両親と会うことに少しばかり緊張するが、ここまで勢いで来た。このまま突っ走るしかない。

　気合を入れて休憩室を出た。

（そういえば、ヘリング家の爵位を調べるのを忘れていたわ。同僚にそれとなく聞けば良かった……って、あれ？）

　小さな後悔をしながら西門に向かって回廊を歩いていると、怒りの形相を浮かべたクレメントが待ち構えていた。

　彼は、ヴィエラにさまざまな注文をしてくる。納期に間に合わなかったときもあった。しかし、ため息はつかれても怒りを向けてくることはなかった。

　初めて見るクレメントの顔にヴィエラの身は勝手にすくみ、本能的に足を一歩後ろに下げた。

「ヴィエラ先輩、結婚するってどういうことですか？」

　クレメントの声は、表情と違って落ち着き払っていた。低く、冷たく、感情を抑えている声色だ。彼はヴィエラに問いながら、長い足を大きく前に出して距離を詰めてくる。

　カツン、カツンと靴音が響く。回廊には今、ふたりしかいない。

「ド、ドレッセル室長からお聞きになったのでしょう？　本当です」

「伴侶探しはやめたと言っていたではありませんか。夜会のときも、そんな相手はまだいなかったはずです。嘘をつき、隠していたのですか？」

「嘘はついていません。お相手が見つかったから、探すのをやめただけです。それにどうしてクレメント様に逐一婚約事情を報告しなければならないのですか⁉」

思わず、反抗的な言葉が口から飛び出してしまった。

クレメントは面食らって瞠目し、わずかに狼狽《ろうばい》したような表情を浮かべた。

仕事のみならず、プライベートまでクレメントに支配される覚えはない。どうしてここまで執着されているのか分からない。

一度不満を言ってしまったせいで、鬱憤を塞き止めていた壁まで崩れた。

「私の存在が気に入らないからと言って、そこまで嫌がらせする理由はなんなのですか？　もしかして結界課の配属のお誘いを断った腹いせですか？」

「腹いせなんかじゃない！」

「ではストレスの捌《は》け口？　八つ当たり？　どっちにしろ、私がクレメント様に好かれていないのは承知しております。ご安心ください。結婚したらすぐに王都から去りますから、もう放っておいてください」

「王都から去る⁉」

クレメントはカッと怒りを爆《は》ぜさせ、ヴィエラの両手首を強く掴んだ。遠慮のない力で締め上げられた彼女の手首は熱く痛み、血が止まった指先は急速に冷たくなっていく。

「は、離してくださいっ」

「嫌だ」

「疎ましい人間が消え去るのに、何が不満なのですか⁉　そこまで私を搾取したいの⁉」

「違う！　ただ、あなたは僕のそばにいてくれなければ困る！」

クレメントの意図が理解できない。

(怖い。どうして私に執着するの？　恨まれるようなことをした覚えはないのに……っ)

逃げたくても、強く掴まれた手は振りほどけそうもない。大声で叫んで、騒ぎにしてまで助けを求める勇気もない。下手すれば、互いの醜聞に繋がるからだ。

誰かひとりだけ、回廊を通らないかと願う。そうすれば頭に血が上《のぼ》ったクレメントも正気に戻るはずだ。

ちょうどそのとき――。

「その手を離せ」

三つ編みにされた黒髪に、ブルーグレーの瞳の青年ルカーシュが回廊に姿を現した。彼は、クレメントの背後から冷たい眼差しを送る。

助けてほしいというヴィエラの祈りが届いたらしい。

だが、彼女は安堵よりも驚きに支配された。

なぜなら、ルカーシュが着ている制服は普通の騎士の制服ではなかったから。

この国を守護する神獣グリフォンと契約した精鋭騎士――神獣騎士のみが着る制服だったのだ。

しかも刺繍入りのマントは騎士団長の証。

今代の神獣騎士の団長といえば、『空の王者』と呼ばれる国最強の剣《つるぎ》だ。国王自《みずか》ら、『王』と認める英雄。

状況が飲み込めず、ヴィエラはただ呆《ほう》け見つめることしかできない。

一方でクレメントはハッとして、彼女の手を握っていた力を緩めた。

「ルカーシュさんがどうしてこちらに？　明日の遠征について、結界課と打ち合わせをしにでも来たのですか？」

「違う。俺は将来の妻となる女性を迎えに来ただけだ」

「――――な⁉　ヴィエラ先輩の婚約相手って⁉」

クレメントが「信じられない！」という視線をヴィエラに投げかけるが、彼女本人も信じられず困惑の表情を浮かべることしかできない。

（私に聞かれても……こっちを見ないでほしい。思いもよらない大物具合に、ちょっと倒れたいんですけど？　起きたら夢だったことにしたいんだけど⁉）

しかし残念にも、都合良く気を失うほど繊細ではないらしい。自分の図太さを呪いながら、ヴ

ィエラはコクリと頷きを返した。

「そんな──」

「だからその手を離せ、クレメント・バルテル」

ルカーシュが、ヴィエラとクレメントの間を割って引き離す。

ヴィエラの肩は引き寄せられ、勢いでルカーシュの胸に飛び込むかたちになった。

勢いよくぶつかったのに彼は容易《たやす》く受け止め、クレメントに見せつけるように逞しい片腕でヴィエラを優しく抱き締める。

クレメントは明らかに狼狽し、「接点なんてなかったはずなのにどうして」と呟いた。

「お前には関係ないだろう？　さぁ行こうか、ヴィエラ」

「は、はい」

ルカーシュはクレメントに冷たい視線だけを残し、ヴィエラをその場から連れ出した。

無言で回廊を足早に抜け、停車場に用意されていた馬車に乗るよう促《うなが》す。

外装に刻印されたアンブロッシュ公爵家の紋章と、クッションが効いた内装のソファを見て「あ、夢じゃない」と意識を飛ばしそうになる。

混乱の中、エスコートされたヴィエラはソファに腰掛け、恐る恐る口を開いた。

「ルカーシュ様、まさか神獣騎士の団長でいらっしゃいますか？」

「そうだ」

「つまり、公爵家のお生まれということですか？」

「あぁ、アンブロッシュ家の三男で間違いない」

見間違いや勘違いだったという、一縷《いちる》の望みは打ち砕かれた。

この国で神獣騎士というのは、選ばれること自体が難しく、名誉ある職種にあたる。

神獣騎士になった者は騎士爵《きししゃく》を得て、新たな家名を名乗ることが国王から認められる。アンブロッシュ公爵家の三男でありながら、ルカーシュが『ヘリング』という家名を名乗ったのはそのためだろう。

騎士爵は一代限りの爵位のため、貴族名鑑には記載されない。なおかつ、ヴィエラは貴族の情勢に疎いため気づけなかったのだ。

（五年前の戦争で、ワイバーンを神獣とする敵国の騎士団の奇襲を防ぎ切り、これまで大陸の空の王と呼ばれた敵国のエースを撃墜した英雄じゃないのよ。どうして、そんなお方の名前をど忘れしていたのかしら。しかも酔って求婚するとか……やってしまったわ！）

自分のやらかし具合に頭が痛くなる。

けれどルカーシュも、正体を隠していた節《ふし》があったことを不思議に思う。

「どうして単なる騎士のふりをしたのですか？」

「俺の肩書を知ったら、恐れ多いと君は逃げ出すタイプだと思っていたから伏せていた。そうだろう？」

「うっ……ヘリング卿、あのですね」

「今更呼び方を変えて、距離を取るつもりか？　婚約を無効にするなんて認めないからな？」

ニッコリと、爽やかな笑顔を浮かべたルカーシュに釘を刺されるが、ヴィエラはまだ現実を受け入れられない。

「だって、ルカーシュ様は生まれも育ちも高貴な方で、国一番の英雄ではありませんか。私ではその名誉に似合う贅沢な暮らしを提供できません。ユーベルト領で暮らし始めたら、これまでのような優雅な暮らしができなくなるんですよ？　いいんですか？」

「自分の贅沢は退職金と騎士年金があるから、君の負担にならないように生活する。先の戦争での報奨金も使わず残してあるし、毎月の貯金もばっちりだ」

「け、堅実ですね……。でも再度言いますが、子爵領はとーっても田舎で街も小さいところです。ルカーシュ様のほしいものがすぐに手に入らず、ご不便をかけてしまうかもしれません」

お金を持っている貴族は流行を追い、贅を尽くすものだ。

ルカーシュの家格や本人の地位を考えれば、初めは良くても、そのうち領地での生活が嫌になることが予想できる。国のために頑張った英雄に、そんな不便な思いをさせるのは忍びない。

どうか思い直してほしいと、ヴィエラは願う。

「君は俺にお金があると分かっていても当てにせず、心配するところはそんなことなんだな」

「だって、そういう約束ですよね？　私はお金ではなく、領地まで来てくれる婿が必要なのです。

婿様にお金があって喜ぶとしたら、私は飢えても婿様は飢える心配がなくて良かったな……ということくらいでしょうか」

「飢え……そんなに厳しいのか」

「いえいえ！　さすがに食糧不足で困るほどではありませんが、コース料理とは無縁の水準です。学園の食堂と同じか、それより低いかもしれません。平民と変わらないと思ったほうがいいです」

ヴィエラは眉を下げて、弱々しく笑ってみせた。きっとここまで不自由な生活だと知れば、諦めるかもしれないと。

しかし、ルカーシュはホッと短い安堵のため息をついただけだった。

「その程度なら問題ないじゃないか。戦時中や遠征のときの生活レベルを知らないな？　寝床は地面に敷物一枚。場所によっては温かいものは食べられず、固いパンばかり。肉はカラカラの干し肉で、新鮮な野菜とは無縁。プライベートも皆無。それが訓練で今も定期的にある。屋根と風船ベッドと平民レベルの食事があるだけで大歓迎だ！」

「な、なるほど」

ルカーシュが抱《いだ》いている領地生活への評価が思いのほか高く、ヴィエラは圧倒される。

立派な神獣騎士を務めるには、戦闘以外にも相当厳しい訓練を重ねているようだ。

言われてみれば、決して寝心地が良いとは言えない風船ベッドに感動し、素人の低価格パスタを美味しそうに平らげていた昨夜を思い出す。

(この人は、貧乏な私よりも厳しい生活に耐えられる下地があるのね。本人の心配は無用。……でも周囲の方たちはどうかしら)

おずおずと彼を窺《うかが》う。

「ユーベルト家の台所事情を知ってもなお、ご両親や国王陛下は英雄を貧乏子爵家に送り出してくれるでしょうか？　こんなに貧乏なんて知らないのでは？」

「いや、知っているよ。神獣騎士の遠征訓練より、快適な生活が送れそうだなと両親も歓迎している。国王陛下は、俺と神獣がこの国に留まる確固たる理由ができたから、結婚については認めてくれた。十年規定の任期もすでに終えているから、引退しても問題はないはずだ」

神獣騎士はグリフォンと契約できる貴重な戦力として、騎士になってから十年の勤労が義務付けられている。厳しい訓練に耐え、重い責任を背負う代わりに、十年きちんと勤めれば好きなタイミングで引退できるという規定だ。

ルカーシュは十五歳のときに史上最年少で神獣騎士になり、数カ月前に義務の十年を終えていたらしい。

「そんな若いころから騎士だったんですね。だから勉強がしたいと」

人間は神獣グリフォンの指名を拒否できない。グリフォンに選ばれたときから、契約者の進路は国に管理される。

十五歳から騎士ということは、青春時代のすべてを訓練と使命に費やし、学園にも通えなかったということだ。

「まさに俺にとってヴィエラの求婚は、望むすべての条件が揃った天啓に等しかった。打ち合わせ内容に関係なく、運命だと思ったよ。この機会を……君を逃すつもりはない」

「――っ」

ルカーシュは不敵な笑みを浮かべ、獲物を狙うような眼差《まなざ》しでヴィエラを見つめた。

ロマンチック無縁の出会いと利害一致の契約婚であり、ここに恋情は存在しない。そう分かっていても自身を求める言葉にヴィエラの心臓が飛び跳ねた。美形とは、なんて恐ろしいのか。

ソワソワしてしまう気持ちをグッと抑え込む。

「で、ではこのまま計画を進めて本当にいいのですね？」

「もちろん。おっと、着いたな」

ちょうど馬車が停まり、すぐに扉が開けられた。

ヴィエラは扉の先を見て、息を呑んだ。

「――こ、これがご実家ですか？」

「あぁ、少々古い屋敷だけどな」

「これが古い……。さすがアンブロッシュ公爵家」

ルカーシュは『古い屋敷』と称したが、どう見ても『歴史ある屋敷』と言ったほうが相応しい荘厳《そうごん》な建築物だ。赤い石造りの壁に、真っ白な柱とバルコニー、夕焼けに負けないくらい輝かしい灯りが窓から溢《あふ》れている。しかも、視界に収まり切らないほどの大きさを有していた。

アンブロッシュ公爵家は四大貴族のひとつに名を連《つら》ね、資産家でもある超名門。立派な屋敷の後ろにはまだ広大な敷地が続き、優雅な庭の先には別邸も見える。噂によれば、長男夫婦と子どもたちが住んでいるはずだ。その別邸も、ユーベルト子爵家の本邸より大きくて立派。

（ひぃいいいいっ、やっぱり貧乏子爵家の婿に来ちゃ駄目だって……）

圧倒的な格の違いを見せつけられ、再び腰が引ける。

けれどもルカーシュは先に馬車から降りて、「父上と母上がお待ちかねだ」とヴィエラに手を差し出した。

もう逃げることは不可能と言わんばかりの、圧のある笑顔だ。

ここまで来たら勢いだ――とヴィエラは、彼の手を取って屋敷の中へと踏み込んだ。

「ようこそアンブロッシュ家に来てくれた！　私はルカーシュの父ヴィクトルだ」

「待っていたわ。わたくしが母のヘルミーナよ」

美形ルカーシュの親、ここにあり。

キラキラとした歓迎の笑顔を浮かべる美しい公爵夫妻に出迎えられ、ヴィエラは慌てて敬意を示す礼をする。

「初めまして、ユーベルト家の長子ヴィエラと申します。このたびは急なお話にもかかわらず、お会いする時間をくださり感謝申し上げます」

「そんなに硬くならないでくれ。これから私たちは家族になるのだからね」

アンブロッシュ公爵はにこやかな笑顔のまま、ヴィエラに友好の握手を求めた。

「ありがとうございます」

そう応えながらヴィエラは握手をしようとしたのだが……。

「まぁ！　その手はなんなの⁉」

悲鳴をあげたアンブロッシュ夫人は握手を遮り、ヴィエラの手を掴んだ。

掴み上げられた手首には、指痕《ゆびあと》の形をした紫色の痣が浮かんでいた。先ほどクレメントに強く握られた箇所だ。

ルカーシュの正体や公爵への挨拶などに気を取られ、ヴィエラは手首のことをすっかり忘れていた。

「まさかルカがヴィエラさんに無理を⁉」

「俺じゃない。クレメント・バルテルにやられたんだ。さっき俺が迎えに行ったとき、ヴィエラが彼に絡まれていた」

どう説明しようか悩んでいる間に、ルカーシュが明かしてしまう。

公爵夫妻は揃って眉をひそめ、さらなる説明を求める視線をヴィエラに投げかけた。

「実は私が退職することに納得できないようで、クレメント様を怒らせてしまったようです」

「まさか……。バルテル家の跡継ぎは優秀で、先日話したときも好青年だと感じたのだが。ヴィエラさんに対してこのようなことをするとは……可哀想に。痛かっただろう」

公爵はまるで身内を案ずるように憤った。

「父上、彼は随分とヴィエラを気に入っていたようですから、他人に取られるのが許せなかったのでしょう」

「ルカーシュ様、逆ですよ。気に入らない私が仕事を辞めて、結界課の装備調達に迷惑がかかるから怒ったんですよ」

ルカーシュの意見をヴィエラは否定したが、彼は眉間に皺を寄せて短いため息をついた。

「そういうことにしておくか。とりあえず、あいつは我慢のできないわがままなガキってことだ」

「ルカーシュ様、あまり大事《おおごと》にしないでいただけると」

「……君がそう望むなら今回はそうする。それにしても、これは酷いな。気づけなくて悪い」

ルカーシュは痛ましそうな目で痣を見たあと、メイドに医者を呼ぶよう手配してくれた。

幸いにも痣の濃さほど痛みも出ず、骨にも異常はなかった。湿布薬を塗って、軽く包帯を巻いて終わりだ。

診察後すぐに夕食を摂ることになり、豪華絢爛《ごうかけんらん》なコース料理に再びヴィエラは圧倒された。

何年も前に習ったマナーを必死に思い出し口にしていくが、どれも美味しく、顔を緩ませずにはいられない。

舌鼓を打っていると、隣に座っているルカーシュが少し顔を寄せた。

「無理してないか？」

「していません。こんなに素敵なディナーは初めてで、生きていて良かったと思っているところです」

「大げさな」

「事実です。だってルカーシュ様、本当に美味しいんですよ」

コース料理はデビュタントの晩餐会《ばんさんかい》以来と言ってもいい。そのときはウエストを締め付けるコルセットと緊張のせいで、料理をまともに食べられなかった。

その悔しさを癒やすほど、今日の料理は美味しくて豪勢だ。お肉は口の中で溶けるほど煮込まれていて、顔まで溶けてしまいそうな味わい。至福の皿とは、まさにこの皿を指す。

ヴィエラが料理の感動を目で訴えれば、ルカーシュは口を手で押さえて肩を揺らした。

それは正面に座る公爵夫妻も同じようで――ヴィエラは赤くなった顔を俯《うつむ》かせた。

（料理が美味しすぎて、公爵夫妻の前でも気を緩めてしまった……恥ずかしいっ）

気を悪くしていない様子なのが救いだ。

「ははは、我が家の食事を気に入ってくれたようで、当主として嬉しいよ。ルカーシュがあなたを気に入るわけがなんとなく分かる」

「恐れ入ります」

「さて、ヴィエラさんが気さくで素敵なお嬢さんだというのは知れたが、跡継ぎとして仕事はできるのかな？」

おおらかな雰囲気から一転、公爵から値踏みをするような鋭い視線を向けられた。

両親は認めたとルカーシュは言っていたが、やはり親の本音は違うようだ。公爵家の現当主として、ルカーシュの父親として、息子を婿入りさせるに値するか見極めるつもりらしい。

ヴィエラは姿勢を正して、向き合った。

「ユーベルト子爵家の子は娘ふたりです。婿入りする方が困らないよう、父は私と妹に平等に教育を施してくれました。ですからルカーシュ様にはご負担がかからないよう、若輩者《じゃくはいもの》なりに次期当主として務めるつもりです」

そして「貧乏なので贅沢は提供できませんが」と、苦笑しながら付け添えた。

「おや、ルカーシュには頼らないと。地位に人脈に資産――息子はいろいろ条件がいいぞ？」

「存じております。けれども、ルカーシュ様が婿になってくれただけで十分嬉しいのです。私にとって彼は救世主ですから、多くを求めるつもりはありません」

ヴィエラは、嘘偽りのない気持ちを告げた。

するとアンブロッシュ公爵と夫人は、同時に満足そうに頷いた。

「跡継ぎ教育を受け、王宮魔法使いとして魔法局に就職できる優秀さを持ちながら謙虚。余計な欲を持たない人の良さは、さすがあのユーベルト子爵の娘だ」

四大貴族の当主が、貧乏子爵家の父親を褒めたことにヴィエラは驚いた。

「父をご存じなのですか？」

「もちろんだ。子爵は、私も当主として見習わなければならないことが多い」

アンブロッシュ公爵は長男にその座を譲るまで、財務局の長官として働いていた。各領地の経営状況から納税額を見積もったり、補助の予算を組んだり、または横領の不正がないかと調べるのが仕事だ。

その過程で、ユーベルト子爵家の領地の状況を知ったらしい。

「あれだけ厳しい土地でしっかり納税できる、見事な節約術には驚いた。しかも抜き打ちで視察に行けば、生活はとても質素なのに、領民は子爵をとても尊敬し慕っているではないか。一度、子爵から領地の譲渡について相談されたが、国や他の領主ではあのようにはいかず、領民は土地を離れてしまい無法地帯になるだろう。あえて、子爵に頑張り続けてもらうことにした」

「だからずっとユーベルト家が領地の管理を任されていたんですね」

貧乏でも自分が生まれ育った大切な土地。

けれども、誰もがあの領地を嫌っている――そう悲しい気持ちがどこかにあった。

だが、事実は違っていた。

ヴィエラは評価された父を誇らしく思い、自分も同じように領民を大切にしようと心に誓う。

話を聞けば、子爵領は特別監査地にまもなく指定され、悪天候による不作や災害に遭った場合、特例で納税が免除されるようになるとのこと。

父親の誠実な領地経営と信用が実って得られた権利だ。

「本当は免除するような危機的な状況になる前に、国から支援できるようにしたいのだが、上でも話をまとめるのが難しく……。力不足で申し訳ない」

「いえ！　領地を気にかけてくださっていることを知れただけで嬉しいです。ご配慮に感謝いたします」

いざというときの保険があると分かり、次期当主として気を張っていたヴィエラの肩から少しだけ力が抜けた。

「うん。ヴィエラさんになら息子を任せられる。な、ヘルミーナ」

「えぇ、旦那様。わたくしも彼女が気に入ったわ」

改めて認められ、再びヴィエラは背筋を伸ばした。

「あ、ありがとうございます！」

「では、食後に婚約の誓約書を作成しよう」

「はい！」

契約結婚の計画は、上手く進みそうだ。ヴィエラとルカーシュは、お互いに顔を見合わせて笑みを浮かべた。

すると夫人は手を合わせて軽く音を鳴らすと、嬉々《きき》とした表情を浮かべた。

「ねぇ、ヴィエラさんはルカのどんなところを気に入ってくれたのかしら？」

「え？」

ご本人《ルカーシュ》の前で？　そう問いかけの視線を送るが、夫人はすでに聞けるものだと確信し、期待に満ちた眼差しを返してきた。

ヴィエラは、打ち合わせにないのですが？と、そっとルカーシュに横目で助けを求めるが、彼は助ける気のない爽やかな笑みを返すだけ。

もちろん公爵が味方をしてくれるわけもなく……。

一応、恋愛結婚だと説明しているのだ。契約結婚だと知られるわけにはいかない。洞察力がありそうな公爵夫妻の前で、明らかな作り話をするわけにもいかないだろう。

少し間をおいて、ゆっくりと口を開いた。

「とても話しやすいところです。身分や権力を見せびらかすことなく、爵位の低い私にも対等に接してくれます。ルカーシュ様のほうが年上ですが、私としては少し無邪気なところが可愛いと思いました。そして優しく気遣いができる紳士的なところも魅力だと思います。あとは綺麗な顔が笑顔でくしゃりと崩れると、癒やされます」

一緒に過ごした時間はたった二晩だけれど、抱いた感想をまとめる。そして、こんな感じでどうでしょうか？と答え合わせをするようにルカーシュを見た。

すると彼は視線がぶつかる前に、顔を背けてしまった。けれども耳の先が赤いのは隠し切れていない。

（待って……。こんな反応するなんて。私の婿様、可愛すぎでは？）

ルカーシュの反応は公爵夫妻にとっても意外だったようで、目をパチクリと瞬《またた》かせた。そしてヴィエラと目が合うと頷き、ルカーシュは可愛い！という気持ちを通わせた。

こうして和気あいあいとした雰囲気で夕食は終わり、婚約の誓約書は無事に作成された。

誓約書の写しと手紙は、公爵が「息子を婿として引きとってもらう礼儀として、私が送ろう」と言ってくれたのでお願いすることとなった。


「ヴィエラ、案内したいところがあるんだ」

話が一段落したとき、ヴィエラはルカーシュに裏庭へと連れ出された。

芝は均整に刈られ、生垣の薔薇は見事な大輪を咲かせている。それに見惚れながら進んだ先には大きな厩舎があった。

まさか――と、その中にいる存在を予感しつつ中を覗けば、立派なグリフォンがいた。

大きさは、馬四頭分はあるだろうか。頭部と前脚は鷲《わし》、胴と後脚は獅子、背中に大きな翼を携えた黄金の毛並みが美しい。

グリフォンは鋭い嘴《くちばし》と爪で魔物や敵を切り裂き、大きな翼で自由に空を飛び、力強い後脚で陸地を駆ける。いくつか存在する神獣の中でも、戦闘になれば頂点の座を競うほどの強さを誇る生き物だ。

運命の契約者を探すため空を飛んでいるグリフォンの姿を遠目で見たことはあるが、これほど間近で見たことはなかった。

しかもグリフォンは厩舎の中に入っているものの、柵も鎖もなく自由に出入りできる状況。

この国の神獣であるグリフォンは賢く、国民を襲うことはない――そう分かっていても圧倒的な存在感に、ヴィエラの腰が引ける。

「俺の相棒のアルベルティナだ。大丈夫、怖くないよ」

ルカーシュが両手を広げると、アルベルティナは彼に頭を差し出した。

彼の腕全体で頭を撫でられたアルベルティナは、獰猛《どうもう》に見える目を柔らかく細めて「キュルル」と鳴いた。

可愛く甘える姿を見たら、怖さが和らいだ。ヴィエラは神聖な守護者に腰を折った。

「アルベルティナ様、お会いできて嬉しく思います。私はヴィエラ・ユーベルトと申します。どうぞよろしくお願いいたします」

「キュル」

アルベルティナはルカーシュから離れ、ヴィエラに頭を差し出した。

（撫でていいということかしら？）

ヴィエラはそっと手を伸ばし、ゆっくりと撫で始めた。

見た目以上に羽毛は柔らかくしなやかで、しっとりと吸い付くような撫で心地だ。

「キュー！」

「え？　申し訳ございません！」

撫で方が悪かったのか、アルベルティナは文句を言いたげに鳴いた。

ヴィエラは慌てて手を離すと、ルカーシュが肩を揺らした。

「もっと強く撫でてほしいんだってさ。遠慮はいらない。私たちの仲でしょ、と言っている」

神獣は魔物の仲間になるが、高度な知能を持ち、契約者とだけ詳細な意思疎通ができる。

ちなみに神獣騎士をはじめとする神獣の契約者は、神獣と意思を繋ぐためにすべての魔力を捧げるのが決まり。一切の魔法が使えなくなるため、魔力を溜めた魔法石を用いて魔道具を使うことになる。

このように、アルベルティナの言葉を通訳しているルカーシュも例外ではない。

「初めて会うのに、私のことを認めてくれているのですか？」

「ヴィエラと会った夜に、アルベルティナには君のことを包み隠さず話してある。話を聞いて、面白い人間だと君を気に入ったようだ」

ルカーシュの説明に、ヴィエラは目眩《めまい》を覚えた。

「包み隠さず、面白い人間って……。酔っ払い状態の私をアルベルティナ様もご存じで？」

「もちろん」

「なんと！」

ヴィエラは頭を抱えると、ルカーシュもアルベルティナも笑い出す。

「いいじゃないか。俺も裏表のないところが気に入ったんだし、アルベルティナも女同士仲良くしようだってさ」

「うぅ、お優しい。よろしくお願いします」

そう言いながら、今度こそ力強く頭を撫でた。

するとアルベルティナは上機嫌な声を出し、ヴィエラに頭を擦《こす》り付けた。押しの強さで後ろに倒れそうになるが、ルカーシュが背中に手を当てて支えてくれる。

「ありがとうございます」

「どうってことない。こら、ティナ。ヴィエラは騎士とは違うんだから手加減しろって」

「キュルゥ」

言葉が通じなくても、アルベルティナが反省していることは伝わってくる。

「アルベルティナ様が悪いわけではございません。私、もっと鍛えます！」

「キュル！」

「ふっ、ティナが期待しているだってさ。お詫びにヴィエラも愛称で呼んでいいそうだ」

「……ティナ様？」

「キュルルルー♪」

アルベルティナは嬉しそうに翼を羽ばたかせた。その風圧と共に、ヴィエラが抱いていたグリフォンへの恐怖心も飛んでいった。

「ヴィエラとティナが仲良くなれそうで良かった」

「私も、仲良くなれそうで嬉しいです。それにしてもルカーシュ様とティナ様は、噂で聞く神獣騎士たちより距離が随分と近く感じます」

他の騎士は『世話と引き換えに神獣に力を貸してもらう』という、グリフォンの従者的な立ち位置が一般的と聞く。

けれども、ルカーシュとアルベルティナは違って見える。

「実は俺が八歳のとき、領地で面白いものを拾ったと思って、親を驚かそうと内緒で持って帰ってきたら、グリフォンの卵だったんだ。慌てて卵の親を探してみたものの見つからず、その間に孵化《ふか》してしまい……。責任を取って俺がティナを育てることになったんだ。つまりティナとは親子であり、兄妹みたいな関係だな。だから……」

ルカーシュは言葉を一度区切り、少しだけ重たげに再び口を開いた。

「ユーベルト子爵領に土地が余っていれば、そこにティナの厩舎を建てたい。この子を連れて行きたいのだが、いいだろうか。体は成獣化しているが、まだまだ甘えたがりの子どもだ。置いていくのが心配なんだ」

ルカーシュが、ヴィエラを支える手とは逆の手でアルベルティナの頭を撫でる。彼の眼差しは愛しさと、憂慮《ゆうりょ》の色が混ざり合っていた。

幼い頃から一緒に育ち、ともに戦場で命を預け合った仲。ヴィエラとしても引き離したくはない。

「神獣様が領地に来ると周知し、むやみに近づかないよう注意喚起を事前に徹底すれば可能だと思います。田舎で土地はいっぱいあるので、厩舎も心配ありませんよ」

安心させるようにニッと笑えば、ルカーシュは今までで一番幸せそうな笑みを浮かべた。

「感謝する。やはり、君を選んで正解だった」

「キュルー！」

ふたりが喜ぶ姿を見て、ヴィエラの心も温かくなる。

未来の婿の笑顔は素晴らしいし、アルベルティナ様はとても可愛い。

ヴィエラは、すぐに頭の中で厩舎に最適な場所をピックアップしていく。そして新しい厩舎のデザインをどうするか、現在の厩舎を見上げて月の高さに気づく。

「もうこんな時間！　長居してしまっては公爵家の皆さまに迷惑をかけてしまいますよね？　ルカーシュ様、帰りの馬車をお願いしたいのですが」

「そのことなんだが、今日から結婚までの間は公爵邸に移り住んでくれないだろうか」

「はい？　なぜそのようなことに？」

「本当は馬車の中で伝えるつもりだったんだが……俺の立場を考えたら分かるんじゃないか？」

そう言われてハッとする。

ルカーシュは神獣の契約者であり、公爵家の息子。そして容姿も良く、令嬢から大人気の優良株。そんな英雄と婚約した女は嫉妬を浴び、どんな闇討ちが待っているか分からない。

防犯性が怪しい安いアパート、ひとり暮らし、戦闘力ゼロのヴィエラは狙われ放題。さまざまな危険性を頭に巡らせ、ヴィエラは体を震わせた。

「ぜひとも、お邪魔させてください！」

「うん。あの家に君ひとりは俺も心配だったから良かった。いつでも客人が泊まれる部屋はあるし、着替えは母上が張り切って用意しているはずだ。アパートの物は後日こちらの人間に運ばせるから、心配は無用だ」

「何から何までありがとうございます！」

「じゃあ、俺は騎士寮に帰るけど遠慮なく過ごしてくれ」

「え!?」

後出しの情報が多くて混乱する。婚約者不在の未来の義実家に、ひとりで泊まるなんてハードルが高すぎる。

どうして——と、助けを求める眼差しをルカーシュに向けた。

「明日は結界の石碑の定期巡回の日で、郊外の森に日帰り遠征の予定が入っている。早朝出発の遠征の前日は、騎士寮で寝泊まりするルールがあるのは知っているよな？」

定期巡回は、結界が問題なく発動しているか確認し、もし弱まっていれば結界を張り直すという重要任務。魔法使いを守る騎士は魔物と対峙する可能性もあり、疲れは禁物だ。

心細いというわがままは言えない。

むしろこんな大切な遠征の前夜に、自分のために時間を割いてくれたことが申し訳ない。ヴィエラはしゅんと肩を落とした。

「父上も母上もヴィエラを気に入ったから良くしてくれるし、明日からは寮に戻らず俺も屋敷に帰るようにする。遠征も最後になるだろうし、だから――……すまない」

ルカーシュの眉が下がる。

「いえ！　私の考えが足りず申し訳ないと思っただけで、ルカーシュ様は何も悪くありません。自宅アパートにひとりより、公爵邸のほうが安心できるので問題ありませんよ」

「そう言ってくれると助かる。明日また一緒に帰ろう」

「はい。お帰りを待っています」

そう告げると、ルカーシュはその場でアルベルティナの背に飛び乗った。すぐに出発してしまうらしい。

「ルカーシュ様、お気をつけて！」

「ありがとう。おやすみ、ヴィエラ」

ルカーシュが手綱を握る手に力を入れた瞬間、アルベルティナは力強く空へと舞い上がった。

あっという間に、彼らの姿は夜の空に溶け込んで見えなくなってしまう。

ヴィエラは離れたところで待っていた使用人に案内され、新しい部屋へと足を運ぶ。

案内されたのは、おしゃれな調度品が揃い、ベッドはアパートの二倍の大きさがあり、シャワールーム付きという豪華な客室だった。しかもクローゼットには、みっちりと高級パジャマと着替えがすでに用意されていた。

試しにパジャマを一着出してみたら、シルクでできたフリフリの、めちゃくちゃ可愛らしいデザイン。

唖然《あぜん》と眺めて数秒後、ヴィエラはしっかりと胸に抱いた。

「うん！　郷に入っては郷に従え、よね！」

こんな優雅な暮らしは、領地に帰郷するまでの一カ月だけ。

開き直ったヴィエラは、一晩でアンブロッシュ公爵邸になじんだのだった。

第三章
胸の高鳴りと空の旅

王宮の敷地内にある厩舎にアルベルティナを預けたルカーシュは、騎士寮に向かって上機嫌で歩いていた。

「ほんと、面白い女性だな」

ヴィエラとの出会いは衝撃的だった。

ミモザのような鮮やかな金色の髪に、ぱっちりとした薄紅色の瞳、それでいて小柄な彼女は、可愛らしいと評されるような容姿をしている。

これまでのそういった令嬢は、容姿を武器にか弱さを強調し、庇護を得ようと媚びてくる者が多かった。庭園でヴィエラに出会った瞬間ルカーシュは、「また面倒なタイプの令嬢か」とうんざりしたのを覚えている。

だが、そんなイメージは数秒も持たなかった。

ウイスキーの酒瓶を片手に、男顔負けの豪快な飲みっぷり、飾ることのないカラッとした性格、ルカーシュを『英雄』と色眼鏡で見ない態度で……容姿とのギャップがすごかった。

成人してから猫を被っていない、人間味を感じられる令嬢に会ったのは初めてかもしれない。勧められたお酒も、いつもなら怪しい薬の類いを警戒するものだが、先に口を付けたヴィエラの様子を見れば心配無用と分かって飲むことにした。

気づけば会話は弾み、意気投合。契約婚を持ちかけられたときも、「この子なら恋愛感情がなくとも、いい友人として共に生活ができるだろう」という直感をもとに、すぐに受諾の返事をした。

翌日アパートに泊まり、ヴィエラに一切下心がないことと、面倒見の良い性格を見て、勘は確信に変わった。

どんな形であれ、ヴィエラは唯一無二の存在になるだろう——と。

(俺の勘はよく当たる。先の戦争のときも、令嬢の罠も、友人面してすり寄る令息たちの誘いも、いつも直感のままに判断して正解だった。だから、今回のヴィエラは手放してはならないという直感も当たるはず)

今回の顔合わせで、人を見極めるのに長《た》けている両親は味方につけられた。国王には報告書を送ったが、結婚に関しては祝いの言葉をもらえた。

問題は、退職のタイミングについて難色を示していることだけだ。

「どうやって辞めようか……」

八歳でアルベルティナの親代わりとなり、翌年契約したときからルカーシュの将来は確定してしまった。

戦いの才能があったのか、十五歳という異例の早さで神獣騎士に任命されもう十年。団長の地位も五年間、きちんと守った。騎士としての使命は果たしている。

ただ、引退するには若すぎる年齢なのも事実。ルカーシュを引き留めたい国王の心情も察することができる。

だからといって、ヴィエラの家の事情を考えれば時間に余裕はない。早急に各所へと根回しをしなければならないだろう。

「けれど、その前にあいつをどうするか――」

ルカーシュはヴィエラの手首にできた痣を思い出しながら、騎士寮の帰路についた。

＊＊＊

「本日、結界課からは第二班の八名が参加。全員準備は完了しております。ルカーシュさん、本日の定期巡回の護衛をよろしくお願いします」

翌早朝、今回の遠征でチームを組む結界課の班長クレメントがルカーシュに挨拶をした。昨日は何もなかったような、いつもと変わらぬ笑みと毅然《きぜん》とした態度だ。

ルカーシュも、いつもの任務中と変わらない怜悧《れいり》な表情で返す。

「承知した。神獣騎士四名、騎士十名が結界課の護衛にあたる。リーダーは今回も俺が務める。よろしく頼む」

「はい」

「では行こう」

神獣騎士はグリフォンに、王宮騎士と結界課は馬に騎乗して郊外へと出発した。

途中で魔物と遭遇するが難なく対処し、弱まっていた結界はすべて更新。予定通り、夕方には王宮に無事に帰還することができた。

解散後、ルカーシュは返り血で汚れてしまったアルベルティナを洗うため、神獣騎士が拠点を置く広場に移動しようとする。

そのとき、クレメントが声をかけてきた。

「ルカーシュさん、お時間をいただけないでしょうか？」

「……いいだろう。ティナ、洗い場で待っていてくれ」

「キュルー」

他の騎士たちにも先に戻るよう指示し、ルカーシュはクレメントを訓練場へと誘《いざな》う。

訓練場でふたりきりになった途端、平静だったクレメントの眼差しが鋭いものへと変わった。

「ルカーシュさん、昨日のはどういうことですか⁉」

「ヴィエラのことか？」

ルカーシュがヴィエラを呼び捨てにしたことで、クレメントはさらにきつく睨んだ。

「どうしてあなたが、ヴィエラ先輩と結婚することになったのですか？　ルカーシュさんも、ヴィエラ先輩も、あの夜会の前まで知り合いでもなかったはずですが」

「では聞こう。クレメント・バルテル、どんな答えならお前は諦めてくれるんだ？」

「――――っ！」

ルカーシュが鼻で笑えば、クレメントは奥歯を強く噛み締めた。

お互いに高位貴族で年も近く、幼い頃からの顔見知り。遠征で共に活動する機会も多く、親しくはないがそれなりに付き合いは長い。

それでも、これほど強い怒りをぶつけられるのは初めてだ。

(やはり予想は当たったか。クレメントは、ヴィエラへの恋慕《れんぼ》を随分と拗らせているらしい。面倒な男だ)

以前から、技術課にはクレメントご執心の令嬢がいるという噂は有名だった。技術課のエースで、結界課の人間で彼女の恩恵にあずかっていない人はおらず、各騎士団も彼女の魔法付与には随分と世話になっていた。

けれども仕事場に引きこもり、社交界には一切出てこない。金糸雀《カナリア》のような可愛らしい女性という噂から、興味を持って近づこうとしてもクレメントが立ちはだかり、詳しい姿を知る者は少ない。

魔法局の秘密の小鳥――それがヴィエラだった。

技能的にも、個人的な心情でも、クレメントとしては宝物を取られた気分であることは容易に察せられる。

「一目惚れをした。夜会で彼女を見て、とても可愛らしいと思ったんだ」

「それで、その場で求婚をしたと？」

「納得できないか？」

「えぇ。ルカーシュさんは以前から引退したら田舎に行きたいと言っていましたよね。ユーベルト家は妹が跡を継ぐと言っていたのに……。先日、王都に残るはずのヴィエラ先輩は領地に帰ると言った。理想の辺境地にある貧しい子爵家に目を付け、権力を利用して無理に婿入りを迫ったのではありませんか？」

ヴィエラの危機的な状況を利用していることには違いないが、お互いに利益があってのこと。同意の上での婚約。

むしろ誘ってきたのはヴィエラから。一方的に利用していると思われるのは癪《しゃく》だ。

だが、クレメントの思い込みを訂正するつもりはない。

「随分と想像が逞しいが、無理に迫った覚えはない。哀れな彼女に、求められた優しい同情を与えただけだ。ヴィエラは喜んで婚約に同意してくれたよ」

「なっ！　実家のためならなんでも我慢してしまう彼女の性格を利用したと!?　ルカーシュさんがそんな人だったとは！」

狙い通り、ルカーシュは王子から姫を奪った悪役にされる。

「はっ、彼女に愛を一切伝えなかったどころか、嫌われていると誤解されるようなお前よりは、俺は紳士だと思うけどな。そんなに執着しているなら外堀を埋めてばかりではなく、さっさと意味のないプライドを捨てて、本心を曝け出して求婚していれば良かったんじゃないか？」

「僕の事情も知らないで！」

「あぁ、知らないさ！　ただ言い切れることは、意地悪な男にヴィエラは振り向かないってことだ。ましてや、あのか細い腕に濃い痣をつけるような男にはな」

ルカーシュが笑い飛ばすように告げると、クレメントの表情から一気に血の気《け》が失せる。怒りを削がれた彼は黙り込んでしまった。降ろされている拳は強く握られ、後悔が伝わってくる。

追い込むように、ルカーシュは声色をぐっと落とした。

「クレメント、ヴィエラは俺の引退後の楽しみになくてはならない大切な駒だ。今後、俺の目の届かないところで傷つけたり、無茶をさせたりしたら絶対に許さない」

「――っ」

クレメントの返事はない。

ルカーシュは、すれ違いざまにクレメントの肩を軽く叩いてから訓練場をあとにした。

（これで怒りの矛先は俺に向き、あいつはヴィエラに優しくするしかないだろう。でも、それでいいのか？）

胸の奥で、疑問が生まれた。

ヴィエラはクレメントに嫌われていると思い、彼に頼ることがなかったからルカーシュを選んだ。

けれども、彼女がクレメントの本心を知ってしまったら……と思うと、どうしてか心穏やかではいられなくなった。

＊＊＊

アンブロッシュ公爵家で初めてのお泊まりをした翌朝、ヴィエラは妹のエマを屋敷に呼んでいた。

今日は午後出勤の日なので、午前は自由なのだ。

「……私、展開が早すぎて、ついていけないんですけれど？」

エマは案内された応接室を見渡し、居心地が悪そうに高級ソファに腰掛けている。

婿の適任者が見つかったと一報を入れていたが、現実を受け入れるのに時間を要しているらしい。

今は人払いを済ませ、ユーベルト家の姉妹だけ。ヴィエラはいつも通りの態度で妹に接する。

「私も、相手が想定外の大物で驚いているの。ルカーシュ様、とんでもない人だったわ！」

「お姉様が社交界に疎いのは十分理解していたけれど、英雄様のことまで知らなかったことは想定外だったわ。婚約者の名前を見て、私なんて寮で悲鳴をあげてしまったのよ。予想していた相手でもなかったし」

「予想していた人がいたの？　どうして夜会で紹介してくれなかったの？」

「私には接点がなかったの。ちなみに予想相手は、お姉様の過労の原因であるクレメント様よ！　婚期を逃しそうな原因でもあるから、ようやく責任でも取ってくれるものかと」

「彼は侯爵家の跡継ぎよ。婿になんて来てくれるはずはないじゃない」

「むしろ次期侯爵だからあり得ると思ったのよ。まずは一時的に婿になってもらい、私が後継者資格を得てからは経営権を譲渡してもらう。それからクレメント様は、お姉様を侯爵夫人として迎え入れる。互いに離婚歴も付かずに万事解決……ありでしょ？」

「そうだけど、これだけ嫌われているのよ？　協力なんてしてくれるはずがないわ」

そう言って包帯を巻いている手首を見せれば、エマは可愛らしい顔を思い切り歪めた。

「何それ」

「クレメント様を怒らせちゃって。手首を握られたら痣になっちゃったのよ」

「実はお姉様を好きという噂を信じた私が馬鹿だったわ。クレメント様……許すまじ」

「変な噂ね。でも、すぐにルカーシュ様が医者を呼んでくれて診てもらったけど、大丈夫だったから安心して」

隣に座る姉思いの妹の頭を撫でた。

エマは自慢の妹だ。可愛らしく社交性もあり、賢く経営手腕はヴィエラよりも上。とても家族思いで、貧乏領地の次期後継者として重圧もあるのに、いつも前向きに頑張っている。

「そういうことだから、エマは焦らず納得のいく相手を探して。私は技術課を辞めるけど、エマが学園を卒業するまでの学費は用意できるし、問題の領地運営に関しては、エマが婿を連れて帰郷するまでしっかり守ってみせるわ。そのあとは元王宮魔法使いの肩書で、どこかに再就職すれば万事解決よ」

ルカーシュの両親には契約結婚のことを隠してあるが、子爵家の正当な後継者であるエマにはきちんと伝えておく。

そう安心させるためにヴィエラは笑みを向けたが、エマの表情は未だに優れない。

「お姉様こそ、この婚約に納得できている？　焦って、無理していない？　ルカーシュ様から婚約する条件として、何か強要されたり……」

「とんでもないわ！　とても気さくで優しくて、仲のいい友人のように接してくれているわ。その上、きちんとレディとしても扱ってくれるの。紳士的で素晴らしい人よ！」

「好きになったの？」

「人としてね。こんなじゃじゃ馬な私を恋愛対象には思ってくれないだろうし、甘い関係は築けないかもしれないけれど、いい家族になれる自信はあるの」

「そう……。でも本当の夫婦になりたくなったら、そのまま後継者の座にはお姉様が就いてもいいからね。次は私がお金を稼いであげる。これでも成績上位者なんだから、稼ぎのいいところに就職してみせるわ」

エマはポンと胸を叩いてみせた。

それに対してヴィエラはほほ笑んでみせたが、少しばかり複雑だ。

妹が稼いでくれることは頼もしい。

けれど、ルカーシュと本当の夫婦になる……というのは難しいだろう。

彼は勉強するための自由な時間以外、すべてを持っている男だ。ある程度満足したら、結婚している意味はなくなる。利便性のいい王都も恋しくなるだろうし、ヴィエラには彼を引き留められる魅力的な手札はない。

（ま、あまり将来を想像しては駄目よね。とりあえず目の前のことに集中しないと）

ヴィエラはお茶に口を付けて気持ちを切り替えた。

「後継者の話はまた状況に応じて相談しよっか。それよりも……エマのところには、あれから連絡は来た？」

「来ていないわ。お父様は大丈夫かしら……。お姉様の婿様の名前を知って、驚きすぎて弱ってしまった心臓が止まらないかも心配だわ。会いたいな」

「そうね……。もう一年近く会えていないものね」

父親は貧乏なりに生活の知恵を絞って、ふたりが進学に困らないようにお金を工面してくれた。楽しみだった一日一本の煙草も止《や》め、お酒も特別な日だけ。ベッドは父親の手作りだったし、高級なものは与えられなかったが、代わりに愛情をいっぱいくれた。

父親を支える母親のことも、ふたりはとても尊敬していた。家庭教師を呼び寄せることができなかったため、母親が勉強やマナーを教えてくれた。王都の学園に通えるほどの知識を与えるのは大変だっただろう。

そんな大好きな父親が今は床《とこ》に臥《ふ》せ、母親も看病で苦労しているに違いない。

エマもヴィエラと同じことを思っているのか、表情が暗い。

「ねぇ、お姉様。お父様の薬は足りているかしら？　お母様も無理して倒れたりしたら……」

「連絡が来ないから、薬も送りようがないのが歯痒《はがゆ》いわ。あと一カ月したら、ルカーシュ様と一緒に領地に帰れるはず。私に任せて」

「うん。お姉様を頼りにしているわ」

姉妹はしばらく抱き締め合ってから、体を離した。

「そうと決まれば、社交界や学園交流は婿探しから、領地に投資してくれそうな人脈探しに切り替えないと。それにいいところに就職するためにも、今後は手を抜かずに勉強するわ！」

「今までサボっていたの？」

高い学費を払っていたのに、事実だとしたら少し悲しい。

「男性全員ではないけれど、自分より勉強のできる女性は伴侶として避けられやすいのよ。プライドの高いお金持ちの令息たちに好かれるために加減してきたけれど、今は伴侶よりも良きビジネスパートナーに見られたいからね。方向性を変えるわ」

「なるほど」

やはりエマは賢くて頼もしいと、ヴィエラは称賛の拍手を送った。

エマを見送ったヴィエラは午後、技術課へと出勤した。

そして終業時刻間際、上司のドレッセル室長から別室へと来るよう呼ばれたのだが——。

「ドレッセル室長……やつれました？」

「あぁ、まぁ、うん。退職日について話さないとだよね？　アンブロッシュ家からも、よろしくと連絡がきているよ。とりあえずお茶でも飲もうか」

ドレッセル室長は、ヨロヨロとした危ない手つきでお茶を淹れていく。

彼は室長に任命されるくらい魔法付与の知識と技術があり、器用な部類の人間。そんな上司がここまで弱っているとは、疲れが相当溜まっているようだ。

「どうぞ、ヴィエラさん」

「ありがとうございます」

失礼にならないよう、温かいうちにひと口だけ飲む。ホッと一息ついたタイミングで、ドレッセル室長が重々しく口を開いた。

「結婚に伴い退職する予定だとアンブロッシュ公爵からの手紙に書いてあったんだけど、この仕事を続けることはできないかな？」

「そう仰《おっしゃ》いましても……。父が床に臥せってしまったので、後継者として帰らなければなりません」

「そうだったの？」

「あれ？　言っていませんでしたか？」

目を合わせて一緒に記憶を遡ってみるが、結婚の話の途中でドレッセル室長が退席してしまい、詳しい事情を説明していなかったことを思い出す。

父が急病で倒れ、ルカーシュを婿に取って帰郷する意思を改めて伝える。

するとドレッセル室長は、顔色を悪くして額《ひたい》を押さえた。

「いろいろと聞きたいことはあるけど、子爵位を継ぐために婿養子を取って、領地に帰りたい気持ちは理解したよ」

「緊急案件に該当するため、規定通り一カ月後に退職をお願いしたいのですが」

「……どうにか技術課に残る道はないのかな？　子爵家に王都から医師を送るなり、お父上を王都に呼んで看病する環境を整えるなど、こちらからしっかりサポートするから」

「領地を放って、長く責任者不在にしておくことはできません。それより、どうしてそんなに引き留めようとしているのですか？」

ヴィエラはクレメントの依頼で残業三昧ではあるけれど、退職に関しては他の部署と比べたら実にホワイトな職場のはずだ。

予定より早く定年退職した大先輩だって、緊急ではないのに一カ月で引継ぎを完了していた。

それなのにヴィエラだけどうして許されないのか、腑に落ちない。サポートの申し出は嬉しいが、それで解決できる問題じゃない。

ドレッセル室長の目をじっと睨むと、彼は眉間を指で揉んだ。

「ヴィエラさんが退職したら、技術課で二割の損失が生じる。この損失をカバーできる人材がいない」

「に、二割？　技術課の人間は約三十人もいるんですよ。何かの間違いではありませんか？」

残業で他の職員より多くの仕事をしていた自覚はあるが、二割は大げさすぎる。

ヴィエラが受け持てなくなった仕事を三十人で分ければ、依頼を完遂できるはず。そう思って疑問の視線を投げかけるが、ドレッセル室長は首を横に振った。

「付与を失敗した魔法の解除作業だけど、ヴィエラさんはやっているだろう？　ハッキリ言って、君のようにホイホイ解除ができる職員はいない。他の人では失敗に終わるか、非常に時間がかかるだろう。これから失敗した素材はすべて廃棄するしかない」

魔法は魔力をインク代わりにして書いて、道具に付与していく。書き損じた場合、手紙のように廃棄するのが一般的。

けれど貧乏性のヴィエラは「捨てるなんてもったいない！」と、仕入れ価格の高い素材だけは魔法式の解除をおこない、再利用していた。

魔法の解除をするためには、直接付与法と同じ要領で魔力を脳に流し、付与されている魔力の主導権を奪って分解していく必要があった。

技術課に直接付与法ができる人間は少ない。それは、能力の高い魔法使いを結界課と開発課が引き抜いていくからだ。そのため、解除作業にも問題が生じているようで……。

「それに、ヴィエラさんにしかできない魔法付与もいくつかあるんだよね」

「え？」

「湿地用のブーツ。式は普通だけれど、素材はゴムでも実は特殊なゴムでね。他の職員では魔法が定着しにくいんだ。できたとしても、今のペースで納品は厳しいなぁ」

ドレッセル室長は苦笑しながら、「自覚なさそうだけれど君、技術課のエースなんだよ」と天を仰ぎながら教えてくれた。

にわかに自分がエースだと信じられないが、皺寄せが生じるのは問題だ。

「室長、他の課から異動してもらうことはできないのですか？　結界課は遠征があるため、体力的な面から他の課の者より引退が早いです。そういった方に来ていただくとかは」

「そうだねぇ、そうやって相談するしかないだろうねぇ。華やかなところから、地味な仕事に変わってもいいと言ってくれる魔法使いがいると良いのだけれど」

「室長の交渉術に期待しております。では、私の退職を認めてくださいますね？」

「当主の交代に関わる重要なことだから、仕方ない。次の魔法局の上層部会議で相談してから退職日を伝えるよ」

「よろしくお願いします！」

そうして退室しようとするが、ドレッセル室長は待ったをかけた。

「ちなみに、どうやって難攻不落と噂の貴公子ルカーシュ殿を落としたの？」

「う、運命を感じてくださったようで」

「ちなみに君のほうも運命を感じたの？　ルカーシュ殿に負けないくらい優良物件のクレメント君も近くにいたじゃないか。婚約と聞いて、私はてっきりヴィエラさんは侯爵夫人になり、魔法局に残ると思って喜んでいたのに。……あんまりだ」

エマと同じように、ドレッセル室長まで婚約者候補としてクレメントの名前を出した。

確かに一緒にいることも多く、学生時代からのなじみで付き合いは短くないがあり得ない。

クレメントは、ヴィエラを依頼しやすい便利な存在にしか思っていないはず。

昨日の高圧的な態度を見れば、それは明らかだ。

「室長まで何を仰っているのですか。クレメント様に聞かれたら、なんでこんなヤツと恋仲を噂されなきゃいけないんだ……と怒られますよ。それにクレメント様は名門バルテル侯爵家の跡継ぎです。次男、三男ならともかく、現侯爵が次期侯爵の妻として、貧乏貴族の私を受け入れないでしょう」

「うーん。まぁ、人によって見え方が違うってことかぁ。とにかく話は分かった。ちょっと早いけど、もうそろそろ定時だし帰っていいよ」

「はい、失礼いたします」

ヴィエラは深々と頭を下げ、部屋を出た。

婿に来てほしいとルカーシュに頼んでおきながら、こちら側の不手際で退職が遅くなるようではいけない。どうにか足を引っ張ることはないと分かり、ホッと肩の力を抜いた。

「そういえば、いつ帰ってくるのかしら」

ルカーシュに退職について早く伝えたいと思ったものの、今日の彼は日帰り遠征で王宮には不在だ。

一緒に帰ろうと約束したけれど、遠征から戻る予定時間を確認するのを忘れていた。遠征日程が書いてある技術課室の掲示板くらい見ておけば良かったと、肩を落としながら馬車の停車場に向かう。ルカーシュの帰還まで、本でも読んでいようと歩いていたら――。

「ヴィエラ先輩」

聞き慣れた声に呼びかけられ、落としていた視線を上げる。

回廊の先にいる声の主の姿を見たヴィエラは、思わず身をこわばらせた。

「クレメント様……どうしてこちらに？」

「遠征から帰ってきたので、ドレッセル室長に装備補填の注文を相談しようと思って。ヴィエラ先輩は、これから帰るところですか？」

「ええ、まぁ……」

「それなら僕に少し、時間をくれませんか？」

そう言って、クレメントは思い詰めたような視線をヴィエラに向けた。

昨日、何も抵抗できなかったヴィエラは反射的に周囲を見渡し、逃げ道を探した。

まだ他の職員は仕事中で誰も回廊にいない上に、近くは鍵がかかっている備品室ばかり。逃げることも隠れることも難しい。

「ヴィエラ先輩？」

返答がないことを不思議に思ったクレメントが、手を伸ばしながら一歩近づいた。

ヴィエラが思わず大きく肩をビクッと跳ねさせると、彼は足を止めた。そして伸ばしかけていた手を下ろし、強く拳を握った。

「昨日は、すみませんでした。冷静を欠き、傷つけてしまいました」

「え？」

クレメントから謝罪がもらえるとは想像していなかったヴィエラは、あっけに取られる。

「手首、痛かったですよね？　男で、しかも訓練している人間の握力で握られたら……その、大丈夫でしたか？」

謝罪だけでなく、叱られるのを怯える子犬のようにアンバーの瞳を揺らしている。

いつも余裕の笑みを浮かべ、尊大な態度で相手を手のひらで転がすような男が今、ヴィエラに許しを乞おうと腰を低くしていた。

明日は雨が降るかもしれないとクレメントの異変を不思議に思いつつも、こんな弱った姿を見せられては、怯えてしまった気持ちは薄れていく。

「問題ありません。痣はできてしまいましたが骨に異常もなく、生活に支障はありませんから」

「骨を心配するほどの痣……。本当に、すみませんっ。どうお詫びをしたらいいのか」

クレメントは悔しげに眉間に皺を寄せると、深々と頭を下げた。

どうも今日の彼はおかしい。

「頭をお上げください！　ほら、こんなに動けるくらいピンピンしているから、大丈夫ですよ。元気ですよ」

キビキビと両腕を上に伸ばしたり曲げたりして、動きに問題がないことを必死に伝える。

「ヴィエラ先輩、あなたって人は――」

クレメントが頭を上げたはいいが、次は今にも泣きそうな顔をされてしまった。

分からない。この男が全く分からない。

見たこともない様子の彼に戸惑い、ヴィエラはオロオロと手を彷徨《さまよ》わせる。

するとクレメントは「取り乱し、すみませんでした」と小さく謝罪の言葉を告げ、ようやく表情を和らげた。

魔法学校でゼミの後輩だったときによく見た、懐かしい落ち着いた笑みだ。

ヴィエラもホッと胸を撫で下ろした。

「結界課にもご迷惑をかけるのに、私も急に話を進めて申し訳ありません」

「いえ……ちなみに、いつ結婚して退職するつもりなんですか？」

「できれば最短の一カ月後でできないかと、室長と相談中です」

「一カ月⁉　どうしてそんな急いでいるんですか？」

「父が倒れたと連絡があって……婿を探せと。妹はまだ後継者になれない年齢なので、私が子爵家を継ぐためにいろいろと動く必要がありまして」

簡単に理由を説明すれば、クレメントは表情をほんの少し険しくさせた。

「ルカーシュさんは、先輩の事情を知っているんですか？」

「はい。夜会で婿探しに苦戦し途方に暮れていたところルカーシュ様と出会い、事情を打ち明けたら手を差し伸べてくれたんです」

「そういうことか。はぁ……」

ついには額に手を当て、長いため息をついてしまった。まるで身内のように事態を深刻に受け止めてくれている様子だ。

跡取り問題に対し、次期侯爵家の当主であるクレメント様は他人事に思えないのかも――そんな風に考えていたら、急にクレメントはヴィエラの手を握った。

先日とは違い、優しく包み込むような力加減だ。真剣みを帯びたアンバーの瞳が、彼女を見下ろした。

「クレメント様？」

「ヴィエラ先輩、僕が婿になるのはどうですか？」

「――は、はいっ!?」

「当初は妹のエマ嬢が後継者になる予定だったはずですよね？　彼女がその資格を得るまでの間、僕は婿としてユーベルト家に籍を置き、エマ嬢が子爵位を継ぐなり僕の籍を侯爵家に戻すんです。そして妻となったヴィエラ先輩には、そのまま侯爵夫人の地位をお渡しします」

午前中にエマが言っていた話そのままに、クレメント自身から提案されてしまった。

ヴィエラは驚きを隠せない。口をハクハクとさせ、長身の彼をただぼうぜんと見上げる。

「会って間もない男より、何年も交流のある僕のほうがいいと思いませんか？　僕は心配なんです……。ルカーシュさんに、ヴィエラ先輩の人の良さを利用されるんじゃないかって。もしヴィエラ先輩が望むなら、アンブロッシュ公爵家には僕から話をつけます」

確かにクレメントの生家バルテル侯爵家は爵位では下になるものの、貴族の世界では公爵家と同等の影響力を有している。なにせ、クレメントの祖母は先王の妹。孫の彼は、王家の血を引いているのだ。十分に交渉できる立場ではある。

しかしそれは、クレメントの言葉通り『ヴィエラが望まぬ婚約を強いられ、将来バルテル家への嫁入りを望んだ場合』に限る。ルカーシュに非がある前提の話。

（どうしてこんなに親身に考えてくれているのかしら？　痣を作ってしまった償いをしようとし

ている？　それに初対面の人と婚約したことを、後輩なりに心配してくれているのかしら。でもこの婚約は無理強《むりじ》いさせられたどころか、私から持ちかけたものだわ）

ヴィエラは相手を安心させるよう、ニッコリと笑みを浮かべた。

「ルカーシュ様はいい人ですよ。アンブロッシュ公爵も夫人も優しくて、大切な息子を婿に出すことに賛成してくださっているから大丈夫。心配してくださり、ありがとうございます」

「――っ、無理していませんか？」

エマといい、クレメントといい、心配性すぎる。ヴィエラは苦笑しながら答えた。

「本音です。それに三男の婿入りと、一時的とはいえ跡取りが他の家に婿入りするのでは話のレベルが変わってきます。しかも相手は貧乏で格下の子爵家。不可能ではないかもしれませんが、公爵家と対立しかねないことを現バルテル侯爵が許すとは思えません。クレメント様こそ無理してはいけませんよ」

「……分かりました。でも万が一、ルカーシュさんのことで困ったことがあったら、いつでも相談に乗りますから言ってください。特に親しいわけではありませんが、これでも昔からの顔なじみなので」

クレメントは、今一度念を押すようにヴィエラの手を包み込む手に力を加えてから、渋々といった感じで解放した。

「お気遣い感謝いたします。そのときはお願いします」

「はい。些細《ささい》なことでも、ヴィエラ先輩が頼ってくれると僕は嬉しいです」

「では早速……クレメント様がここにいるということは、ルカーシュ様も遠征から無事に帰還したということですよね？　どこに行けばお会いできるか分かりますか？」

「本当に先輩は、仕事以外は抜けていますよね」

ものすごく不服そうな目で見下ろされた。

（あれ？　急に気軽に相談しすぎた？　頼ってと言ったじゃない）

急な裏切りにショックを受けるが、仕事以外はポンコツだということは自覚している。否定できないヴィエラは、しょんぼりと項垂《うなだ》れた。

すると、頭上から小さなため息が聞こえた。

「仕方ありませんね。おそらく厩舎前の広場で、グリフォンについた土を落としているところだと思います。案内しましょう」

「場所が分かればひとりで――」

「神獣騎士のエリアは、グリフォンを刺激しないよう王宮の奥にあり、人通りがどこよりも少ないんです。僕が人のこと言えませんが、令嬢がひとりで歩くには王宮内であっても心配です」

クレメントが肘を出した。エスコートしてくれるらしい。

そこまで面倒を見てもらうのはなんだか気が引けるが、せっかく和解した相手の厚意を無下にするのも忍びない。

「では、お言葉に甘えて。お願いします」

ヴィエラは遠慮がちに、クレメントの腕に手を添えた。

そうして彼に連れられ、神獣騎士のエリアへと向かうことになった。

クレメントが言った通り、奥に進むほど人と会わなくなり、静けさが広がっていた。防犯のためか通路も複雑で、ひとりだったら迷子になっていたかもしれない。

しばらく歩いていると、賑やかな声が聞こえてくる。複数の男性の声と「キュルル」というグリフォンたちの声だ。

角を曲がると、石畳が広がる場所に出た。そこでは騎士たちがホースを使って、自分たちの相棒であるグリフォンたちに水浴びをさせていた。

その集団の中ですぐにルカーシュの姿を見つけたのはいいが、ヴィエラは声をかけることができない。

「ヴィエラ先輩？」

「わ、私、廊下の陰で待っていようかな」

水浴びで濡れたせいか、それとも暑いからか、上着やシャツを脱いでいる状態で、神獣騎士全員が上半身に何も着ていなかった。

もちろんルカーシュも制服のズボンだけ穿いた状態で、アルベルティナにホースで水をかけていた。

その上、いつも三つ編みをしている長い黒髪も今は解かれ、しっとりと水に濡れていることが遠目からでも分かる。

これは目の毒だ。眩しさで目が潰れる。

ヴィエラは撤退を決めて、ルカーシュに気づかれないよう黙ってクレメントの袖を摘んで引き返そうとした。しかし――。

「キュルルー！」

アルベルティナが、ヴィエラを見つけて呼び止めるように強く鳴いた。

騎士たちの視線が集まる。もちろん、ルカーシュも婚約者の来訪に気がついた。

「ヴィエラ？　こんなところまでどうしたんだ？」

ルカーシュがホースの水を止め、駆け寄ってくる。

ヴィエラは視線の置き場に迷い、キョロキョロと目を泳がす。

騎士という職業柄、ルカーシュが体を鍛えているのは知っていたが……想像以上に逞しい。彼は着やせするタイプのようだ。

無駄な肉が一切ついていないかのように、筋肉の部位ごとに張りのある膨らみがしっかり出ていて、筋の彫りが深い。特に腹筋は、本当に同じ人間なのか不思議なほど綺麗に割れている。

しかも濡れた黒髪が体に張り付き、実に色っぽいけしからん姿をしていた。

目のやり場に困ったヴィエラは、クレメントの後ろにサッと隠れて返事をする。

「え、遠征から戻られた様子だったので、迎えを待たずに私から来た次第です」

「それは嬉しいが……どうしてクレメントまでここに？　結界課室に戻ったと思っていたんだけど、またすぐに会うなんてな」

ルカーシュの声がぐっと低くなる。

彼は昨日のクレメントの行動に怒りを示していたことを思い出し、ヴィエラは慌ててフォローのために顔を出す。

「先ほどクレメント様が謝罪しに来てくださり、和解しました。それで、話のついでにここまで案内してくださったのです」

「僕にも思うところがあり、きちんと態度を改めることにしたんです」

「ふーん。随分と切り替えが早いな」

クレメントが本来はそこまで悪い人ではないと、ルカーシュに安心してもらおうと思ったが、未来の婿の声は不機嫌に低いまま。

「ヴィエラ、いつまでクレメントの後ろに隠れているつもり？　それとクレメント、俺の婚約者を連れてきてくれてありがとう。もう戻っていいよ」

「ルカーシュさん、こんな姿の異性ばかりの場所にレディをひとり置いていけません。ヴィエラ先輩だって困惑しているじゃないですか。終わるまで僕がヴィエラ先輩についているので、どうぞグリフォンの水浴びを続けてください」

無表情のルカーシュと、笑みを浮かべるクレメントの間に火花が散る。

数秒睨み合ったあと、ルカーシュが広場に振り返った。

「……お前ら、さっさと服を着ろ！　命令だ！」

広場にいる部下たちに指示が出される。

騎士たちは「あの団長が女性に気遣いを⁉」「婚約して変わった？」と驚きつつ、素直にシャツに袖を通していった。

けれど、全く問題は解決していない。

まだルカーシュ本人が、ヴィエラの目を潰しにかかったままだ。

それを指摘できずにいると、アルベルティナが嘴に銜《くわ》えていた大量のバスタオルをルカーシュの上に落とした。

「ティナ？　なんだ急に」

アルベルティナは相棒に返事することなく「キュル」と言って、ヴィエラにウィンクを送った。

（さすが同じ女性のティナ様！　分かっていらっしゃるわ）

すかさずヴィエラはクレメントの陰から出て、「失礼しますね！」と言いながらルカーシュの肩から包み込むようにバスタオルをかけた。

肌色の露出面積が減り、無事に目の平和を取り戻した。ヴィエラはアルベルティナと目を合わせると、通じ合ったかのように同時に頷いた。

ちょうどそのとき広場に風が流れ込んでくる。暖かい日だと思っていたが、すでに夕方。風が少し肌寒く感じた。

ヴィエラはもう一枚バスタオルを拾うと、ルカーシュの濡れた頭にかけて軽く拭いてあげる。

「もうっ、早く髪を乾かして、服も着ないと風邪を引くかもしれませんよ――……あ」

ハッとして手を止めると、タオルの間からぱちりと瞬くブルーグレーの瞳と視線がぶつかった。

(あ、安堵で気を抜きすぎた……。妹の面倒を見るのと同じ要領で、髪を拭いちゃった。だって無駄に団長権限使うところとか、こちらの恥じらいに気がつかない無垢なところが子どもっぽく見えたんだもの……なんて言えないし)

他の騎士も、クレメントもポカーンとした表情でこちらを見ている。

今更引けない。タオルをわしゃわしゃと動かしながら言い訳を考えていると、ルカーシュの肩が揺れる。

「くく、誰かにこんな風に世話をやいてもらうのはいつぶりだろうか。成人になってからはヴィエラが初めてかもな」

「し、失礼でしたでしょうか?」

「まさか! ヴィエラなら歓迎だ。このまま最後までやってもらおうかな? 頼める?」

「いいですけれど」

そうヴィエラが答えれば、ルカーシュは彼女が拭きやすい高さに合わせるよう落ちているタオ

ルの上に座った。

そして軽く振り向き、爽やかな笑みを浮かべてクレメントを見上げた。

「クレメント、ヴィエラはもう大丈夫みたいだから帰っていいよ。お疲れ様」

カチン――と、機械でもないのにクレメントから音が聞こえた。表情はニッコリしているが、目が笑っていない。

（ルカーシュ様も、どうしてそう挑発的なのよ⁉　せっかくここまで送ってくれたのに……って私もお礼を言っていなかったわね）

ヴィエラはタオルから手を離し、クレメントに体を向けた。

「クレメント様、送ってくださりありがとうございました。お陰で迷わず着けました」

「お世話になっているヴィエラ先輩の頼みですから。僕を頼ってくれて嬉しいです。またいつでも言ってくださいね。例えば――」

クレメントは一度言葉を区切ると、ヴィエラの耳元に顔を近づけ囁《ささや》いた。

「先ほど言った婚約事情についても」

「――それは」

気にする心配はないとヴィエラが返事をする前に、クレメントの顔が離れた。

「またね、ヴィエラ先輩♪」

クレメントはルカーシュを一瞥《いちべつ》したものの、挨拶することなく広場から去っていった。

心配性だなぁと思いながらヴィエラがクレメントの背中を見送っていると、制服の裾が引っ張られた。

「ルカーシュ様？」

「あの男は最後、君になんて言っていたんだ？」

「あぁ、えぇっと、明日からも仕事お願いします的な？」

偽装婚約の相手をルカーシュからクレメントに乗り換えないか、と提案されたなんて正直に言えない。

ルカーシュとの約束を破る気もないので、ヴィエラは笑ってごまかした。

「ふーん。それにしては距離が近かったようだけれど」

「クレメント様は、学生時代からいつもあの距離感ですよ」

「……あいつ。ヴィエラ、今後は少し気をつけて。一応君の婚約者は俺なんだから、俺より距離が近いのは周囲に誤解されるかもしれない。例えば二股の疑いとか――」

「ひぃ！　そ、そうですよね」

社交界に疎いヴィエラでも、貴族たちが好き勝手に噂を流すことは知っている。

ルカーシュを狙っていた令嬢たちが嫉妬し、ヴィエラを陥れるために嘘を吹聴《ふいちょう》する可能性を失念していた。

そうなれば自分だけではなく、横恋慕しているとしてクレメントにも悪評が付くし、奪われそうになっているとしてルカーシュの評価も下がる。それは避けたいヴィエラの眉間に皺が寄る。

一方でルカーシュは余裕の笑みを浮かべた。

「そうならないよう、俺からひとつ提案があるんだが」

「ぜひ、教えてください」

「両想いの婚約者同士らしく、俺と距離を圧倒的に近くすれば問題ないと思う。明らかに俺とクレメントに差があれば、本命は俺、クレメントは懐っこい後輩あるいは同僚だと周囲も納得するはずだ」

「確かにそうですね。そうしましょうか――あれ?」

いいアイディアだと反射的に頷いてから、重要なことに気がつく。

「距離を近くするって……具体的に何をすれば良いのでしょうか?」

「とりあえず、俺の髪を拭いてくれる? ここは神獣騎士の同僚が多く見ているし、しっかり仲が良さそうなところを見せて、彼らに噂を流してもらおう」

「なるほど。では改めて失礼しますね」

これで本当にいいのか引っかかるが、とりあえずヴィエラは手を動かした。

こうしてルカーシュの髪が乾いたあとはふたりでアルベルティナを拭き、馬車まで手を繋いで歩き、アンブロッシュ公爵邸へと向かった。

そうして平和に過ごしながら数日。今日もルカーシュと一緒に屋敷に帰ったところ、ヴィエラ宛の手紙がアパートに届いていたと執事から知らされた。

送り主はヴィエラの父、ユーベルト子爵からだ。

（こちらから送った手紙はまだ届いていないはず。返事には早すぎる。何かあったのかしら⁉）

彼女は私室へと急ぎ、封を開けて――固まった。

「嘘でしょう？」

ヴィエラは顔を青ざめさせ、手紙を持つ手を震わせた。

「ヴィエラ、大丈夫か？　手紙にはなんて――」

内容によってはすぐに情報を共有するべきだと、ルカーシュが同席していた。彼はふらつく婚約者の華奢《きゃしゃ》な肩を支えながら、差し出された手紙を覗き込んだ。

「愛する娘へ。すまないヴィエラ……先日の魔法速達《マジックレター》は嘘……事故だった。私は元気だから、婿探しの件は気にするな⁉」

手紙に書かれていた内容が理解できず、ルカーシュは目を丸くさせた。


愛する娘へ。

心配かけているだろうが、すまないヴィエラ……以前送った魔法速達《マジックレター》の内容は全くのデタラメ、嘘だ。嘘と言うと語弊があるな。早とちりと言うべきか、ある流れで送ってしまった事故なんだ。

あの夜、久々に領地に訪れてくれた友人とお酒を飲んでいたところ酔いが強く回ってしまい、友人の勧めで、助言のままの内容で魔法速達《マジックレター》を送ってしまったのだ。

あれは、酔っ払いがしでかした過ちだ。大変申し訳ない。

私は元気だから、婿探しの件は気にするな。ヴィエラは、ヴィエラのやりたいように過ごしてほしい。

父より。


何度も目を通すが、『父の急病は嘘』で『婿探しは不要』という内容が書かれていた。

婿を探せという知らせからすでに十日、今更すぎる。

つまり張り切って夜会に参加したのも、ルカーシュと契約婚約したのも、仕事場に退職を申し入れたのも、すべて無駄だったということで……。ヴィエラは両膝、両手を床につき頭を下げた。

「ル、ルカーシュ様……。その……このたびは、大変申し訳ありません！」

「やめるんだ！　ヴィエラが悪いわけではないだろう？」

「ですが」

「ユーベルト子爵が元気なら、まずはそれを喜ぶべきだ」

「うぅ。そうかもしれませんが、ユーベルト家としてどうお詫びしたら」

ヴィエラは顔を上げられない。すると頭上からため息が聞こえてきた。

ルカーシュが呆れているのは、表情を見なくても分かる。

「困ったな。田舎暮らしを楽しみにしていたんだが、子爵に婚約を反対されてしまうだろうか」

「どうでしょうか……。相手がルカーシュ様なら、反対されることはないと思いますが」

「なるほど。まぁ、手紙の内容が事実なら、やらかしたユーベルト子爵には反対する権利はない。このまま婚約は継続。結婚して、計画通りに領地に引っ越したいと押し通そう」

「ルカーシュ様は良くても、公爵夫妻は怒らないでしょうか？」

爵位継承の問題があり、同情があって婚約が認められた節がある。その問題が嘘だったというだけでなく、当主がやらかしたなんて、ユーベルト家の評価の暴落も甚だしい。

アンブロッシュ公爵家に喧嘩を売ったことになり、ユーベルト子爵家の経営はますます厳しくなる可能性もある。

ヴィエラは最悪を想定し、体をこわばらせた。

「話は聞かせてもらったよ」

アンブロッシュ公爵の声がヴィエラの耳に届く。慌てて顔を上げれば、ヴィクトル公爵がヘルミーナ夫人を伴い扉の前に立っていた。

終わった――――。ヴィエラは体の向きを変えて、再び頭を下げた。

「父、ユーベルト子爵の愚かなおこないのせいで、アンブロッシュ家の皆さまを巻き込んでしまったこと、深くお詫び申し上げます」

「ヴィエラさん。まずは頭を上げて、目を合わせて話をしようかね。ルカ、彼女を椅子にエスコートしなさい」

ヴィエラはルカーシュに支えられ、ソファに座らされる。そっと正面を窺えば、父親から届いた手紙を公爵夫妻が読んでいた。ルカーシュが渡したのだろう。

「ふむ、手紙に書かれていることが本当であれば良いのだが」

「わたくしも、そう思うわ」

公爵夫妻にそう言われ、ヴィエラはさらに体をこわばらせた。

（やはり公爵様とヘルミーナ様は、この婚約は本意ではなかったのだわ。爵位継承の話が嘘と分かり、婚約破棄をお考えなのでしょう。ルカーシュ様は継続を望んでくれているけれど、公爵が反対すれば無理な話。そうしたら婚約破棄どころか、もうルカーシュ様と関わることもなくなる）

胸がジクリと膿《う》んだように痛む。

「あぁ、ヴィエラさんを不安にさせるようなことを言ってすまない。ユーベルト子爵が本当は病気にもかかわらず、娘のために意地になり、元気なふりをしていなければいいと思ったんだ」

「旦那様もだけれど、親は子どもに対して見栄を張るものだから心配しているの。ヴィエラさんを責める気はないわ」

公爵夫妻に言われ、魔法速達《マジックレター》と今回の手紙の内容……どちらが真実か分からなくなった。

もし父が見栄を張っているだけで、本当に病気だったらと思うと再び不安が膨れ上がる。

公爵は、ヴィエラに柔らかい視線を向けた。

「もし病気が嘘でも、私たちはこの婚約を反対する気はない。ルカがヴィエラさんを気に入っているのは事実だし、ヴィエラさんもルカを好いてくれているのなら何も問題ない」

「そうよ。だからまずはユーベルト子爵の本当の状況を確認し、正式な婚約の承諾を得るのが重要ね。子爵が健勝ならラッキーだわ。ゆっくり結婚の準備ができるんだもの！」

あまりにも都合が良すぎる。公爵夫妻が神のような存在に感じてきた。

感動で涙ぐんでいると、隣に座っていたルカーシュがヴィエラの肩に手を置いた。

「ヴィエラ、直接確認しに行こう。明日、ユーベルト領に向けて出発だ」

「え？」

「俺は団長の権限で休みを取るとして、ヴィエラの休暇は……父上、技術課に手を回せますか？」

「簡単なことさ。何日分だ？」

「ティナに乗っていくから……四日、いや、念のため五日間で。旅の荷物は――」

「わたくしに任せなさい」

アンブロッシュ親子の間でどんどん話が進んでいく。ヴィエラが目を白黒させている間に、すべての段取りが済んでしまった。

そして手配をするからと、打ち合わせが終わるなり公爵夫妻はヴィエラの私室から出ていった。

ヴィエラは部屋に残っているルカーシュに、改めて頭を下げた。

「ルカーシュ様、本当にありがとうございます！」

「婚約者の家族のことだろう？　当然のことだ。ユーベルト子爵が元気であれば、説教すればいいだけさ」

婚約も契約上のもので、ビジネスパートナーの意味合いが強いはずなのに、ルカーシュは親身になってくれる。優しさが嬉しく、改めて婚約の相手が彼で良かったと強く思った。

同時に、結婚したあかつきには、この未来の婿が穏やかに過ごせる環境を全力で整えるのだと誓った。

＊＊＊

迎えた翌朝、ヴィエラは妹に事情をしたためた手紙を出した。そしてルカーシュとともに、アルベルティナに乗ることになったのだが……。

「きゃぁぁぁぁあああああっ！」

公爵邸の上空にて、ヴィエラはルカーシュの背中にしがみつきながら絶叫していた。

数秒前、彼に「ティナは力が強いから安定して飛べる。安心しろ」「空は景色がいいぞ」と軽い感じで言われ、背中とはいえ異性に密着することにドキドキしていたのだが、一瞬にして消え去った。

ルカーシュとアルベルティナ、それぞれとベルトで体を繋げているものの、手が離れたら落ちそうなほど座り心地は安定していない。初めての飛行はやはり高さが怖くて、景色を楽しむ余裕は生まれない。その上、ルカーシュの後ろにいるのに受ける風圧がとんでもなく強い。

ただただ、ヴィエラは必死に彼の背にくっつくことしかできない。

「ヴィエラ、一度降りるか？」

時間は限られている。自分の不甲斐なさで時間を浪費し、父親と会うという目的が達成できないようなことがあってはいけない。

そんな覚悟をもとに、口を震わせながら応えた。

「い、いい、いえ！　時間もないので、こここここのままで！」

「ではとりあえず、休憩時間を多くとれるよう飛ばすか。ティナ！」

「キュル！」

「と、飛ば――△〇×◇!?」

もう声も出せない。

ヴィエラはルカーシュに回した腕に、できる限りの力を込めた。

そのうち力が入らなくなった頃、安定した気流を掴んだのか飛行も穏やかになる。するとヴィエラにも余裕が生まれて、なんとか最初の休憩ポイントまで無事に着くことができた。

森の中、ルカーシュに支えられながらアルベルティナの背を降り、木を背もたれにして力尽きたように腰を下ろした。

ルカーシュが心配そうにヴィエラの顔を覗き込む。

「大丈夫か？」

「なんとか……。あの上空を平然と乗れる神獣騎士は、本当に凄いですね」

戦いとなれば旋回もするし、片手には剣または槍も握っているはずだ。

乗るだけで精一杯のヴィエラとしては、尊敬の気持ちでいっぱいになる。神獣騎士の存在が重宝され、崇拝されるのも当然だ。

「乗り慣れてしまい、一般人には厳しいことをすっかり忘れていた。すまない」

ルカーシュの眉が悲しそうに下がる。

どこまでも優しい婚約者に、ヴィエラも申し訳ない気持ちが増していく。

「いえ！　今のでだいぶ慣れたので、もう大丈夫だと思います！」

「そんな顔色で言われてもな。そうだ、次は俺の前に乗るのはどうだろうか？　片腕だけでも君の体を支えれば、姿勢もより安定するはずだ。受ける風は強くなるかもしれないが……」

さらっと抱き締める発言が出てドキンと胸が高鳴るが、風が強くなると聞いて萎《しぼ》んだ。

（姿勢の安定を取って風圧に耐えるか、風圧の軽減を取って姿勢の不安定さに耐えるか……。とりあえず経験してみないことには比べようがないわよね）

ヴィエラは腹を括り、ルカーシュの提案に乗ることにした。

そして再びアルベルティナに騎乗すると、ルカーシュの逞しい腕がヴィエラのお腹の前に回された。わずかに空いていた隙間を埋めるように引き寄せられ、ヴィエラの背中とルカーシュの体が密着する。そして横にずれないように脚も内側に寄せ、ヴィエラの太ももを外側から挟むように支えた。

想像以上の密着具合に、姿勢と反比例して心の安定度は急低下する。

「じゃあ、次はもう少し長く飛ぶぞ」

緊張に追い打ちをかけるように、耳元で良質な低めの声が響く。

この選択は間違ったのでは――そう後悔する前に、再び空の世界へと戻っていった。空に投げ出されるような強い浮遊感に怯《ひる》み、何かに頼りたくて手を伸ばそうにもルカーシュの背中はない。

「ひぃっ」

情けない声が口から漏れる。

すると、ヴィエラのお腹に回されたルカーシュの腕に力が入った。

「絶対に落とさない。あと少し高度を上げれば安定する。十秒だけ我慢だ」

「はいぃぃぃぃぃ」

「ゆっくり数えろ」

言われた通り心の中で十秒を数え、気を紛らわす。

一、二、三――そうして十を数え終えたタイミングで、アルベルティナは翼の動きをゆったりしたものへと変えた。紙飛行機のように、流れるように空を飛ぶ。

受ける風は説明通り強い。ゴーグルをつけていなければ目を開けていられないほど。だが、ルカーシュが包み込むように体を支えてくれているので、もう不安感はさほどない。

ホッと、体の力が抜ける。

「よく頑張った。前と後ろだと、どうだ？」

「今のほうがずっといいです！」

ルカーシュが聞き取りやすいように顔だけ振り向かせるが、思った以上に顔が近くにあった。

ヴィエラは慌てて正面を向き直す。

「では、今後の移動はヴィエラが前で決まりだな」

また振り向くのがなんだか恥ずかしく、ヴィエラは代わりに大きく頷くことで返事をした。

飛行の恐怖が薄れたのはいいが、余裕が生まれた思考は別のことを考えさせようとしてくる。

お腹の前を通る逞しい腕、脇腹に添えられた大きな手、背中全体を支える広い胸板と引き締まった腹、太ももに密着する長い脚、ついでに鼓膜を甘く痺れさせる良質な声……。恐怖ではなく、羞恥と緊張で心臓が太鼓を鳴らしたように騒がしい。

（駄目だ……心が勝手にときめこうとする！　私、単純すぎでは？　婚約は契約なんだから、余計な感情は排除しないと！）

そう自戒しようと努めるが、空の上で逃げ場はない。

これ以上ルカーシュが腕の力を込めて密着しないよう、大人しく景色を眺めて意識を逸らすことに専念した。

「今日の移動はここまでにしよう。ティナの体力も減っているし、ヴィエラも休んだほうがいい」

夕方目前を迎えた四回目の休憩時、ルカーシュがヴィエラに告げた。場所は森のど真ん中、ここで野営をするということだ。

「ルカーシュ様こそ休んでください。それかティナ様を労《いた》わってあげてください。野営の準備はお任せを」

「では、先にティナの装備を外そうかな。ひとりで難しいことがあれば手伝うから、遠慮なく言ってくれ」

「はい！」

そうしてヴィエラは、アルベルティナの首に下げていた荷物を受け取ると準備を始めた。

たき火セットを取り出し、着火の魔道具を使って火をつける。網を敷き、事前に切っておいた材料を入れた鍋を置いた。

鍋の具材を煮込んでいる間に、野営エリアを囲むように魔法石付きのステッキを四本、しっかりと地面に突き刺した。魔法石に魔力を充填し、結界を張る。防御力はさほどないが、野生の動物や盗賊が襲ってきたら逃げるくらいの時間は稼げるだろう。

ルカーシュとアルベルティナがいれば心配はないが、彼らが可能な限り気を抜いて休めるようにしておく。

あとは木の間にロープを張って簡易屋根を作り、その下で風船ベッドを膨らませ、虫よけの振動装置——虫にしか聞こえない嫌な音がする魔道具を起動させ、それをベッドのそばに置けば寝床の完成だ。

ちょうどスープも出来上がり、近くの沢でアルベルティナの飲水に付き合っていたルカーシュを呼んで夕飯にする。

彼はスープとパンを口にして顔を緩ませながら、小さな野営地を見渡した。

「あまり時間がかかってないのにご飯は美味しいし、寝床も結界も完璧……見事な手際だな。どこかで訓練を？」

「ユーベルト領から王都まで、普通は馬車で一週間かかりますからね。僻地で宿もないので野営は必須です。そのため妹と一緒に、小さい頃から父に教わりながら毎年サバイバルキャンプをしていたんです。貧乏だったので、いかに少ない道具で一夜を乗り切るか……的な」

「領地経営学に、野営術、それに王都の魔法学園にも合格できる教育か。子爵家を侮ってはいけなそうだ」

「ふふ、大したことありませんよ。とにかく夜の見張りも経験済みです。どこかで交代しましょう。前半と後半のどちらがいいですか？」

「実に頼もしいな。では後半の見張りをしようかな。俺のほうが長めに担当するから、交代は早めでかまわない。前半は頼んだ」

「はい、任されました」

　こうして夜の方針を決め、食事を再開させた。ルカーシュの食べっぷりは気持ち良く、作った側としては嬉しい限りだ。

　明日の朝の分を気にしてか、「おかわりしてもいいか?」と、少し上目遣いで聞いてくるところなんかは年上なのに可愛く見え、長女心をくすぐられた。

（ルカーシュ様ってすごい方だけど、なんだかんだ末っ子よね。どうしてか世話をやきたくなっちゃう）

　そうやって彼を完全な身内――弟と思うように意識すると、日中から引きずっていたドキドキ感も和らいだ。

　そしてヴィエラは、わずかに不満をにじませる視線を向ける相手に気がつかないまま、月がのぼる時間を迎えた。

＊＊＊

　夕食後、夜中から朝方の見張り担当になったルカーシュは先に寝る態勢に入った。

風船ベッドに寝そべると、アルベルティナがベッドの隣にピッタリと寄り添い、顎だけベッドの上に載せた。子どもを守る親鳥のような姿だ。

実際の育ての親はルカーシュだが、アルベルティナのけなげさが可愛くて柔らかい羽毛が生えている頭を撫でた。

「キュルル」

「ティナ、明日も頼むな」

「キュルー」

「ヴィエラも、きちんと時間になったら俺を起こしてくれ。無理はするなよ」

たき火を調整している、もうひとりの旅の相棒にも声をかける。

「では約束通り、四時間後に声をかけますね。おやすみなさい、ルカーシュ様」

「おやすみ」

就寝の挨拶を返すと、ヴィエラは背を向けて腰を下ろし、ノートを広げて何かを書き始めた。彼女は真面目な魔法使いだ。こんなときでも、魔法式について勉強しているのだろう。

ルカーシュは寝転がり、ヴィエラの後ろ姿を眺めながら昼間のことを振り返る。

(彼女の肩幅はあんなに狭いのか……いや、確かに小柄だった。そして見た目以上に細かった。あんなに華奢だったとは)

片腕に残るヴィエラの抱き心地を思い出す。

負担が少ない飛び方を模索し提案したが、彼女が腕の中にすっぽり収まるほど小さいことに驚いた。片腕で十分に支えられるほど体は軽く、本当に風で飛んで行ってしまいそうで、腕にも脚にも力が入ってしまった。

(どうして俺は、最初から前に乗ることを提案できなかったのか。新人騎士が飛行に慣れるための訓練と同じように、後ろに乗せたなんて馬鹿だった。あの細腕では背中にしがみつくのも、姿勢を保つのも大変だったはずなのに)

これまで寄ってきたのは計算高い令嬢が多く、それで芽生えた苦手意識により女性を避けてきた。そのツケが、今になって回ってきたことを感じる。

女性との関わりが少なく、扱いに疎いとはいえ、あまりにも気が回らなすぎていた。

後悔の念が、心に鉛を落とす。

(今更だが、先日は広場で服を着ないで近づいてしまった。ヴィエラはアパートでも俺を泊めさせるくらいだから、平気だと思っていた。しかし彼女も年頃の女性……配慮に欠けていた。失望した様子がないのが幸いだが、それも複雑だな)

ヴィエラには長女気質があるのは分かっており、隙を見せれば世話をやいてくる面がある。使用人とも違い、一切の媚を感じさせない彼女の甘やかすような行動はどうも心地良い。

しかし、その行動理由が『弟』として見られているからだと、なんとなく察してしまったあと若干モヤッとするのも事実。

（ヴィエラには格好悪いところを見せたくないな）

最近の目まぐるしく変わる環境のように、気持ちも形をどんどん変えていく。

面白い女から利害が一致した契約者に、それから気さくな友人へ、さらに姉弟のような親しい関係に感じ、今は――と思ったところで、思考を止める。

考え始めたら、寝られなくなる案件だと直感が告げる。

明日もヴィエラが不安にならないよう、しっかり支えて飛行しなければいけない。休息が大切だ。ルカーシュは向きを変え、アルベルティナにくっつくように眠りについた。


そして真夜中、約束通りに交代の時間を迎えた。

ルカーシュが風船ベッドを明け渡すと、目を擦りながらヴィエラが寝転がる。「おやすみ」と声をかければ小さな頷きが返ってきて、あっという間に彼女は夢の世界へと旅立っていった。

体を丸めている姿は小動物のようで、寝顔は非常に穏やかだ。アルベルティナと並ぶと、安心しきった雛鳥のように見える。

（ティナがいるとはいえ……全く俺を警戒している様子がない。いや、初めての飛行で終始緊張していたから疲れているのか。もっと俺が余裕を持ってリードしないと）

神獣騎士の団長として常に冷静でいる訓練をし、前団長が認めるくらいには習得したはずなのに、再びモヤッとした未熟な気持ちが顔を出した。

ヴィエラに対しては、どうしても子どもっぽくなってしまう。

酔っていたとき、依存しない自立した女性がいいと主張したが、ヴィエラだけは例外で嫌な気はしない。今回の帰郷も、自ら協力を名乗り出るくらいには頼られたいと思った。

ヴィエラが見せた弱さは、守りたいと素直に感じた。

（こんな小さな体で、当主の責任を背負おうとしているのか。よく見れば顔も小さいし、鼻も、唇も……爪まで小さいとは……。なんでも小さくて、それを感じさせないくらい大胆かつ元気いっぱいで——本当に可愛い人だ。見ていて飽きないし、共にいて楽しいし、それに……）

さらに言えば、触れてみたいという欲求すら生まれてくる。

この手で柔らかそうな金色の髪を撫で、滑らかな輪郭を包み、無垢な薄紅色の瞳に己を映し、そして——。

ここまでハッキリとした感情があれば、さすがに自覚する。

ルカーシュは小さく苦笑を漏らした。

（なるほど、これが惹かれているという感情か。この短期間で、俺はヴィエラに惚れたらしい。直感が当たることは多いが、クレメントが妙に気に入らないのも、ヴィエラの視線を独り占めしたいと思ってしまったのも、こういうことだったのか。ほしいなぁ、彼女を全部）

目の前ですやすやと眠るヴィエラを見ているだけで、愛しさが勝手に膨らんでいく。そっと手を伸ばし、風船ベッドに広がる金色の髪を軽く指先で撫でた。すると——。

「キュルルゥ」

声量は小さいが、アルベルティナに「寝ているレディに勝手に触るんじゃないわよ！」としっかり叱られてしまった。

相棒のグリフォンは気高く、なかなか他人を懐に入れないが、ヴィエラは例外らしい。

神獣契約を結んだ人間とグリフォンは、互いの感情が伝わりやすくなる。だからか、ルカーシュ本人よりも先に、アルベルティナが気持ちの本質を見抜いていたのかもしれない。

「悪い。気をつける」

ルカーシュは肩をすくめ、背を向けた。たき火の前に座り、薪を足す。

(俺から離縁を申し出なければずっと一緒にいられるが、契約関係では満足できない。クレメントには渡さないのは当然で、ヴィエラに振り向いてもらう努力をしないと。彼女に対しては肩書どころか、お金もあまり武器にならない。さてどうしようか)

本物の、両想い同士の婚約者になりたい。

自然と、真っ先に求められる存在になりたい。

目の前のたき火のように、彼の心に強い火が灯った。

日の出の時間、ヴィエラはルカーシュに起こされる前に目覚めた。

「おはようございます――って、いたたた」

ヴィエラは自身を抱き締めるように両腕を押さえた。

ルカーシュは素早く駆け寄り、肩に手を回して彼女が体を起こすのを手伝う。

「大丈夫か？」

「はい。ただの筋肉痛です。寝る前に覚悟はしていたんですが、寝ぼけていて痛みにビックリしちゃいました。でも移動には支障のない程度ですので、大丈夫です！」

「それならいいが」

「それより、試したい魔道具を昨夜作ったんです！」

ルカーシュの心配をよそに、ヴィエラは軽い足取りでベッドから降りて、荷物から緑の石が付いたブローチをふたつ取り出した。

「受ける風圧を相殺《そうさい》する、いえ、気流を逸らすと言ったほうがいいのかな。いわゆる風よけの魔道具です。ティナ様が飛びにくいということがなければ、手綱に装着して試したいのですが、いいでしょうか？」

「風が軽減できれば俺も嬉しいが、これを昨夜の見張りの時間で？　すごいな」

「風船ベッドでも使われている魔法式をアレンジしただけで、そこまで難しいことではありません。自動起動ではなく、手動ですし」

ヴィエラは「大したことではない」と笑い飛ばすが、ルカーシュは鵜呑みにはしない。

魔道具の開発は、そう簡単にできるものではない。魔法式の内容だけではなく、付与する素材と魔力の親和性も考慮し、バランスよく魔法式を刻んでいかなければならない。

センスも技術も経験も、高いレベルを持っていないと難しい。

ヴィエラの才能に感心しながら、出発前にルカーシュは手綱に風よけの魔道具を付けた。

そして昨日と同じように腕の中に閉じ込めるように婚約者を前に乗せ、空へと舞い上がった。

慣れてきたのか、ヴィエラは絶叫することなく前を真っすぐ見ている。いや、どちらかと言えば技術者の、仕事の顔をしていた。

凛々しい表情の彼女を見るのは初めてで、鋭くなった薄紅色の瞳に視線が引きつけられた。

「魔道具を起動させます。異変を感じたら教えてください。すぐに停止させます」

「分かった」

そうしてヴィエラが風よけの魔道具に魔力を与えると、一瞬にして受ける風が半減した。

暴風とそよ風ほどの差がある。呼吸はしやすくなり、姿勢を保つ力も随分と軽くなった。アルベルティナに確認すると、わずかに抵抗を感じる程度で、普通に飛ぶだけなら問題はないらしい。

そう感想を伝えれば、ヴィエラは安堵したように顔を綻《ほころ》ばせた。

「及第点には届いたようで良かったです。これでルカーシュ様の負担を減らせますね」

「負担？」

「だって鍛えているとは言っても、何時間も人ひとりを支えて飛ぶなんて絶対に大変ですもん。

ただでさえ私はルカーシュ様におんぶに抱っこ状態なので、少しでも苦労を軽くできればと思っただけです」

ヴィエラを支えることを全く負担に感じてはいないが、彼女の純粋な優しさは素直に嬉しい。最強の騎士、名門貴族の子息であるルカーシュにとって、媚や下心が含まれない気遣いは非常に貴重だ。

腕の中に収まってしまっている小さな存在が頼もしく、より大切に感じた。

「ヴィエラ、この風よけ俺がこのままもらっていいか？」

ルカーシュはグリフォンとの契約により、魔力が使えない。魔法石に溜めてある魔力には限りがあり、魔道具も常時使えるわけではない。

だが、ほしいと思った。

「試作品で良ければどうぞ」

「ありがとう」

自分のために作ってくれた、初めての物だ。ヴィエラ自身とともに大切にしようと、ルカーシュは彼女の故郷がある先を見つめた。

＊＊＊

昼食を食べてから飛行を再開して少し経った頃、ヴィエラは懐かしい景色を視界に捉えた。

独特な白い皮を持つ木や、寒い環境にも強い作物の畑が広がっている。その間には三角屋根の小さな家が点在し、奥には建物が密集して街を作っていた。

そして、奥の小高い丘には慎ましい佇《たたず》まいの屋敷があった。ヴィエラの実家だ。

「もう着いちゃった」

王都から馬車では片道一週間の距離を、たった一泊で来てしまった。

神獣グリフォンに乗って空を飛ぶという、普通では選べない手段を用いることができた幸運に感謝する。

「ルカーシュ様、本当にありがとうございます。ティナ様にも、どうお礼をしたら良いのか」

「あとでリクエストをしようかな。まずはどこに降りればいいか、指示してくれ」

「全力で応えますね！　場所については、直接屋敷の裏庭に降りましょう」

「分かった。ヴィエラ、体勢を横に」

「はい。し、失礼します」

ヴィエラはアルベルティナの背を跨《また》いでいた両脚を左側に揃え、正面に向けていた体ごと横に向けた。

そしてゆっくりと両手をルカーシュの胴に回し、頬を彼の胸元に寄せる。手のひらは引き締まった弾力のある背中の筋肉を感じ、耳は規則正しい彼の鼓動を拾う。

（背中からくっつくのと、正面からくっつくのでは恥ずかしさが全然違う。でも、こうしないと

ルカーシュ様とティナ様の鼓膜を破壊してしまう）

繰り返すたびに上空の飛行は慣れてきたが、着地だけは未だに絶叫してしまっていた。大丈夫だと分かっていても、急激に迫る地上に体は勝手に怯え、恐怖の気持ちが喉から飛び出して声になってしまうのだ。

そこでルカーシュが提案したのが、横乗りでの着地だった。

俺のほうに顔を向けて、景色を見ないようにすればいい――ということで、長時間移動するには不向きな体勢のため、着地限定で横向きになることにした。

「大丈夫、遠慮せずくっついて」

「そうさせていただきます！」

恥ずかしい。非常に恥ずかしいが、恐怖には勝てなかった。ヴィエラは力いっぱいルカーシュに抱きついた。

どんどん高度が下がっていくのが分かる。助言通りルカーシュの胸元に顔を向けているため地上が見えず、いつ着地するかタイミングが分からなくて別の恐怖が芽生えるが叫ぶほどではない。ぐっと耐えていると、ずしっと重力がかかった。

「着いたよ。ご感想は？」

「横乗り作戦は大成功です。ありがとうございます」

そう言って見上げれば、ルカーシュの輝く顔面が間近にあった。ものすごく機嫌が良さそうな笑顔だ。

眩《まばゆ》い光に当てられ、ヴィエラは慌てて顔を俯かせる。

すると屋敷のほうから、キィと金属が軋む音がした。音のするほうを見れば、裏口の扉を開け、ぼうぜんと立ち尽くす母の姿があった。

「お母様！　ヴィエラ、ただいま帰りました！」

「ヴィエラ⁉　え？　えぇぇぇぇぇえええ⁉」

裏庭にヴィエラの母、カミラ・ユーベルトの悲鳴がこだまする。

「カミラ、どうした⁉」

そうして母の後ろからは、車いすに乗った父、トーマス・ユーベルトが姿を現した。

「ヴィエラが帰ってきちゃったんです！　しかも神獣様に乗って」

「な、な、なんだと⁉」

車いすに乗っていても、父が腰を抜かしたことが分かる。

ヴィエラは先にアルベルティナから降ろしてもらい、両親のもとへと駆け寄った。しゃがんで、父の両膝に手を置いた。

「お父様！　車いすだなんて何があったのですか⁉　手紙だって病気なのか、そうでないのかあれでは分かりません！　説明してください」

「もしかして心配してきたのか？　いや……実は泥酔したまま魔法速達《マジックレター》を送ってしまい、あとになってとんでもない内容を送っていたと知り、翌朝慌てて手紙を出すために出かけようとしたところ酔いが抜けておらず……。階段で足を滑らせ、そのまま落ちて腰を。幸いにも骨に異常はなく、早く治るよう念のため車いすで生活をしているだけなんだ」

「では、ご病気ではないのですね⁉　治るんですよね？」

「あぁ、もちろんだとも。心配かけてすまなかった。確かに年を重ねた分は衰えたが、ほらこの通り腰以外はピンピンだ！」

父トーマスはニカッと笑い、力こぶを作るように両腕を曲げた。

ヴィエラは深く、安堵のため息を零した。それからすぐに、怒りが沸々と湧いてきた。

「本当ですよ。珍しい魔法速達《マジックレター》があんな内容で、エマもとても心配していて、あの連絡以降なにも音沙汰がなくて、ようやく来たと思ったら正反対の内容で……ふざけないでください！」

彼女は立ち上がり、父親を見下ろす。

その目には一種の殺意が込められていた。

「知らせの内容が間違いなら、間を空けず魔法速達《マジックレター》で訂正の連絡をしなさい！　爵位継承に関わる大事なんですよ？　内容が及ぼす影響を考えてください。どれだけの人を振り回したか教えて差し上げます。逃げることは許しません。しっかり反省してもらいます」

「お、おぉ……分かった。すまない。本当にすまない」

白髪交じりの金髪を撫でながら、ユーベルト子爵は苦笑いを浮かべた。これはまだ深刻さを分かっていない表情だ。

ヴィエラはこめかみをピクピクとさせ、どうしてやろうかと考える。

すると彼女の後ろに、ルカーシュが立った。

ユーベルト子爵夫妻は目をパチクリさせたあと、人当たりの良い笑みを浮かべた。

「ようこそユーベルト家にいらっしゃいました！　私は当主のトーマス、隣が妻のカミラです。このたびは我が一族のせいで、グリフォン様まで出すような事態にしてしまい申し訳ありません。いやぁ、グリフォン様の契約者となると、佇まいがご立派で」

「神獣様を間近に見たのは初めてなのですが、さすが迫力あるお姿ですわ。爵位に関わることだから、ヴィエラに融通を利かせていただけたのでしょうか。王宮の待遇は本当に素晴らしいのですね。たいしたおもてなしはできませんが、どうぞ我が屋敷でおやすみください。ヴィエラったら、こんなに格好いい人に連れられてラッキーね♪」

両親は、ルカーシュを王宮から選出された付き添いの者だと思っているようだ。確かに神獣騎士になれず、見回りや貴重品を運ぶ神獣乗りとして仕事をする人はいるが……。

娘と同じく、英雄の顔を知らないらしい。両親はさほど緊張した様子を見せず、ニコニコと出迎える。

それに応えるように、ルカーシュも美しい顔に笑みを浮かべた。

「初めまして、神獣騎士団所属のルカーシュ・ヘリングです。このたびは付き添いというだけではなく、ヴィエラの婚約者としての挨拶も兼ねて訪問させていただいております」

一瞬にして、両親の笑みが固まった。父の目が泳ぎ始める。

「こ、婚約？　ヴィエラが？　それに神獣騎士で……ヘリング……もしかして、アンブロッシュ公爵家の？　空の王者の？」

貧乏で辺境にいても、さすが子爵家の当主。ヘリングと言われても、きちんとルカーシュの生家を当ててみせた。

父トーマスとしては予想が外れていてほしいと願うような表情を浮かべているが……。

「はい。アンブロッシュ家の三男で、神獣騎士の団長を務めています」

ルカーシュが笑みを深めたのと正反対に、両親は無音の叫びをあげた。顎が外れたかのように大きな口を開け、ガクガクと震えている。

そして父は驚愕《きょうがく》の表情を浮かべたまま、娘のヴィエラへと視線を移す。

「ヴィ、ヴィエラ……お、お前……」

「婿を見つけろと仰せだったので、約束通り見つけてきました。誰でもいいとのことでしたので、文句はありませんよね、お父様？」

トーマスは目を見開いたまま口をハクハクとさせ、何度も視線をヴィエラとルカーシュの間で動かすからくり人形と化した。

カミラの魂はすでに空へと旅立ち、天を仰いで放心状態。しばらく両親は使いものにならないだろう。

けれど、両親はともかくルカーシュを放置するわけにはいかない。ヴィエラは皆を屋敷に誘った。

数年ぶりの実家は、掃除は行き届いているが各所で古さが目立ち、絨毯《じゅうたん》も色あせていた。

それをルカーシュが物珍しそうに見ている。

(こんな貧乏な貴族の家を見るのなんて初めてでしょうね。正式な使用人は通いの家政婦ひとりが日中来るだけで、料理は基本お母様がしている。こんなところに、本当にルカーシュ様を住まわせていいのか不安になってきたわ)

そう思いながら奥に進み、簡素な応接間でヴィエラ自らお茶を用意した。

そして声が届くかどうか怪しい両親に、とりあえず王都での出来事を説明した。

「つまり魔法速達《マジックレター》が届いた三日後の夜には、運命を感じたルカーシュ殿と婚約を誓い、アンブロッシュ公爵も後日認めたと……？　なぜそうなる？　縁を繋いでもメリットがない、没落寸前の我が家だぞ？　令嬢らしさ皆無のヴィエラだぞ？」

「お父様、いろいろあったんです。いろいろ……。とにかく公爵様から正式な婚約の申し入れについて記された書状が後日届くと思います。了承の返事を出しておいてください」

「我が子爵家が、公爵家からの申し入れを断れるはずがないのだが……」

トーマスは汗をダラダラと流しながら、ルカーシュへと顔を向けた。

「婿入りで本当にいいのですか？　このように私はまだ当主として働けますし、次女のエマが継ぐこともできます。騎士団長を辞してまで何もない貧乏領地に来る必要はなく、王都で便利な暮らしをしたほうがいいのでは？　ルカーシュ殿であれば、あなた自身が騎士爵以上の爵位を授かる可能性も高いと思います。ヴィエラが嫁入りでも私はかまわないのですが」

「いえ、婿入りを希望します。確かに爵位の話は陛下から探りを入れられたことはありますが、俺は学園に通うことなく神獣騎士団に入団したので、恥ずかしながら爵位や領地をもらっても経営できる学がありません。爵位を与えられても困るんです」

　ルカーシュが眉を下げて笑みを浮かべると、トーマスは頷いた。

「なるほど。女当主の婿となれば、爵位の打診も断りやすいと。また英雄が国内に留まるという意思表示にもなるため、陛下も公爵も反対なさらなかったというところでしょうか。しかし、早めに領地に引っ越したいという意図がイマイチ分かりませんな。婿入りしたとしても、数年は王都で新婚水入らずの生活を送っても我々は問題ないのですが」

「王都にいると、嫌でも騎士団や陛下に呼び出されると思います。それなら王都から遠いユーベルト領に住んでいたほうが、仲を邪魔されずに過ごせるでしょう。そうだよね、ヴィエラ？」

　甘みが含まれた笑みを浮かべてルカーシュは、隣に座るヴィエラの手を取って指を絡めた。ブルーグレーの瞳を細め、返事を催促する。

　本当の恋人のように甘く見えるから大変だ。

（周囲の目があるところでは仲のいい演技をする契約だけど、ルカーシュ様の演技、急に上手になりすぎでは⁉　わ、私もきちんとしないと）

そう思うが頭が熱くなりすぎて、ただコクリと頷くしかできない。

真っ赤な顔で頷く娘の姿に、両親は目を輝かせた。

「こ、これは別に家を用意しないとな！　我々と同じ屋敷じゃ、ほら、な⁉　いろいろとあれだろ！　カミラ、な？」

「お父様⁉」

「この丘の麓に、元民宿だった空き家があるわ。新品同様に改装しつつ、個室の壁を取り払って大きな寝室を作れば新婚にピッタリの別荘風の家になるはずよ。ルカーシュ様、それでよろしくて？」

「お母様まで！」

両親に急に艶っぽい話題を振られ、ヴィエラは顔をさらに真っ赤にして悲鳴をあげた。

（返答に困る質問しないでよ！　エマに伝えたように、この婚約は緊急的に後継者になるために結んだ契約だという真実を伝える？　でもルカーシュ様は到着直前に、遠くに住む両親の心労のことを考えて契約のことは話さないでおこうって言っていたし……）

両親の暴走をどう止めようかと、頭を痛めながらルカーシュに助けを求めた。

彼は任せてと言うようにヴィエラに頷いたあと、ジャケットのポケットから白金《はっきん》の硬貨を三枚出した。

「お気遣い感謝します。家具類は王都から送りますので、改装だけお任せしていいですか？　こちらを頭金に使ってください」

ヴィエラは目をひん剥いた。

ルカーシュは寝室の改装を受け入れた上に、大金を出したのだ。この田舎では白金硬貨が三枚もあれば立派な新築が建てられてしまう。今のユーベルト家の屋敷よりも大きな屋敷が建てられるだろう。

さすがにトーマスも金額に驚き、ルカーシュを窺った。

「あの、ルカーシュ殿は新築の豪邸をご希望ですか？　それとも黄金色に輝くような派手なデザインの改装をご希望で？」

「いや、一から建てるとなると時間がかかるだろうし、すぐに越せるような改装で十分です。改装のレベルも、この土地に合わせたものでお願いできれば」

するとトーマスは白金硬貨一枚だけ受け取って、テーブルの上を滑らすように二枚を返した。

「ここは田舎なので、改装費は頭金どころか、これですべてまかなえます。残りはどうぞ貯蓄に」

しかし、それをルカーシュが突き返す。

「では残りは、この屋敷の改装や周辺の整備に使ってください。完全にヴィエラが子爵位を継いだら、俺たちもこの屋敷に住むでしょう。早めの準備ということで」

「ふむ。そういうことなら遠慮なく」

貧乏人は施しを断らない、という精神をヴィエラに教えたのは父のトーマスだ。彼はしっかり白金硬貨三枚を受け取った。

もう今から流れを変えるのは無理だと悟ったヴィエラは開き直り、今後についての打ち合わせをすることにした。

すでに退職を申し込んでいる状態であり、ヴィエラが仕事を辞めることで仕送りがなくなること。アルベルティナのために、廃鉱山の一部を開放してほしいことなど……今後について相談をした。

すると驚いたことに、仕送りなしでこれまでの生活が維持できる見通しが立っていることが判明した。

ユーベルト領に生えている白い木から、蜜が採取できることが分かったのだ。

蜜が取れる期間は雪解けが始まる春の一カ月間と短いが、煮詰めれば良質なシロップとなり、長期保存も可能となる。そして甘い物は高級品のため、高値での取引も期待できるとのことだ。

先日から準備を始め、来春から本格的に新規事業として動き出すらしい。だから新事業を託したいという面でも、ヴィエラが領地に帰ってきてくれると助かるという本音も聞けた。

またアルベルティナの引っ越しについても廃鉱山に簡易的な柵を設け、領民に立ち入り禁止エリアを明示すれば問題ないとのことで、了承が得られたのだった。

そのあとはカミラの手料理を皆で味わい、楽しい夕食会となった。

翌日の昼過ぎ。先んじて婚約承諾の手紙を預かったヴィエラとルカーシュは王都に帰るため、裏庭でアルベルティナの背に乗った。

グリフォンの迫力に腰が引けている両親は、少し離れたところからふたりを見送る。

「お父様、お母様、私たちの口からも説明しますが、後日届くアンブロッシュ家からの手紙には、別できちんと丁寧に返事を書いてくださいね！」

「もちろんだとも！　ヴィエラ、体調には気をつけるんだよ。ルカーシュ殿もお気をつけて」

「ルカーシュ様、娘をどうかお願いしますね！」

「承知しました。責任を持って預かります。またお会いするときまで、おふたりもお元気で」

そう言ってルカーシュがヴィエラを支える腕に力を入れると、アルベルティナが地面を蹴って大きく翼を羽ばたかせた。

往路で順応できたことで、復路の空の移動は叫ぶことなく順調に進んでいった。

問題があるとすれば、背後からルカーシュに抱き締められている状態がずっと続いていたことだろう。魔道具のお陰で風が弱まっているはずなのに、しっかりと力強く密着するように抱き締められたまま。

父親の無事が分かったことで、余計な心配事がなくなったせいだろうか。ヴィエラは、実際の体温以上に背中が熱くて仕方なかった。

しかし安全に飛ぶためには必要な行為であるため、ルカーシュに「もう少し隙間を空けたい」とも言えず、ぬいぐるみ役に徹して大人しく彼の腕の中に収まることに……。

不思議だったのは、ルカーシュがずっと上機嫌だったことだろうか。

こうして妙にソワソワした気持ちで一泊野営をし、無事に王都のアンブロッシュ公爵邸へと帰ってきたのだった。

早速その日の夕食の席で、ユーベルト家の状況を説明しつつ、アンブロッシュ公爵にトーマスからの手紙を渡した。

公爵はその場で手紙を開き、目を通して表情を緩ませた。

「直接、子爵に婚約を認めてもらえて良かったよ。身分差があるし、面白そうな事業も始まるようじゃないか――何かあれば、アンブロッシュ家による乗っ取りだと噂されると危惧していたが、これで安心だ。まぁ一番は、子爵が命に関わるような病でなかったのが良かった」

「お騒がせして、誠に申し訳ありませんでした。後日改めて謝罪の手紙が届くと思いますので、受け取っていただけると幸いです」

「大丈夫だよ。それにしても手紙を読んで改めて思ったが……君たち親子は公爵家と縁ができるのに、全く欲を感じさせないな。援助を乞う最高の機会なのにそういった文言は一切書かれていないし、むしろ精一杯息子にひもじい生活をさせないよう頑張ると意気込んでいる。ははは、いい関係が築けそうだ」

「公爵様の寛大なお心にお礼申し上げます」

ヴィエラは改めて深々と頭を下げた。

三男とはいえ、子爵家当主の泥酔が原因で公爵家の令息が格下の娘と婚約なんて、本来なら怒りを買い、家同士の大問題に発展する。

アンブロッシュ公爵の器の大きさにひたすら感謝するしかない。

「ヴィエラさん、気にしないで。酒の失敗は人生につきものだよ。むしろ、こちらとしても良い縁に繋がったのだから結果オーライさ。ルカが納得していれば、私は問題ない。ヘルミーナもそうだろう？」

「えぇ、旦那様と同じ気持ちでしてよ。それに子爵がお元気というのなら、婚約期間も堂々と延期できるから、ヴィエラさんも長く公爵邸に留まれるでしょう？　いっぱい着飾って、わたくしとお出かけしましょうね♡」

そう言って夫人は、その場で洋裁店に連絡を入れるよう侍女に命じた。しかも一軒に留まらず、ファッション事情に疎いヴィエラでも聞いたことがある人気店を数店舗だ。

「ヘルミーナ様、私そんなに洋服を買える余裕がありません」

「問題ないわよ。全部アンブロッシュのお金で購入するんですもの！　婚約は成立しているし子爵も認めたのだから、もうわたくしの娘も同然。プレゼントだから気にせず受け取ってほしいわ」

「そ、そんな」

大きすぎる贈り物に慄《おのの》くヴィエラの肩に、ルカーシュがポンと手を載せた。

「兄上たちの妻――義姉上ふたりも通った道だ。母上の娯楽だから、着せ替え人形のように付き合ってくれると嬉しい」

「着せ替え人形？　娯楽？」

大金持ちは人形ではなく、生身の人間で着せ替えを楽しむらしい。

「ええ、わたくし息子ばかりでしょう？　娘のドレスを選ぶ友人たちが羨ましくって、ずっと憧れていたの。長男と次男のお嫁さんたちが綺麗系なら、ヴィエラさんは可愛い系。初めてお会いした日からどんな服を着せようか、毎日考えていたのよ」

本当に楽しみにしているようで、夫人は興奮気味に頬を赤くして「ふふっ」と口元に手を当てて笑った。

そして、そんな妻の姿を見るアンブロッシュ公爵の眼差しは慈愛に満ちていた。

断りすぎるのも良くないだろう。ヴィエラは腹を括った。

「ファッションのことには疎いので、よろしくお願いします。でも高価すぎると挙動不審になると思うので、金額はほどほどだと助かります」

「ええ、分かったわ。ドレスは必要最低限で、領地に帰っても使えるような、お出かけもしやすいワンピースをメインに買いましょうか」

「ありがとうございます！」

まずはドレスが少なめになりそうで安堵する。

公爵の視線が、ヴィエラへと移される。

「妻に付き合ってもらって悪いね。出かけた際は、ヴィエラさんの母君――ユーベルト子爵夫人のドレスの下見もついでにしておきなさい。子爵の腰が良くなり次第、正式に顔合わせをしたいから次の手紙の返事で王都に招待したいと思っているんだ。夜会にも出席して、両家の関係が良いものだと見せようと思う。もちろん招待するのはこちらだから、費用はアンブロッシュが受け持つよ」

「何から何までありがとうございます！　ヘルミーナ様、母のドレス選びの助言をいただけますか？」

「もちろんよ。たくさん選べて嬉しいわ」

こうして夕食の時間はにこやかに終わり、解散となった。

ルカーシュがエスコートしてくれるというので、部屋まで一緒に向かう。

ヴィエラは彼の腕に手を添えながら歩き、隣を見上げる。

「ルカーシュ様、改めて今回はありがとうございました。お礼のリクエスト、決まったら教えてください。それとも、もう決まっていますか？」

「じゃあ――」

ルカーシュは足を止め、空いている手を腕に添えているヴィエラの手に重ねた。

そしてブルーグレーの瞳を軽く細め、真剣みを帯びた視線を返してきた。

「どうか、ルカと……愛称で呼んでくれないか？」

「……ルカ様。こんな感じでいいですか？」

試しに呼んでみると、ルカーシュは口元を軽く緩ませ頷いた。納得しているらしい。

しかしヴィエラは不満だ。

「これではお礼になっていません。高価な物は厳しいですが、私にできることなら気軽に言ってください。他にありませんか？　なんでもどうぞ！」

そう聞けば、ルカーシュは少し驚いたように目を見開いて、「なんでも……」と呟いた。

すると彼は腕に添えられていたヴィエラの手を下ろし、両腕で彼女を引き寄せた。

ルカーシュに包み込まれてしまったヴィエラは、目を白黒させる。空の移動でも似たような体勢だったのに、そのときよりも心臓がバクバクして破裂しそうだ。

数秒後、体がゆっくり離された。恥ずかしくて、ルカーシュの顔を見上げられない。

「い、今のは？」

「俺としてはお礼をもらったつもりなんだけど。その、癒やしがほしくて」

「これが、お礼……」

「うん、ありがとう。部屋まで送る」

「は……はい」

ルカーシュに手を引っ張られ、ヴィエラは俯きながらついていく。そして彼と扉の前で別れ、ひとりで部屋に入るなりベッドにダイブした。

「――は!?　私を抱き締めることが癒やし？　なぜ!?」

混乱しながら、ルカーシュの行動の理由を探る。いろいろと考えた結果、ひとつの答えにたどり着く。

「そうだわ。私はヘルミーナ様の着せ替え人形になるのだし、ルカ様も私のことをぬいぐるみのように思っているのだわ！　そうに決まっている。あースッキリした！　ふふふ、なぁーんだ！」

こうしてヴィエラは、先ほど抱き締めた直後のルカーシュの表情など知らず、仰向けになって現実逃避を始めた。

第四章
表の顔と裏の顔

ユーベルト領から王都に帰還してから数日、とても平和な日が続いていた。

ドレッセル室長に後継者の引継ぎに猶予ができたことを伝えれば泣いて喜ばれ、そのあとに「ルカ様の希望もあるけれど、家の新事業のために早めに領地に帰りたいのは変わらない」と伝えれば室長が号泣しながらへこみ……フォローするのが大変だったくらいだ。

一応、ルカーシュの引退と同じタイミングで退職できることになった。

そしていつもならヴィエラが急に休みを取ると、クレメントが理由を聞きに技術課に突撃してくるのだが、来ない。ヴィエラの休み明けとすれ違いで緊急の出動があって、結界課二班は王宮を不在にしているらしい。

とても静かで、逆に落ち着かない。

「それにしても、結界課が緊急で遠征に行くなんて珍しいですね。しかも野営付き。そこまで遠くないのに、出発してから今日で五日目。何かあったのですか？」

ヴィエラは凝り固まった肩をほぐしながら、隣で珍しく魔法の付与作業をするドレッセル室長に声をかける。

まもなく大規模な地方遠征が控えている。今のうちに注文を予測し、ある程度在庫を追加したり、溜まっていた失敗作の魔法の付与の解除をしたりしておく必要があった。

時間に余裕があるのに室長自ら作業をするということは、クレメントが行っている遠征があまりいい内容ではないと察せられる。

ドレッセル室長は眼鏡を外し、目元をほぐしながらヴィエラの問いに答える。

「なんでも、結界石の魔法付与が上手く作動していないらしく。原因を探り、一度解除して、新たに結界の魔法式を書き直さなきゃいけない案件らしいんだ」

「結界が上手く作動しない？　早めに石碑の使用限界時間が来たのでしょうか？」

結界の魔法式は長年使われているもので、『完璧な式』と言われている。一度作動し始めたら、本来であれば自動で約二年は効果を発揮するものだ。

「結界石を新しくしてから、半年しか経っていないらしい。とりあえず今回は魔法式を解除して書き直すらしいけど、媒体になっている石碑がハズレだったのかね。同じことがあれば、石碑ごと交換かなぁ？　石碑の予備はあるけど……。ふふふ……。ヴィエラさん、そうなったときは頼りにしています」

「うっ、石の交換となったら結界課の人が大勢で向かう案件。しかもその遠征先は郊外で、岩場が多いところ……つまり魔道具の消耗が激しい。さらに発注が増える。技術課は全員徹夜コース確定ですか。室長、そうならないよう祈りましょう」

ヴィエラとドレッセル室長は胸の前で手を組んで、一緒に神に祈った。他の席でも、会話を聞いていた同僚が同じポーズを取っている。

そこへちょうど、クレメント率いる結界課二班の帰還の知らせが技術課に届いた。結界課の連絡係がドレッセル室長に簡易報告書を渡した。

「発動異常の結界石はふたつ発見されたけど、どちらも無事に書き換えが完了し、正常に作動していることを確認。媒体の石碑にも異常はないらしい。新米魔法使いの付与ミスかな」

石を交換せずに済みそうだと知り、技術課の全員で安堵のため息を漏らした。

けれど、ヴィエラだけはそれが許されなかった。ドレッセル室長が彼女の目の前に紙をペラッと出した。

「ヴィエラさんは、クレメント班長が助力を乞いたいと指名が入っています。今から結界課室に行ってください」

「――え？　用件は？」

「魔道具について相談があるみたいですが、現物が結界課にあるので来てほしいってことみたいですねぇ」

「分かりました」

魔法式についての知識は開発課、付与技術は結界課が得意とするところだ。たいてい技術課の人間にお呼びがかかることはない。

ヴィエラは自分が指名を受けた理由が分からず、疑問を抱きながら結界課へ向かった。

結界課の部屋に入れば、開発課の人間までいた。やはり自分が指名を受けた理由が分からない。

窺うように入室する。

「ヴィエラ・ユーベルト、参りました。どういったご用件で？」

すると人だかりが割れ、その輪の中央には初めて見る壮年の男性が座っていた。右脚のズボンが捲られ、膝より先は義足の魔道具が装着されている。

そしてクレメントがその義足を観察していた。彼はヴィエラの姿を視界に入れると、顔をパッと明るくした。

「ヴィエラ先輩、いて良かった。この方の義足の魔法式を解除したいのですが、開発課の人間も僕もできなくて。力を貸してくれませんか？」

そう言われ、ヴィエラは輪の中心へ入った。

柔らかい茶色の髪に、緑の瞳を持った壮年の男性は困ったような笑みを浮かべ、軽く頭を下げた。

「初めまして。ユーベルト嬢、レーバン・サルグレッドと言います」

「ヴィエラ先輩、この方は二代前の結界課二班の班長を務めていた大先輩です。今回問題が確認された結界石があるエリアの管理者でもあるのですが、班員が結界石の解除の際に近くにいたレーバン殿を巻き込んでしまったようで……。義足を修理するためにお連れしたんです」

「本当に申し訳ありません」

クレメントの後ろにいた若い班員が、慌てて頭を下げた。

それを制するように、レーバンがにこやかな笑みを浮かべて首を横に振った。

「いいえ、今の結界課の若い子の活躍を見たくて近づきすぎたのが原因です。そして、ろくに魔法も使えないのに自分で魔法式を修正しようとして失敗した私が悪いのです」

魔法は体の中を巡る魔力を使う。欠損があれば乱れ、上手く使えなくなることが多い。レーバンが義足ということは、そういうことなのだろう。

結界課の班長を務めていたことから、レーバンは魔法の扱いに長けていたはずだ。そしてまだ現役でも不思議ではない年齢。

どうして義足に――と思いながらヴィエラが見ていると、レーバンが苦笑した。

「五年前の戦争に巻き込まれ、そのときに」

「――っ、そうだったのですか」

「まぁ、結界課に在籍し続けられる実力はなくなりましたが、義足を動かす程度の魔力は使えるので普段の生活は問題ありません。けれど、動かないとなると困ったもので……。今、義足を動かす魔法式が消えかけている上に、私の失敗した魔法式が上書きされている状態なのですが、見ていただけますか？」

「分かりました。失礼します」

ヴィエラはクレメントの隣に膝をつき、義足を観察する。大部分が木製で、関節部分に魔法が付与された金属と魔法石が使用されている。

「クレメント様、元の魔法式は分かりますか？」

「こちらです。義足の形状は、開発課の記録に残っている製品と同型のはずなんですが、式がめちゃくちゃで……。解除さえできれば、付与することは容易なのですが」

「なるほど」

魔法式が書かれた資料に目を通せば、膝と足首が連動するように複数の式が組まれていた。解除するには魔法式を理解し、魔力を分解していかなければならない。元の魔法式が複雑であればあるほど理解が難しく、解除も難しくなる。

ヴィエラはポケットから直接付与式のペンを取り出した。

「レーバン様。一度魔力を通し、魔法式を読んでみてもいいですか？」

「えぇ、どうぞ」

「では、失礼します」

魔力を流し、魔法式を光らせて目を通す。

説明の通り一部の式が重なり、ところどころ順番が入れ替わっている。まるで絡まってしまったネックレスのチェーンのようだ。

義足の正しい魔法式だけ残すのは無理だ。しかし――。

「全解除で良ければ、今この場でできます」

クレメント以外が、ヴィエラの言葉に驚きの表情を浮かべた。

「さすが、ヴィエラ先輩。全解除で大丈夫です。付与だけなら僕や開発課でできます。お願いできますか？　皆、離れるんだ」

魔法付与が施された装備を多く身に着けている班員は巻き込まれないよう、念のため離れる。

そしてクレメントも離れたのを確認したヴィエラは目を瞑《つむ》り、軽く息を吐いた。

「始めます」

頭を巡る魔力を一気に増やし、目を開け、ペンで浮かび上がる魔法式をなぞり始めた。

ヴィエラがペンを走らせたところから魔法式が分解され、サラサラと砂が風に飛ばされるように消えていく。儚く、幻想的な光景だ。

心配されていた巻き込みも一切心配する必要がないほど、解除のための魔力は周囲に零れることなくペン先に集まっている。

「なんて無駄のない解除法……。見事だ」

頭上でレーバンの感嘆の声が聞こえるが、ヴィエラは集中を切らさないよう聞き流す。

(よし、上書きされた部分は消した。あとはバラバラになっている既存の魔法式だけ。元の式が美しいから楽勝ね。使っている素材がものすごくいいのもあって、魔法痕《こん》も残さず綺麗に消えそうだし、新しい魔法式も簡単に定着するはずだわ)

彼女は口元に弧を描き、スピードを上げて解除していった。

始めて数分後、最後の魔法式の文字が消えた。

「ふぅ、終わりです」

魔力を切り、ヴィエラが一息つく。

しかし、無事に全解除できたというのに誰も声をかけてくれない。妙に静かなことに違和感を持ち、周囲を見る。

すると、誰もが高揚したような表情を浮かべていた。

「クレメント班長がユーベルトさんを特別視していたのは、このためか」

「これだけのレベルの魔法解除ができる人って、王宮魔法使いに何人いる？」

「結界課でも数名いるかどうか。これは凄い」

結界課の誰もがヴィエラの実力に驚き、目を輝かせていた。

そしてクレメントは「やっと皆も分かったか」と自慢げに頷いている。

開発課から来ていた女性班員が周囲の輪から飛び出し、ヴィエラの手を握った。

「ユーベルトさん、開発課に異動してこない!?　付与より難しいとされる解除がこれだけ上手なんだもの、魔法式の開発もできるわよね!?　その才能、うちの課で発揮しない？」

「そ、それは――」

ヴィエラが言葉に詰まっていると、クレメントが慌てたように割り込む。

「ちょっと！　ヴィエラ先輩はずっと前から結界課もスカウトしているんです！　抜け駆けは駄目ですよ！」

けれども開発課の女性は引こうとしない。

「でも、クレメント班長は断られているんでしょう？　結界課は体力勝負なところもあるから心配なのかもしれませんが、開発課は技術さえあれば運動神経は問いませんよ。ユーベルトさん、考えてくれないかしら？」

「ヴィエラ先輩、結界課を断っておいて開発課には行きませんよね⁉」

クレメントと開発課の女性に詰め寄られるが、ヴィエラは申し訳なさそうに笑みを返した。

「申し訳ありません。いつ退職するか分からないので、異動はちょっと。迷惑をかけそうですし、お断りさせてください」

「ユーベルトさん、王宮魔法使いを辞めるんですか？　才能がもったいない。一体どうして――……あっ」

開発課の女性はヴィエラの婚約者が誰かを思い出したらしく、渋い表情を浮かべた。

「伯爵位のうちの開発課の室長の助力を借りても、さすがに空の王者には勝てないわね。はぁ……残念。でも、もし退職せずに済むようだったら、いつでも開発課に来てくださいね！　再就職でも大歓迎♡」

「は、はい」

こうして開発課の女性は念を押したあと、「義足の魔法付与はクレメント班長に任せたわ」と言って結界課の部屋を出ていった。

クレメントが「開発課も油断できないな」と疲れたようにため息をつき、レーバンの前に膝をつく。

「すみません、レーバン殿。今、元通りに付与し直します」

「お願いします」

「では、失礼」

クレメントは使い慣れた杖を腰から抜いた。そして魔力を杖に流し始める。

空中に、輝く文字が溢れ出すように浮かび上がっていく。その出力スピードにヴィエラは驚く。

(クレメント様は学生時代から才能が抜きん出ていたし、実力があったのはよく知っていたけれど、レベルが当時の比じゃないわ。圧倒的に速いし、式に使われている魔力の精度が恐ろしく高い……。なんて美しい魔法式なの？)

技術課として何年も勤め、魔法付与には自信があったが、直接付与法のレベルはクレメントのほうが圧倒的にヴィエラより上だ。

魔法学校を卒業してから、数年ぶりに見る後輩の成長ぶりに感動する。

クレメントは歴代でも二番の若さで班長の座に就いた。それは次期侯爵という家格が優遇されてのことだという噂もあったが、これを見れば実力で掴んだ座だというのは明白だ。これまで相当訓練を積んできたことが分かる。

魔法の付与はあっという間に終わり、輝く魔力の文字は義足に張り付き、消えていった。

「付与ができました。レーバン殿、どうでしょうか？」

「少し歩いてみますね」

レーバンは椅子から立ち上がり、部屋の中を歩き、一周してから軽くジャンプしてみせた。そして問題なく動くことが確認できると、笑みを浮かべた。

「完璧です。助かりました」

「良かったです。このたびは僕の部下がご迷惑をおかけしました。改めて班長としてお詫び申し上げます」

クレメントが立ち上がり頭を下げると、レーバンは慌てたように両手を胸の前で振った。

「次期侯爵位の方が頭を下げるなんて！　私は爵位も何も持っていない、今はただの管理者なんですよ」

「しかしレーバン殿は尊敬する結界課の先輩ですし、何よりこちらは迷惑をかけた立場。その場で解決できず、王宮まで来ていただくなど、時間も多くいただきました。今回の件に身分は関係ありません。どうかお許しいただければ」

「もう十分に誠意は受け取りました。大丈夫ですよ」

「ありがとうございます。責任を持って二班の班員が管理地にお送りいたします」

「これは、これは。丁寧にありがとうございます。お言葉に甘えて、よろしくお願いします」

レーバンの満足したような態度に、班員は皆安堵の表情を浮かべた。

解除魔法に巻き込んでしまった若い班員に関しては、尊敬する班長の頭を下げる姿を見てへこんでいる。しかし、これもひとつの経験になっただろう。

償いの一環なのか、用意した馬車まで若い班員が見送ることになった。

もうヴィエラが結界課にいる必要はない。

「さて、私も技術課に帰ろうかな」

そうヴィエラが部屋を出て行こうとすると、クレメントが肘を出した。

「今日は助かりました。技術課までお送りしますよ、先輩」

「エスコートは大げさですよ。夜会じゃないんですから」

先日、ルカーシュにクレメントとの距離感の忠告を受けたばかりだ。ヴィエラは失礼にならないよう、笑顔で断りを入れる。

クレメントは寂しそうに眉を下げた。

「でも、恩人をそのまま返すわけにはいきませんし、ドレッセル室長にも用があるのでご一緒しますね」

「あ、そういうことなら」

技術課に用があるのなら仕方ない。

ヴィエラは結界課の班員から尊敬の眼差しを送られながら、クレメントの横に並んで技術課の部屋に戻ることになった。

つい先日までクレメントが隣にいると胃痛がしたが、和解した今は何もプレッシャーを感じない。

学生時代の気安さで話しかけられる。

「遅くなりましたが、緊急の遠征お疲れ様でした。無事に終わったようで良かったです」

「ありがとうございます。と言っても、ヴィエラ先輩の力を借りてなんとか無事に終わった状態です。魔法式の解除ができなかったら、危うく義足の作り直し。時間も、費用も、結界石の管理業務など、あらゆる面で大変なことになるところでした」

「他に解除ができそうな方はいなかったんですか？」

「ベテラン勢は休日や魔法学校の出張講師の日で、王宮に不在だったんです。本当……班長なのに解除もできなくて、情けないです。鍛錬のし直しですね」

クレメントは苦笑いを浮かべ、肩をすくめた。

ヴィエラは相変わらず向上心が高いことに感心する。

「クレメント様なら経験を積めば、すぐにできるようになります。私も技術課で数をこなしていたからできただけで、直接付与の魔法技術はやはりクレメント様のほうが遥か上です。さっきの魔法、とても綺麗で見惚れちゃいましたよ」

「――っ、ヴィエラ先輩が褒めてくれるなんて、すごく嬉しいです」

クレメントは本当に嬉しそうに、アンバーの目を細めた。襟足を撫でながら、ソワソワしている。

「またまたぁ～あれだけの技術があれば、日頃から周りの方に褒められているのではありませんか？」

「確かに称賛の言葉はいただきますが……ヴィエラ先輩の褒め言葉はレアなので、特に嬉しいです。だって先輩、絶対にお世辞で他人を褒めないでしょう？」

そう指摘され、「そうかもしれない」とヴィエラは声に出して初めて気がついた。

社交界にあまり出ていないので媚を売る機会もなく、仕事でも昇格したいという野心もない。褒め言葉を言うときは素直に尊敬したときだけだ。

「私ってかなり世渡りが下手？」

「まさか、上手だと思いますよ。天然タラシ系って感じで」

「えぇ!?　誰かをタラシ込んだ記憶はないんですけれど……」

ヴィエラが腕を組んで頭を捻る隣で、クレメントがクスクスと笑う。

「自覚がないタイプだから『天然』なんですよ。あ、着きましたね」

クレメントが先にドアノブに手をかけ、扉を開けた。彼の後ろからヴィエラも入室すると、部屋の雰囲気がいつもと違った。

重いというか、冷たい。緊張感が漂っている感じだ。

扉に近い席の同僚の女性がヴィエラの帰還に気がつき、暗かった表情を明るくさせた。

「ヴィエラさんっ」

「ロゼッタさん、どうしたんですか？　なんかいつもと雰囲気が……」

そう言ってロゼッタの机に寄ったとき、いつもはいないはずの人物が目に入った。

「ルカ様？」

奥にある打ち合わせ用のテーブル席では、ドレッセル室長とともにルカーシュが座っていた。彼はヴィエラに気がつくと、無表情のまま軽く手をあげた。

けれど隣にいるクレメントを見ると、少しだけ不機嫌そうに眉を寄せた。

ちなみにルカーシュの隣には神獣騎士団の副団長ジャクソンもいる。仕事関係で足を運んでいるのだろう。

邪魔しないようヴィエラは軽く会釈を返してから、ロゼッタに小声で話しかけた。

「どうしてルカ様が？　神獣騎士団の団長が来るなんて初めてですよね？」

「いつもなら室長がヘリング卿のもとを訪ねていろいろと打ち合わせするのだけれど、今回はなぜかあちらから来たのよ。噂通りの超クールで、オーラも別格……。この通り、部屋はずっと緊張状態よ。ま、婚約者《ヴィエラ》さんが来たから、威圧感は減ったようだけれど……ってか、愛称で呼べるなんてすごいわね」

「それはルカ様からお願いされたので。でも、仕事というのならこの空気も仕方ないですね」

改めてルカーシュを見るが、いつもと印象が違った。クールという言葉がぴったりな冷たい表情で、纏う雰囲気はピリッとしている。

そこだけ空気が違うかのように、目を引くような存在感があった。威厳がある姿は、ちょっぴ

り距離を感じてしまう。

「ヴィエラ先輩、室長が空くまで先輩の作業を見学していてもいいですか？」

隣からクレメントに声をかけられ、ヴィエラはハッとしてルカーシュから視線を外した。

クレメントはドレッセル室長に会うために来たのだ。ただ待たせるのも悪いだろう。

「もちろん。せっかくなので、失敗作の魔法解除をお見せしましょうか？　つい最近、義足と同じように間違って二重に魔法付与してしまった物が……」

ヴィエラは失敗作を置いてある棚から目的の物を掴んだ。

地方の砦《とりで》の跳ね橋に使われる部品の一部だ。鎖を巻き取る滑車の軸の駆動装置に魔法を付与しようとして、同僚が作業を再開するときに間違って旧式で続きの魔法式を書いてしまったのだ。

それを机の上に載せ、ペンを取り出した。クレメントが手元を覗き込むように隣に立った。

「始めますよ」

ヴィエラは義足のときと同じ要領で書かれた魔法式に魔力を流しながら分析し、魔法式を解除していく。義足ほど複雑ではないので、魔法解除しながら説明を始める。

「解除は式の最後の部分から着手するのがおすすめです。こうやって魔法式を媒体から剥がすような感じで魔力を多めに流し、ぐいっと魔法式の全体を魔力が弾けるギリギリの状態まで不安定な状態に持ち込んで、一気に逆算というか解除のための魔力を付与してください。すると、こうして――――よいしょ」

誤っていた魔法式が一気に光になって分解されていく。サラサラと消え、あっという間にただの部品に戻った。魔法痕もなく、新品同様だ。

「よし、完璧ね。参考になったでしょうか？」

出来栄えに満足したまま隣のクレメントを見れば、彼はアンバーの瞳を輝かせ笑みを浮かべていた。

気づけば彼は腰を曲げて机に手をつき、顔の高さをヴィエラに合わせていた。

顔の近さに、少しだけ驚く。

「勉強になりました。僕も今度その魔力操作で試してみます」

「お力になれたようで良かったです」

そう言いながらヴィエラは少しだけ身を後ろに引いてみるが、追いかけるようにクレメントの肩が近づいた。

「でも失敗したら……また教えてくれませんか？　お礼は用意しますから。学生時代みたいに僕に魔法を――!?」

言葉を遮るように、突然ヴィエラとクレメントの顔の間に紙の束が割り込んだ。

「待たせたな、クレメント班長。ドレッセル室長が空いたので、お次どうぞ」

紙の束を持ったルカーシュがヴィエラの背後に立ち、冷たい眼差しでクレメントを見下ろしていた。

技術課の部屋の室温が下がる。

紙のバリケードで見えないが、クレメントも睨み返しているに違いない。

（ど、どうしてこんなに仲が悪いのよ？　昔からの顔なじみで、先日も一緒に遠征に行って、スムーズに任務を終わらせたほど信頼関係があるんじゃないの⁉）

ヴィエラがオロオロしていると、クレメントが机から手を離し姿勢を正した。

ルカーシュより少し高い位置から、笑みを返す。

「教えてくださりありがとうございます。神獣騎士団長、扉までお見送りいたしましょう」

「いつになく礼儀正しいじゃないか。なら部下である副団長の見送りをしてくれるかな？　俺はヴィエラと一緒に帰るから、彼女の仕事のキリが良くなるまでここで待たせてもらう。見送り後は、気にせず室長と話し合いを始めてくれ」

「ルカーシュさんの仕事は終わったと？」

「あぁ。今回も次期団長に指名したジャクソンを見守るために同行したに過ぎない。今日の仕事はもう終わりだ」

「ふーん、羨ましいですね」

ふたりの間で火花が散った。

背後であたふたしていたドレッセル室長が、たまらず声を上げる。

「ヴィ、ヴィエラさん！　もう仕事は終わりでいいよ。結界石も無事に解決したから残業もなさそうだし、ヘリング卿を待たせてはいけないからね。帰りなさい」

言葉に出していないが「険悪なふたりを引き離すために、ヘリング卿を連れて離脱しなさい。今すぐに。早く！」と訴えているように聞こえる。

ヴィエラはしっかりと頷きを返すと、パパッと帰る支度を整え、立ち上がるなりルカーシュの手を握った。

「ルカ様、許可が出たので帰りましょう」

一瞬にして、ルカーシュの纏う重々しい空気が霧散した。しっかりとヴィエラの手を握り返し、穏やかな笑みを浮かべる。

「そうだな。一緒に屋敷に帰ろう。では技術課の皆さん、失礼する」

そうして背中にクレメントの鋭い視線と、動揺する同僚の気配を感じながら技術課の部屋を出た。

「ヴィエラ、今日は早く上がれたから時間に余裕がある。すぐに屋敷に帰らず、街に寄らないか？」

廊下を歩いてすぐ、ルカーシュがヴィエラに尋ねた。

「街ですか？　それはどうして？」

「買いたいものがあるから付き合ってくれる？　ヴィエラがいたほうがすぐに決まると思うんだ」

「分かりました」

魔道具か何か買うのかしら？　そう思って馬車に乗り、連れて行かれた場所は有名な宝石店だった。

入店するなり、二階のＶＩＰルームに案内された。

アンブロッシュ公爵邸の豪華さに負けない……いや、本業であるため、さらに煌びやかな部屋に、ヴィエラは完全に腰が引けている。

ルカーシュが従業員に何やら耳打ちすると、支配人と思われる立派なスーツを着た老齢の男性が現れた。

そしてテーブルの前にはキラキラと輝くアクセサリーが並べられた。

イヤリングに、指輪にネックレス、ブレスレットなど種類がたくさんあるだけではなく、素人が見てもどれも高額なものばかり。

「ルカ様、こ、これは？」

「ほしい物があったら言って。買うから」

「ひぇっ、そそそそんな恐れ多い。こんな高価なもの自分で選べませんし、買ってなんて言えませんよ」

「そう言うと思った。だから俺が勝手に選ぶことにするよ」

「はい!?」

ヴィエラの動揺を無視し、ルカーシュは真剣な眼差しで宝石を眺める。

「仕事に一番邪魔にならないアクセサリーって何？　遠慮して答えないのは駄目だから」

「うっ……。イヤリングかネックレスかと。魔法を使うので手の周りには何もないほうが好ましいです」

「なるほど。それなら、イヤリングがいいだろうな」

ルカーシュは他のアクセサリーの箱を外させ、イヤリングを眺める。見た目の相性を確認するようにいくつかヴィエラの耳に寄せて、六個目で納得したように頷いた。

涙の雫ような――ドロップ型にカットされた、大粒のピンクダイヤモンドが揺れる、可愛らしいイヤリングだ。

しかし値段は可愛くないのをヴィエラは知っている。

（ピンクダイヤモンドなんて、魔力との相性がとてもいい最高素材だけど、値段が高すぎて絶対に使えない宝石じゃないの！）

技術課の素材カタログで一度見てから、無縁だとそのページを再び開いたことはない。

高価な宝石に慄いていると、ルカーシュが再確認のためヴィエラの耳に軽くイヤリングを重ねた。

「君の瞳と同じ色だし、俺は似合うと思うんだけど……どう？」

さっと支配人が鏡を差し出してくれるが、混乱しているヴィエラのセンスではよく分からない。

ただ、物理的にも精神的にも耳が重そうだなと思うだけ。

「あの、もっと安いものはありませんかね？」

こう聞くのでヴィエラは精一杯だ。『貧乏人は施しを断らない』という精神を持っていても、さすがに簡単には受け取れない。

「気に入らないというわけではないな？」

「デザインはさすがというべきか、素敵なのですが……値段が高すぎて目眩が」

「では問題ないな。これにしよう」

「ひぇっ、本気ですか？　高額な物なのでもっと考えてから買っては？」

「俺の勘はよく当たる。その勘が買えと言っているから、きっと後々良かったと思えるはずだ」

ひとり納得しながらルカーシュは、値段の書かれていない小切手にサインしてしまった。そして書き終えると彼はヴィエラの耳に手を伸ばし、親指の腹で彼女の耳たぶに優しく触れた。

ヴィエラの耳は発火したかのように熱くなる。

「ルカ様？」

「この場から着けていこう。動かないで」

ルカーシュはそう言って、ピンクダイヤモンドのイヤリングをヴィエラの耳に飾る。じっと向けられた、真剣なブルーグレーの眼差しがくすぐったい。

「どう？　痛かったらネジを調整するけど」

「痛みは、ありません」

痛くはないが、重い。精神的にものすごく耳が重い。

(屋敷に帰ったら箱に入れ、丁寧にしまっておくべきね。箱を用意してもらわないと)

だが、ヴィエラの考えはルカーシュにはお見通しなようで。彼は真剣な表情でお願いを口にした。

「ヴィエラ、これから屋敷の外では絶対にそのイヤリングを着けてほしい」

「絶対……ですか⁉」

「目利きの人間が見れば本物のピンクダイヤモンドだと分かり、俺がヴィエラに贈ったものだと気づく。高価な物を贈るほど婚約者を大切にしていると、周囲に知らしめておきたいんだ。そして君が毎日着けていれば、俺が望んでのことだと推察してくれるだろう。変な虫も自重してくれるはず」

「変な虫……」

ルカーシュは多くの令嬢が狙っていた国一番の最優良物件。令嬢たちがヴィエラに嫉妬し、嫌がらせを企てているのかもしれない。自分は気がつけなかったが、彼は何か察知し、事前に対策を立ててくれたのだと納得した。

それに値段が高すぎることを除けば、異性からアクセサリーをもらうのは初めてのこと。その上、ヴィエラに似合うものをルカーシュ自ら選んだ。嬉しくないはずがない。

そっと指先でイヤリングに触れながら、顔を緩ませた。

「長く大切にします。ルカ様、ありがとうございます」

「あ、あぁ。納得してくれたのなら良かった」

軽く口元を手で隠したルカーシュの顔色が、少し赤く見えるのは気のせいだろうか。

照れているとも捉えられるような仕草に、ヴィエラの胸の奥からドキンという音が聞こえた。

＊＊＊

名門貴族が集まる王都の一角には、クレメントの生家・バルテル侯爵家の屋敷もあった。

祖母セレスティアは元王女ということもあり、バルテル家の直系は他家よりも血筋が重要視されている。

特に跡継ぎであるクレメントの妻を選ぶとなると、より審査の目は厳しくなるわけで――。

「残念だが……ユーベルト子爵家の娘、ヴィエラ嬢のことは諦めなさい」

現当主バルテル侯爵は息子のクレメントを執務室に呼び出し、そう告げた。

上質なソファに腰掛けているクレメントは、膝の上に載せている拳に力を込めた。

「父上、お祖母様がそう最終判断を下されたのですか？　やはりヴィエラ嬢の血は、侯爵位には釣り合わないと」

「いや、先日母上はヴィエラ嬢を認めたよ。ヴィエラ嬢には魔法使いの才能があり、身分差を無視できるほどの優秀な血を持っているとね。……でも、きっかけはアンブロッシュ公爵が彼女を認めたからだ。しかも英雄の三男自ら見初《みそ》めた。あの親子が受け入れるほどの価値ある令嬢だったなんて——と悔しげにされていた」

「そんな」

「諦めたほうが良いというのは私の判断だ。アンブロッシュ家は敵に回したくない。クレメントが諦めれば、母上の関心も薄れるだろう」

聞かされた祖母の言葉に、クレメントの苛立《いらだ》ちが刺激される。

（何年も前からヴィエラ先輩には才能があると僕から伝えていたのに信じず、他家の評価を信じた上に、今になって惜しくなっているだって⁉　僕の努力は一体……くそっ）

怒りで机に拳を叩き下ろしたい衝動を耐えるように、手を小刻みに震わせる。爪が手のひらに食い込み、鈍い痛みが走った。

（駄目だ。一度冷静になろう）

クレメントは「頭を冷やしてきます」と父に断りを入れて退室した。夜風に当たろうと、庭園を目指して廊下を大股で突き進む。

（ずっと……ずっと！　何年も前からヴィエラ先輩がほしいと願っていたのに……っ）

クレメントがヴィエラに惹かれ始めたのは、学生時代のとき。

十五歳で魔法学校に首席で入学し、侯爵家の跡継ぎとあって彼はもてはやされていた。鼻は自然と高くなり、それが態度に出るようになっても、実力もあったので誰も指摘しない。

そうして大きな顔をしながら一年が経ち、二年生へと進級して入ったゼミで高く伸びた鼻はへし折られた。

「すごい後輩が入ってきたと噂を聞いていたけれど、先輩面できそうで安心したわ」

クレメントが達成できなかった魔法付与の課題を、手本として軽々とこなし見せつけたのがヴィエラ・ユーベルトだった。

基本に忠実な乱れのない魔力抽出にきっちりと整列した魔法式は、クレメントが理想としている美しい魔法そのものだった。ゼミの担当教師が手本に自身ではなく、ヴィエラを指名したのも納得だ。

自信に満ちていて、けれども少し照れ臭そうに胸を張る小柄な姿も可愛らしく、魅力的で――。

「クレメント様はバルテル侯爵家の跡継ぎなのですよ。学年が上であっても失礼では？」

「えぇ!?　侯爵家!?」

クレメントの取り巻きに指摘され、ヴィエラはクレメントが格上の令息だと初めて知った様子だった。

途端に彼女は媚びるのではなく、「じゃあ関わるのはやめよう」といった様子で、ごまかしの笑みを浮かべて自分の机に戻ろうとした。

「ヴィエラ先輩、僕に魔法のコツを教えてくれませんか!?」

気がつけばそう声をかけ、クレメントはヴィエラを引き留めていた。

「私が？　バルテル家のお坊ちゃま相手なら、先生たちも個別指導してくれるんじゃないでしょうか？」

ゼミの先生は王宮魔法使いと兼任している人も多く、とても忙しい。ゼミで少人数制の合同指導はやっているが、個別指導を受けられるのはごく稀《まれ》だ。

ヴィエラがゼミの先生に視線を向けるが、当然のように首を横に振った。

「仕事があるので難しいです。ヴィエラさん、私の代わりに勉強熱心な彼の基礎指導をお願いできますか？」

「え……私、たったひとつ上の学生の身で、他にも先輩が……」

「学年関係なく、ゼミで一番の実力者はヴィエラさんですからね。先ほども先輩面していたではありませんか。ふふふ、期待していますよ。では私は結界課の仕事があるので失礼」

「えぇぇぇぇぇ!?　浮かれて先輩面したり、調子に乗ったりしてごめんなさい！　だから先生、指導は――」

先生の背中に伸ばしたヴィエラの手を、すかさずクレメントは握った。

「ヴィエラ先輩、ご指導のほどよろしくお願いしますね」

過去最高の明るい笑みを浮かべて要求する。

ヴィエラが撤回を求める視線を投げかけるが、クレメントは笑みを崩さない。

見つめ合って数秒、断れないことを悟ったヴィエラは肩を落として頷いた。

それから始まった放課後のレッスンは、とても充実した時間になった。距離を取ろうとしていた割に、ヴィエラは真面目にクレメントに魔法のコツ——特に魔力の制御について熱心に教えてくれた。

普段は一線引いた態度だけれど、指導中はぐっと距離が近くなり、苦手な系統の魔法式の付与について親身に相談に乗ってくれる。気づけば、ゼミで一番仲の良い関係になっていた。

侯爵家の跡継ぎとしてではなく、他の生徒と変わらないヴィエラの平等な態度は、たまらなく心地良い。ひとりの人間として、見てくれているという嬉しさがあった。

取り巻きと違って、無駄に褒めないところもまたいい。むしろ魔法への評価は厳しいくらいだ。自分は未熟だと初心に帰ることができるし、その分実力を伸ばす努力ができる。

ヴィエラの裏表のない好ましい性格に、貧しい領地を想う優しさ、魔法の才能と勤勉さ、浮かべる屈託のない笑みの可愛さに、クレメントはあっという間にヴィエラに惹かれていった。

噂に疎くて鈍感という彼女の欠点も、魅力に思うほどに。

「ヴィエラ先輩は、卒業後の進路はどうするつもりですか？　子爵家は娘ふたりと認識しているのですが、姉である先輩が後継者に？」

「まだハッキリ決まってないですね。でも妹のエマが賢くてかなり可愛いので、彼女が素敵な婿を見つけて跡を継ぐような気がします。だから私は王宮魔法使いとして就職して、仕送りをしながら生活しつつ、その後のことはその都度考えます」

「なるほど」

後継者同士で婚姻は結べないし、バルテル家の後継者はすでにクレメントに決まっているため辞退は許されない。

けれどヴィエラが子爵にならないのであれば、彼女を妻に迎えるのは不可能ではない。バルテル家の事実上の支配者である、祖母を納得させることができれば……だが。

もちろん祖母の説得は簡単ではなく、クレメントには課題が出された。

「ヴィエラ様の身分が低いのなら、バルテル家の血筋に相応しい才能を何か示しなさい。社交界一の華になるか、商才を発揮して財を築くか、魔法使いの実力を知らしめるか。何かしら価値のある令嬢と分かれば、わたくしも認めるわ」

「魔法の実力なら、すでに僕よりも――」

「贔屓目《ひいき》で見ているあなたが認めても駄目なのよ。ユーベルトの娘ひとりで魔法使いとして功績をあげ、周囲の人間も敬うような存在になった場合にのみ認めます。若い男女ですもの、それまで間違いがあってはいけないわ。クレメントからは絶対に好意を伝えてはなりませんし、ヴィエラ様からの好意を受け入れてはなりません。破れば、即座にわたくしが決めた相手と婚約させます」

バルテル家では、祖母の言ったことが絶対だ。現当主の父も祖母には逆らえないため、協力を求めても無駄だろう。

ヴィエラを手に入れるためには、彼女の名声を高めるしか方法はなかった。

「――っ、分かりました」

こうして祖母と取引をしたクレメントは、よりヴィエラにレベルの高い魔法を指導してほしいと頼むようになった。

そうすれば後輩に教えるため、ヴィエラが自身のレベルを上げようと裏で特訓するのを知っていたからだ。

狙い通り、彼女はさらに実力を身に付けた。

そうしてクレメントが王宮魔法使いになり、実力で班長の座を獲得した際は職権を利用してヴィエラの功績が上がるよう、彼女の仕事を増やした。

目の下にできたクマに申し訳なさを感じつつも、ヴィエラを手に入れるために、ずっと本心を押し隠して接し続けてきた。

(ヴィエラ先輩、ごめんなさい。好きなんです。僕の願いが叶ったら、あなたの望みをなんでも聞きます。だからどうか、許してください)

謝罪の代わりに、栄養ドリンクを彼女の机に置くのが定番になった。好意を伝えることも、好意を持たれないよう優しくすることもできない彼なりの、精一杯だった。

そんな思いを抱えながら数年、次第に魔法局の上層部がヴィエラを高く評価し始め、祖母も彼女に興味を持つようになった。

クレメントが特別視していることは噂として流れており、自然とライバルは減った。

姉のサーラはヒール役を買って出て、クレメントが助けに入りやすいようお膳立てしてくれることもあった。鈍感なヴィエラにはあまり効果はなかったが、彼女が要注意人物の名前を覚えただけ上出来だ。名前があがった男が近づいてきたら、逃げてくれるだろう。

あとは、ヴィエラの名声が上がるきっかけがひとつでもあれば、祖母は認めるに違いない。

もう少しで、愛しい先輩に手が届く――そう思っていたタイミングで、アンブロッシュ公爵家の三男ルカーシュが横から掻《か》っ攫《さら》っていった。

庭園に出たクレメントはベンチに腰を下ろし、大きく舌打ちをした。

「簡単に、諦められるか……。こっちは数年も拗らせているんだよ」

正直、現状で打つ手がないのは理解している。でも納得はできない。

特に、ルカーシュがヴィエラに目を付けた理由が気に入らない。クレメントの前ではヴィエラを駒だと言った口で、彼女本人の前では本当に愛しい相手に向けるような台詞を紡ぐ。

ヴィエラはすっかりルカーシュをいい人だと信じ切っているようで、サラリと愛称を口にしていた。それがまた悔しい。

「まだ婚約だ……結婚したわけではない。どこかに隙があるはずだ。……――ヴィエラ先輩、僕を見てくださいっ」

そう呟いたクレメントの言葉は、夜風に乗って消えていった。

＊＊＊

「今日も失くさずに帰ってこられた」

仕事が終わったヴィエラは、自身の耳からピンクダイヤモンドのイヤリングを外して、専用のケースの中に収めた。クッションの上でふたつ並んだ姿を見て、ようやく肩の力を抜く。

自分の頼りない耳たぶに、実家の屋敷一棟よりも高いであろう宝石がぶらさがっていたのだ。片方落とすということは、実家が半分以上消し飛ぶのと同意味。想像しただけで身震いが止まらない。

ルカーシュにお願いされた通り、屋敷の外ではイヤリングを着けているため、この数日は緊張状態が続いている。耳から落ちていないか、何度も触れて確かめて生活していた。

その動きが、イヤリングをもらって浮かれている仕草に見えたらしい。技術課の同僚から向けられる視線が、ここ数日生暖かくて仕方ない。

とにかく、イヤリングは帰宅したら真っ先にケースに収納している。

「過剰な気もするけれど、変な虫から私を守るために買ってくれたのよね。何もお礼をしていないのは、やっぱり駄目だわ」

ヴィエラは、ビロードのクッションの上に鎮座したピンクダイヤモンドを睨んだ。

もちろん同等レベルのお礼は用意できないし、ルカーシュも求めていないだろう。こういうのは、感謝の気持ちを伝える姿勢をどれだけ示せるかが重要。ヴィエラは腕を組んで、むむっと唸った。

相手は英雄で、ピンクダイヤモンドを買える資産がある。ユーベルト領の新居の改装費も躊躇《ちゅうちょ》なく出した。日用品は、すでに気に入った高品質の物を所有しているに違いない。

では魔道具は……と思ったが、ルカーシュはグリフォンの契約者なので魔力が使えない。代わりに魔力を溜め込んだ魔法石を持っているが、有限なので魔法使いのようにホイホイと使うことは難しい。

この時点で、選択肢はかなり限られてしまう。それでも何かいい物はないかと頭を捻る。

「ルカ様が喜びそうな物……あ！」

ひとつだけ、自信を持てる贈り物が頭に浮かぶ。ヴィエラは厨房へと相談に向かった。

後日、ヴィエラは手に入れたお礼を持ってルカーシュの部屋を訪ねた。

扉をノックすれば、ラフな姿の彼が出てきた。シャワー後なのか、艶やかな黒髪は三つ編みではなく簡単に後ろで束ねられている。そんな髪をさらりと揺らし、彼は軽く頭を傾けた。

「ヴィエラ、どうした？」

「少しばかりですが、ルカ様にイヤリングのお礼がしたいなと思いまして」

そう言ってヴィエラが顔の横に持ち上げたのは、立派な酒瓶だった。濃い琥珀色の水面が、ボトルの中で蠱惑的《こわくてき》に揺れる。

ルカーシュは軽く目を見張り、輝かせた。

「ブランデーか！　しかも見たことがない銘柄だ。よく見つけたな」

「父が一年に一度、誕生日のときに大切に飲んでいたので偶然知っていたんです。ちなみに一般的なブランデーはブドウから作りますが、これはリンゴから出来ているタイプ。普通のブランデーと風味は違いますが、美味しいですよ。どうぞ」

「ありがとう」

ルカーシュは輝くような笑みを浮かべ、受け取ったボトルを見つめた。

(喜んでくれて良かったぁ。やっぱりお酒が好きな方は、新しい種類のお酒には目がないわよね。婿探しの件では迷惑を被ったけれど、今回はお父様の酒好きに助けられたわ)

珍しいお酒だったため手に入るか心配だったが、さすがアンブロッシュ家のシェフ。相談したら、あっという間に見つけて取り寄せてくれた。

「ちなみに、アルコール度数は一般的なブランデーよりも高いので気をつけてくださいね。美味しいからって、ぐいぐい飲んじゃ駄目ですよ」

念を押すようにヴィエラが見上げると、ルカーシュは片眉をぴくっと上げた。

「心配されるほど、俺はそんなに弱くないと思うが？」

「でも夜会のとき、一気飲みしたあと案外早めに顔が赤くなっていたではありませんか」

「それはヴィエラのほうだろう？　俺はそこまで酔っていなかった」

「それ、酔った人が言う定番の言葉ですって！　ひとりで飲んで、油断して潰れないでくださいね」

両者譲らず、むむっと睨み合う。

利害一致の契約だとはいえ、初めて会った女のプロポーズを受けるなんて、どう考えても正気と思えない。判断力が下がるほど酔っていたとしか考えられない。

ますますルカーシュが心配になり、ヴィエラは意地を張ってしまう。

すると、ルカーシュが手に持っていたボトルのラベルを見て逡巡《しゅんじゅん》し、不敵な笑みを浮かべた。

「ヴィエラ、勝負をしようか？」

「へ？」

「どちらのほうがお酒に強いか、今から勝負をしよう。そんなに俺が弱いと疑うのなら、確かめればいいってことさ」

「なるほど！」

飲み比べ勝負ならひとりで飲むことにならず、途中でストップをかけられるし安心だ。ついでに、自分も珍しいブランデーにありつける。ヴィエラはルカーシュの誘いに乗ることにした。

ルカーシュはすぐに使用人を呼び、サロンにグラスを準備するよう命じた。

「わざわざサロンだなんて、私の部屋でもいいですよ？」

「……サロンのほうが安全だ」

ルカーシュの言葉に、使用人も神妙に頷く。

（そっか！　酔って粗相なんてしたら片付けも大変だって、私の部屋を心配してくれているのね。酔ったら歩くのも大変なのに、やっぱりルカ様は優しい人だわ）

自分が負けることなど想定していないヴィエラは、ルカーシュと使用人の真の懸念に気づくことなくサロンへ向かった。

そうして用意された小さめのラウンドテーブルを挟むように座ると、ルカーシュ自らグラスに同量のブランデーを注いだ。

「同じペースで飲むようにしよう。途中から氷を入れたり、レモン水で割ったりするのもあり。ワインやウイスキーに変えるのもいいだろう。ただ、お酒の種類と量は揃えるというルールで大丈夫だな？」

「はい！　では勝負です」

「あぁ、乾杯」

ふたりは同時にグラスに口を付けた。アップルブランデー独特のフルーティな香りが、一気に鼻を抜けていく。あとからガツンとアルコールを感じ、喉を熱くさせる。

ヴィエラは至福のため息をついた。

「はぁぁぁあ、美味しいっ」

「あぁ、これは旨《うま》いやつだ」

ルカーシュは頷きながら、すぐに二口目を味わう。

それに合わせてヴィエラもお酒を進め、白カビタイプのチーズも口に運んだ。ミルクの味わいがブランデーの強い口当たりをまろやかにして、自然と三口目、四口目とグラスが傾けられる。

それはルカーシュも同じで、遅れることなくお酒を減らしていく。

好きなお酒の種類、ルカーシュとアルベルティナとの思い出、ヴィエラによる妹自慢をしながら、お互いにペースを落とすことなく進めた。途中でウイスキーを挟み、今はワインの四本目の栓を開けるところだ。アップルブランデーはもったいないということで、半分以上は残している状態なのだが……。

「まだ元気か。小さな腹にどれだけ入るんだか」

ルカーシュがグラスにワインを注ぎながら、眉間に皺を寄せた。彼の目元はほんのり朱が差している。

するとヴィエラは「えへへ」と、締まらない顔をさらに緩めた。彼女の顔もまた赤い。

「ふふふ、お酒は別腹ですから」

「そこは甘い物じゃないのか」

「残念ながら、普通の可憐な令嬢じゃないので失敬」

「くく、確かに普通じゃない。だが、そこがいい」

「光栄です」

ルカーシュは上機嫌に笑い、ヴィエラは得意げに胸を張った。彼に褒められ、すごく気分がいい。ワインもまだまだ飲めてしまいそうだ。

だが、そこをグッと我慢する。調子に乗りそうなときこそ、本格的に酔いが深まってきた証拠だ。頭がふわふわとしていて、気を抜くと体が揺れる。勝ちを獲るために、ヴィエラは油断なく慎重にワインを口にした。

そして勝負相手を改めて観察する。

(顔がいい……じゃなくて、ルカ様もかなり酔っている?)

目元が赤いのはもちろんだが、とろんと溶けてしまいそうなほど目尻が緩んでいる。暑いのか、首元のボタンはすでに二個目が外され、ときおり胸元のシャツを摘まんでパタパタとあおいでいた。チラチラと見える鎖骨のラインがけしからん。変な動悸がする。

これは、自覚している以上に酔っているかもしれない。だが、自ら敗北宣言をするのも嫌だ。だからといって、ルカーシュもこれ以上飲みすぎてもいけない気がする。三個目のボタンは死守したいところ。

どこを飲み比べ勝負の落としどころにするか考えながら、ヴィエラは契約婿を見つめた。

「どうした？」

　さすがに酔っていても視線に気づいたらしい。ルカーシュの熱っぽい眼差しが、彼女に向けられた。

「あー、えー、その……」

「ふっ、すぐに言葉が出ないなんて、この勝負は俺の勝ちかな？」

「～～っ、もう積極的な令嬢には囲まれていませんか⁉　ほら、夜会のときにうんざりしていると言っていましたが、私は防波堤になれているかなと」

「あれから夜会に出てないから大丈夫。それより俺は、ヴィエラのほうが心配なんだけど」

　ルカーシュの手が、そっとヴィエラの耳へと伸ばされた。人さし指と親指で、優しく彼女の耳たぶを挟んだ。

　ヴィエラの心臓がきゅっと締まり、耳が熱くなる。

「……ル、カ、様？」

「イヤリング、今は外しているんだな」

「お、落としては大変ですから」

「うん。ヴィエラはそういうタイプだと、最初から分かっていたけど……」

　言葉は区切られたが「本当は屋敷の中でも着けていてほしいのにな」と、聞こえてきそうな表情をルカーシュは浮かべた。わずかに眉を下げ、じっと熱い眼差しを向け、ふにふにとヴィエラの耳たぶに触れる。

「あの、ルカ様？」

「……」

問いかけにも反応しないほど、彼は耳たぶに集中している。

（ピンクダイヤモンドって高価だから、どんどん使って元を取ったほうがいいということ？　いやいや、貧乏な私と違ってルカ様がそんなこと思うわけがないし……。でもこんなに熱心になるなんて、もしかしてルカ様は相当な耳たぶフェチ？）

じっと疑いの眼差しを向けるが、ルカーシュの意識はヴィエラの耳に向いたまま。

先日、イヤリングを着けてもらったときの数秒間だけでも相当恥ずかしかったというのに、今日は倍以上の時間をかけて触れている。

最初は軽く挟む程度だったルカーシュの指は動きを変え、親指の腹で耳たぶを撫で始めた。「小さいな」と呟きながら、妙に熱心な様子で撫でる。剣で少し硬くなった指先で、憑りつかれたように撫でる。

ヴィエラとしては恥ずかしい上に、若干くすぐったい。しかし酔いが回っている彼女の頭からは、止めさせるという選択肢が抜けていた。ぷるぷると震えながら耐える。

だが、ルカーシュの指がヴィエラの耳の輪郭をなぞったとき、限界を迎えた。

「ひゃん」

「——っ！」

ヴィエラの口から情けない声が出た瞬間、ルカーシュは手を離し、勢いよく額をテーブルに打ち付けた。

倒れそうなグラスを慌てて掴みながらヴィエラは、相手の顔を横から覗き込んだ。

「大丈夫ですか⁉」

「意識が……少しばかり飛んだ」

そう言ってルカーシュは額を押さえながら、ゆっくりと顔を上げた。顔は真っ赤で、視線を合わせようとしない。

(急に酔いが強くなったのかしら？)

心配になってルカーシュの顔をよく見ようとするが、視線どころか顔ごと逸らされてしまった。

そして、躊躇いがちに彼は告げた。

「勝負は、ヴィエラの勝ちでいい」

「え？　いいんですか？」

敗北宣言をした割に、先ほど耳に触れていたルカーシュの手は強く握りしめられている。いかにも悔しさを我慢しているような様子だ。「本当に？」とヴィエラは再確認した。

「あぁ、俺の負けだ。これ以上は危ない」

たくさん飲んだあとでもルカーシュは、自身で限界値を見極めて身を引いた。彼なら酒を飲んでも飲まれることはないだろう。ひとりで潰れてしまう心配はヴィエラの杞憂《きゆう》だったようだ。

「ルカ様、引き際を間違えず偉いですね」

「いくらでも褒めてくれ。今の俺は偉い」

「偉いです！　とても偉いですよ、ルカ様！」

よくできたことは、褒めて伸ばすのが一番。そう思ったヴィエラは、大きく頷きながらルカーシュを持ち上げた。

こんな適当な褒め方でも「うん、うん」と相槌を返すあたり、彼が相当酔っているのが分かる。

「ヴィエラからの信用を無駄にしないよう、これからも頑張る」

「はい！　頑張ってください」

よく分からないが、応援しておくのが無難だろう。ニコニコと笑みを浮かべた。

そうして、もう少し休んでから戻るというルカーシュに促され、ヴィエラは先にサロンを出た。

頭はふわふわしているが、足元はしっかりとしている。

（ふふふ、ルカ様に勝ってしまったわ。これってすごいことじゃない？　よく寝られそう♪）

地位、資産、容姿の良さ、どれをとってもルカーシュに勝てるものがなかった中での勝利だ。人に自慢できるような内容ではないけれど、ひとつ彼より優れていることが見つかって嬉しい。

その晩は上機嫌で部屋に戻った。

そして迎えた翌朝。

「痛《い》てて」

ヴィエラは片手で頭を押さえながら、食堂に向かっていた。酒は抜けて気持ち悪さはないが、目覚めたときから頭痛が酷い。完全に二日酔いにやられていた。

こんなに痛いのはいつぶりだろうか。歩くたびに振動が頭に響く。あとで痛み止めでも飲もう――そう思っていたら、後ろから声をかけられた。

「ヴィエラ、おはよう」

振り向けば、身だしなみがピシッと整ったルカーシュがいた。顔色はとても良く、表情もはつらつとしている。テーブルに打ち付けていた額も無事だ。

昨日、飲み比べで敗北した人とは思えないほどの爽やかさ。

ヴィエラは目を皿にして対戦相手を見るが、やはり不調の気配はない。

「おはようございます。ルカ様……昨夜、勝ったのって私ですよね？」

「そうだが、もしかして記憶がないのか？」

「いえ、ちょっと確認しただけです」

「はは、安心しろ。ヴィエラの勝ちをなかったことにする気はない。ほら、朝食の時間ギリギリだ。行こう」

ルカーシュはヴィエラの手を握ると、「朝食は何かな」と上機嫌で歩き始めた。

やはり、彼が胃もたれを起こしている様子もない。まさに快調。

（な……なぜ平気なの⁉）

確かに彼に勝ったはずだというのに、ヴィエラはもう素直に喜べそうになかった。

＊＊＊

「ねぇ、今日は中央食堂でランチしない？」

この日、魔道具に使われる部品工場の視察に行ったヴィエラは、一緒に出かけていた同僚のロゼッタから食事に誘われた。

いつもならノルマに追われ、売店で軽食を持ち帰って済ましていたが、ルカーシュと婚約して以降そこまで忙しくない。

王宮の中にいくつかある食堂でも、ランクの高い中央食堂でランチをしたことがなかったヴィエラは惹かれるまま誘いに乗った。

「まるで高級レストラン……っ」

食堂には円卓が等間隔で並んでいた。テーブルクロスは真っ白で、皺もない。カウンターで所属カードを見せて注文をすれば、ウェイターが席まで料理を運んでくるスタイルだ。

なお、会計は給与天引き方式らしい。

ヴィエラが選んだのは、もちろん一番安いメニューだ。それでも持ち帰り軽食の二倍の値段はする。

だが、運ばれてきた料理を見れば破格の安さに見えた。大振りの肉が入ったブラウンシチューに、オシャレなサラダ、焼き立てのクロワッサンに果物やムースもついている。

ヴィエラはそっとシチューを口に運んで、コスパの良さに感激した。

「お、美味しいっ。大きくてワイルドな見た目なのに、トロリと優しくお肉が溶けました。公爵邸以外でも口にできるなんて……っ」

「でしょう？　ヴィエラさんったら、いつもお金を節約している様子だったから誘えなかったけれど、退職する前に食べるべきだと思ったの」

正面に座るロゼッタが、ヴィエラにウィンクする。

「誘ってくれてありがとうございます！　あと数回は通いたいです」

アンブロッシュ公爵邸に引っ越したため、来月からはアパートの家賃が浮く計算だ。倹約のために毎日は無理でも、月に一度くらいは許されるだろう。

同僚と食事を楽しみながら、マナー違反にならない程度に周囲に目を向ける。先ほどから視線を感じて仕方ないのだ。

案の定、さっと数組は顔を背けた。

（ルカ様の婚約者がどんな人間か、値踏みしているって感じの人たちね。でも意外だわ。もっと嫉妬や不服の視線を向けられるものかと思っていたけれど、視線はどれも探るようなものばかり。害はなさそう。これもイヤリングのお陰なのかしら）

耳で揺れる重々しい石に感謝しながら、食事を進める。

「ヴィエラ先輩、ロゼッタさん、相席よろしいですか？」

食事を半分食べたところで、クレメントが声をかけてきた。他にも席は空いているが、ロゼッタが頷いたので、ヴィエラも相席を受け入れる。

彼は「ありがとうございます」と言って空いている席――ヴィエラの隣に腰を下ろした。

「ヴィエラ先輩が中央食堂に来るなんて珍しいですね」

「ロゼッタさんが誘ってくれたんです。美味しくて驚きました。お肉が柔らかいんです！」

「僕も同じメニューを頼んだので、楽しみです」

そしてすぐに運ばれてきたランチセットは、ヴィエラの倍量あった。追加料金で大盛りにしたらしい。

「クレメント様、全部食べるんですか？」

「今日の午前の訓練は魔法ではなく、体を鍛えるものだったのでお腹がペコペコなんですよ。午後からも続きがあるので、しっかり栄養を補給しないともちません」

「相変わらず過酷なトレーニングをしているんですね」

「結界課は魔法だけでなく、結界を張るためにどんな悪条件の場所にも足を運ばなければなりませんからね。怪我をしないためにも、抜かりなく整えないと」

そう言いながらクレメントはどんどん胃に大量のシチューを収めていく。早いペースで食べているのに上品に見えるあたり、育ちの良さが分かる。

（そういえば、ルカ様もたくさん食べるけれど綺麗な所作よね）

ヴィエラはふと契約婿のことを思い出し、耳に揺れるイヤリングにそっと触れた。

するとクレメントが食事の手を止め、少しだけ体を寄せてイヤリングを見つめる。

「普段アクセサリーを着けない先輩が、そのイヤリングだけは最近着けていますよね。この石って……ん？　もしかして本物ですか？　しかもピンクダイヤモンド？」

「よく分かりましたね。ルカ様がくれたんです」

クレメントの目利きに感心しながらヴィエラが応えると、彼は不機嫌な表情を浮かべた。

正面に座るロゼッタは、イヤリングがルカーシュから贈られたものだと察していたはずなのに、目が落ちそうなほど見開いている。もっと安価な桃色の宝石だと思っていたらしい。

「あのルカーシュさんが、こんな可愛らしいものを？　身内の令嬢大好きなアンブロッシュ夫人が選んだんですよね？」

信じられないのか、クレメントは疑いの目を向ける。

「いいえ。たくさんある中から、ルカ様が直接選んでくれました」

「それでヴィエラ先輩は婚約者の義務だからと、贈られたものを律儀に毎日着けているんですか？　先輩って、こういう高価な物は苦手でしょう？」

「うーん、苦手というか慣れないというか……。義務というより、ルカ様から毎日着けてほしいってお願いされたら、ね？　だから、仕事の邪魔にならないイヤリングにしてもらって――クレメント様？」

よほど信じられないのか、クレメントはヴィエラに寄せていた体を離して、顔を引き攣らせていた。

そしてむっと、険しい表情を浮かべた。

（なんで不服そうなの？　貧乏な私にはやっぱり不相応なもので、宝石がもったいないとか思っているのかな？　確かに私の耳に着けるより、素材として使ってあげたほうが有用というのは分かる。どれだけ魔力と相性がいいのか、試したい気持ちは私にもあるし！）

魔法使いの本能がうずくが、もちろん勝手に素材として使う気はない。

（でもクレメント様ほどの家になると、個人的にピンクダイヤモンドが買えるのでは？　神獣騎士ほどではなくても、結界課の給与は技術課よりもずっといいし、お金はありそうだけれど）

するとクレメントは、短いため息に混ぜて小さな呟きを零した。

「まさか本気に？」

「ん？　今、なんて……？」

「いえ。それよりヴィエラ先輩、実は予定より一カ月前倒しで、来月遠征があるという噂を耳にしました。今魔法局の上層部で会議をおこなっており、ルカーシュさんも急遽呼ばれたみたいです」

年に一度、東の地方への大規模遠征がある。設置している石碑の結界を張り替える遠征で、今年は再来月に計画されていた。

東の地方は魔物が多い森に面しており、結界石の数がどこよりも多い。普通は二年更新の結界石も、あえて毎年更新して効力が落ちないようにしていた。

その上、結界石が設置されている場所は山や丘の中腹が多く、そこまで行くのも大変だ。山の上り下りを繰り返し、時には野営をしながら結界を張っていく。

神獣騎士と王宮騎士、結界課がチーム組んで行く、一年で一番大規模の遠征だ。

ルカーシュが「結婚すればもう行かずに済む」と喜んでいた、厳しい遠征。

結婚の延期とともに引退が先延ばしになり、遠征も前倒しとなって、結局行くことになってしまったため可哀想に思う。

そこに、ピンクダイヤモンドで意識を飛ばしていたロゼッタが会話に加わった。

「なら交換装備の納品も前倒しになりそうね。ヴィエラさんが退職する前で良かったわ」

「……は、ははは」

ルカーシュに同情している場合ではなかった。

普段はあまり交換しない神獣騎士の装備も、毎年この遠征後に総入れ替えするからだ。点数はそれほど多くないが、魔法式が難しく付与できる人が少ない。

ヴィエラも過酷な作業日程に巻き込まれることを知り、苦笑する。

一方で渋い表情をしていたクレメントは表情を明るくした。

「そうだ。遠征期間中、珍しい神獣騎士の装備の魔法付与をするなら見学しに行っていいですか？　いつも通りなら僕は留守番組で、時間に余裕があるので勉強したいのですが。もちろん見返りは用意しますよ」

そう言ってクレメントは、自分の皿からヴィエラの皿にいちごをひとつ移した。彼女の一番好きな果物だ。

仕事の邪魔にならず、勉強熱心な後輩の熟達に繋がるのなら……。

そう思って承諾の返事をしようとしたとき、食堂の空気がピリッと変わった。

ハッとして皆と同じほうを向くと、ルカーシュを先頭に神獣騎士数名が食堂に現れた。食堂にいた人々は、食事の手を止めて彼らに注目する。そんな視線を受けても、神獣騎士たちは涼しい態度を崩さない。

ルカーシュは部下に何か一言伝えると、真っすぐヴィエラたちのいるテーブルに向かってきた。

このときの彼はまさに『威厳ある英雄』そのもので、キリッと一切緩みのない冷たい表情を浮かべていた。

先日、技術課で見たクールな姿以上に冷たい雰囲気を纏っている。

整った英雄の容姿に見惚れる人も一部いるが、食堂にいるほとんどが畏怖を帯びた眼差しでルカーシュの動向を見守っている。

「ヴィエラが食堂なんて珍しいな。それに同僚の方はともかく、クレメントも同席しているとは」

感情が込められていない、淡々とした口調だ。ちらっと厳しい視線をクレメントに送ってから、再び感情が読めないブルーグレーの瞳をヴィエラに向けた。

どこか弟っぽい、いつも爽やかな青年とは別人のようで、ドキリとしたヴィエラは無意識に目を逸らした。

「はい。ロゼッタさんに誘われて、初めてここでランチをすることに。クレメント様とは本当に偶然で、相席を願われてそれで……」

悪いことは一切していないはずなのに、言い訳のような返事が口から出てしまう。クレメントと一緒に食事をしていることが、なぜか申し訳なくなったのだ。

「初めてか。何を食べていたんだ？」

「Aセットです。お肉が柔らかくて、とても美味しいです」

「今度、俺も頼んでみようかな」

ルカーシュの声がわずかに柔らかくなった。そっと見上げれば眼差しも少し和らいだものになっている。それでも、いつもよりは冷たいが……。

「ルカ様もここで食事をしますか？」

このテーブルは、あと一席空いている。クレメントと同席させるのは怖いが、婚約者を優先するのが当然だろう。

ロゼッタが小さく同意の頷きを返しているが、ルカーシュは軽く首を横に振った。

「残念だが食事だけ受け取って、このあと別室で神獣騎士の仲間と昼食を摂りながら打ち合わせすることになっている」

「打ち合わせ……前倒しの遠征ですか？」

「もうヴィエラの耳に入っていたか。ま、情報源はお隣さんってところか」

そうしてルカーシュは、クレメントを見下ろした。

クレメントは冷たい視線を気にすることなく見返す。

「ルカーシュさん、いつ出発することになったんですか？」

「ちょうど二週間後だ。あとから結界課の室長からも話があると思うが、今回の遠征は結界課一班ではなく、結界課二班――クレメントが遠征のリーダーに任命されることになった」

「――は？　どうして……っ」

クレメントはアンバーの目を大きく見開いた。

彼が驚くのも当然だ。大規模の遠征は、いつもベテランの結界課一班が担当する。他の班が任されることがあっても、リーダー歴が長い班長のグループが選ばれることが通例。

クレメントは今の地位になってまだ二年も経っていない、班長の中でも一番の若手。魔法の実力はあっても、集団を率いる経験はとても浅い。

「詳しい理由は室長から説明があるだろう。魔法局の上層部からご指名だ。さっさと食べ終え、結界課の事務所に戻ることをおすすめしておく。ということで俺は騎士側をまとめる遠征の副リーダーとして、クレメント班長の補佐に入る。よろしく」

ルカーシュが手を差し出した。

相手のクレメントは唾と一緒に動揺を飲み込み、驚きの表情を引っ込める。

「ルカーシュさんが補佐とか、今回の遠征はどうなっているんですか。とにかく任命されたのであれば、責任を持って務めるだけ……か。未熟な点もあるかと思いますが、どうかご助力願います」

あえてクレメントは席から立ち上がり、ルカーシュと握手を交わした。

食堂は、エリートふたりに強い信頼関係を感じた人たちの高揚感で満たされる。

(仕事ではきちんと信頼し、尊重し合う仲。なのにどうして、他の場面では険悪ムードなのかしら)

ヴィエラが不思議に思っていると、クレメントと手を解いたルカーシュが彼女を見下ろした。そして握手していなかったほうの手を、ヴィエラの耳元に伸ばした。長い指の先で転がすように、ピンクダイヤモンドのイヤリングを揺らす。

また耳に触れられるかも――と構えたヴィエラは、お酒を飲んだ日の夜を思い出してほんのり頬を染めた。

「ちゃんと着けているな」

「もちろんです」

「しかし、虫を払うにはまだ力不足のようだ」

「虫ですか？」

懸念していたような、嫉妬で絡んでくる令嬢は現れていない。十分に虫よけの効果は発揮されているように思う。

それにピンクダイヤモンドで力不足なんて、罰当たりな考えも浮かばない。ヴィエラはルカーシュの言葉の真意が分からなくて、きょとんと見上げた。

するとルカーシュは、イヤリングに触れていないほうの手を椅子の背もたれに添えて体重をかけた。腰を曲げ、ヴィエラの耳元に顔を寄せる。

彼女の耳には、何も触れていない。しいて言えば、婚約者の軽い吐息が触れた。

しかし周囲には、あまりの近さから耳、あるいはイヤリングに唇を寄せているように見えていることだろう。

ざわっと食堂に動揺が走る。

ヴィエラの視界には、唖然とするクレメントの顔もルカーシュ越しに見えた。

「ル、ルカ様……!?」

大勢の人がいる前で何をしているんですか——と文句を言いたくても、一瞬にして熱せられた頭では、彼の名前を発するので精一杯だ。

相思相愛の演技が必要なのは共通の認識ではあったが、行きすぎだ。

端正な顔が本当に触れてしまいそうなほど近くに寄せられてしまったら、さすがの鈍感令嬢《ヴィエラ》でも意識してしまう。

数秒もせずルカーシュの顔は離れるが、彼は涼しい表情のままだ。いや、若干機嫌が上向きになったように見える。

「これで虫にも忠告が伝わるだろう。とりあえず偶然でも君に会えて良かった。午後からも頑張れそうだ」

「は……はぁ、それは良かったです」

「食事の邪魔をしたな。では失礼」

そうしてルカーシュはパッと踵《きびす》を返し、部下を引き連れて食堂から去っていった。

ヴィエラは半ば放心状態で、神獣騎士たちがあとにした出入口を眺める。心臓は高鳴ったように鼓動を速め、胸は締め付けられたように痛み、なんだか呼吸が苦しい。

すると、カチャンと食器の音が耳に届く。

いつのまにかクレメントが食事を再開させていた。アドバイス通り、すぐに結界課室に戻るつもりなのだろう。噛んでいるかどうか分からない速さで料理を口に運び、あっという間に食べ切った。

遠征のリーダーに大抜擢されるという名誉なことが分かった直後なのに、ナプキンで口元を整える彼の表情はとても固い。だが緊張している、という感じでもない。

「クレメント様、具合でも悪いのですか？」

「いろいろと衝撃が強くて頭が痛いなと。あ、本当に痛いわけではないので大丈夫ですよ」

クレメントはパッと表情を明るくさせたが、無理をしているような笑みだ。これ以上踏み込んで来ないでほしいと、一線引かれたのが分かった。

だからヴィエラも気づいていないふりをして、明るい笑みを浮かべる。

「遠征成功のためにも、必要な魔道具があったら以前のように遠慮なく注文してくださいね。技術課として、しっかり支援します」

「ヴィエラ先輩の魔道具は一級品ですからね。頼りにしています。では僕もお先に失礼しますね。ロゼッタさんも、ランチご一緒できて良かったです」

クレメントは、周囲の女性が「わぁ♡」とため息を漏らすほどの笑みを浮かべてから、食堂をあとにした。

「大丈夫でしょうか……」

心配な気持ちのままヴィエラが呟くと、ロゼッタが深いため息をついた。

「クレメント班長のこと気にかけている場合じゃないわよ。あなたはヘリング卿のことに目を向けたほうがいいわ……本当、ヴィエラさんったら相変わらずタラシ名人ね」

「なんですか、その異名」

「技術課の人間のみならず、どんどん大物を味方につけていくんだから……。とにかく先日の技術課で見たあれは、幻ではなかったようね。他人に無関心で冷徹と評されるヘリング卿が、ねぇ。すでに婚約して安泰のはずなのに全方位に睨みを利かすなんて、すごい独占欲じゃない」

「ど、独占欲……っ」

再びヴィエラの顔に熱が集まってしまう。「あら、満更でもなさそうな顔ね」とロゼッタに揶揄われてしまった。

それに反論できないくらいには、たとえ演技だとしても悪くないかも……とヴィエラは思ってしまったのだ。


遠征の前倒しが決まったこの日。遅くまで打ち合わせしていたのだろう、ルカーシュが屋敷に帰宅したのはヴィエラが寝る少し前の時間だった。

ヴィエラがぼんやりと外を眺めていると、アルベルティナが屋敷の上を通って行くのが見えた。屋敷の中で出迎えるべきなのだろうが、この日だけはなんとなくヴィエラの足は外へと向かった。

裏口から裏庭に出ると、厩舎から屋敷に向かって歩いているルカーシュが目に入る。

疲れているのか、考えごとをしているのか、彼の視線は下に落とされていてヴィエラに気づいていない。

「ルカ様、お疲れ様です」

「ヴィエラ？　わざわざここに来るなんてどうしたんだ？」

少し驚いた様子のルカーシュの表情に冷たさはない。きょとんと軽く頭を傾ける仕草は、末っ子らしいいつも通りの彼だ。こちらが素だと分かる。

ホッと、ヴィエラの肩から力が抜けた。

「えっと、何かあったか？」

「昼間はさすが英雄様って感じでオーラが凄かったけれど、やっぱりいつものルカ様のほうがいいなって。へへ、おかえりなさい」

威厳あるクールな姿も目を引く格好良さはあるけれど、ヴィエラは親しみを感じる青年のほうが好ましい。

そう正直に答えたものの、あとからなんとなく恥ずかしくなり、ごまかすように笑って見せた。

すると、ルカーシュは不思議そうに頭を軽く傾けた。

「昼間の姿のほうがいいと言う人が圧倒的に多いのに、ヴィエラは珍しいな」

「どう考えても、近寄りがたいですもの。アンブロッシュ公爵家の三男で、救国の英雄ってだけで逃げ腰になる要素がてんこ盛りなのに、クール要素なんて加わったらちょっと……」

「ヴィエラはそういうタイプだったな。今も俺に緊張しているのだろうか？」

「慣れもあると思いますが、近寄りがたい条件を覆すくらい話しやすい相手と分かっていますから、今はそれほど緊張しないですね」

異性だと強く感じてしまう彼の距離感に緊張している事実を除けば、ルカーシュは一緒に過ごして楽しい相手だ。

「昼間の姿のほうが好ましいとか、今も緊張するとか言われなくて良かった」

ルカーシュはあからさまに安堵の表情を見せた。そして、嬉しそうに口元を緩める。まるでヴィエラに素の自分を拒絶されるのを恐れていたかのようだ。

身分も、経歴も、容姿もすべてルカーシュのほうがいいため、本来であればヴィエラに気を使う必要のない立場。こちらの機嫌を窺う弱気な一面は、少しばかり意外だ。

なんともいじらしく、ヴィエラの長女気質が刺激される。

「私の前では好きなように過ごして大丈夫ですよ。ふざけたいときはふざけ、甘えたいときは甘えても受け止めますから！　例えば遠征先で風船ベッドの使用許可が出るようにするために、技術課から持ち込みの申請をねじ込むこともできますし、どうします？」

任せなさい、と胸を張って言ってみる。

ルカーシュは目を細め、クスリと笑う。

「風船ベッドは魅力的だが、皆に羨ましがられ量産となったら、俺ではなく次はヴィエラが引き留めに合いそうだからやめておこう。結婚の時期が遠のくことは避けたい。くれるのなら、遠征前に何かお守りになりそうな物がほしいのだが……頼めるか？」

「お守りですね。希望のものはありますか？」

「いつも持ち歩けそうな物だと助かる。ヴィエラも忙しくなるだろうから、簡単に用意できる市販品でかまわない」

トレスティ王国でお守りの定番といえば、神獣グリフォンを刺繍したハンカチだ。

しかしヴィエラには完成させられる腕も時間もない。ルカーシュの遠回しな「刺繍は無理しなくて良い」という配慮はありがたい。

だからといって、真っ白なハンカチを渡すのも味気ない。お守りらしく、無事に遠征が終わってほしいと祈っていることが伝わる物にしたいところだ。

「出発前までに用意するので、考えさせてください。お待ちいただけますか？」

「ありがとう。遠征の出発直前の広場で渡してくれたら嬉しい」

「それなら、ギリギリまで時間はありますね。何がいいかな……」

その場で考え始めようとしたヴィエラの手を、ルカーシュが握って屋敷に誘う。

そうして彼女はエスコートされるまま歩みを進めたのだが、手を繋ぐことを自然に受け入れている自分に少し驚いた。

ルカーシュと出会って、まだ一カ月ほど。長い付き合いとは言えないのに、彼が隣にいて当たり前になりつつある。

（利害一致から始まった契約上の婿様で、お父様が健在だと分かった今、ルカ様の気持ち次第でいつでもこの関係が解消できる状態……。前は仕方ないと思えたけれど、今はなんか嫌だなぁ）

ルカーシュと飲むお酒は美味しいし、会話もよく弾む。一緒にいる時間は楽しく、居心地が良い。離縁のタイミングはルカーシュ次第という約束だが、このまま良好な関係を継続していきたいと願ってしまう。

そのためには物理的な利益なり、精神的なものなり、何かしらの面でヴィエラとの婚姻関係にメリットがあると、ルカーシュに思ってもらう必要があるだろう。

もちろん「未来の婿様を大切にする！」という当初からの決意は変わらない。それに上乗せして、さらにいい印象を持ってもらいたいところ。

（まずはルカ様に喜んでもらえるお守りを用意しないと！）

ルカーシュとの関係を続けたいと願ってしまう理由に目を向ける前に、ヴィエラはお守り候補を頭の中であげていった。

真剣な彼女の表情を、嬉しそうに見つめるルカーシュのことなど知らずに。

＊＊＊

遠征準備で忙しくしながら二週間。ついに遠征の出発日を迎えた。

遠征先は活動的な魔物が多く生息している広大な森と、人間が暮らす領地の境界がある東の地。どの地方よりも設置されている結界石の数が多く、高低差の激しい険しい土地だ。

メンバーは選抜された神獣騎士と王宮騎士、クレメント率いる結界課二班に所属する魔法使い。そこに魔法局の上層部から、リーダー経験のある結界課一班の前班長ゼンら数名が加わった。総勢六十名の精鋭集団。

クレメントは班長としての経験は浅いが、結界課二班の班員には大規模遠征の経験者が多いことから、フォローは最低限のようだ。

目標は一カ月間ですべての結界石の魔法式を更新すること。

懸念があるとすれば、遠征が前倒しになった理由だ。

補充された魔力の消費が早く、残量が少ない結界石が多くあるらしい。媒体となっている結界石自体の状態を確認し、必要であれば石ごと交換する可能性がある。

石碑自体に問題があれば、この魔法式更新の遠征とは別に、交換のために再び大規模な遠征をしなければいけない。

（そうなればルカ様は重要な遠征のために引退を延期にしなければならないだろうし、私も装備を作るために引き留めに合うのは必至。またルカ様は残念がるでしょうね。でも今は何より、目の前の遠征が無事に終わることを祈るばかりだわ）

いつもは見送りなどせず技術課室で仕事をしていたヴィエラは、遠征隊が集まる広場に足を運んで準備の最終チェックをする人たちを眺めた。

広場に漂う緊張感に背筋も伸びる。

聞いた話によれば、例年の遠征より参加する神獣騎士と王宮騎士の数が多いらしい。そして今回に限ってベテランではなく結界課の二班が選ばれたのは、体力がある若者が多いからという。魔物と遭遇した際、二班の魔法使いなら機敏に回避行動がとれると想定してのこと。

危険な目に遭う前提での遠征だ。

ヴィエラは小箱をぎゅっと胸元で抱き締め、奥へと進む。馬の間を抜け、神獣の背に乗っている婚約者――ルカーシュ・ヘリングのもとにたどり着く。

「ルカ様、約束通りお守りをお届けにまいりました」

「ヴィエラ、待っていた。早速もらっても？」

ルカーシュの表情は団長らしく凛々しいけれど、瞳の奥は期待で輝いている。

ヴィエラは小箱を開けて、彼に中身を見せるように上に掲げた。

中身は縹色《はなだいろ》のリボンだ。端に小さく、オリーブをモチーフにした歪《いびつ》な刺繍が入っている。

箱の中からリボンだけを取ったルカーシュは刺繍を眺め、軽く瞠目した。

「もしかしてヴィエラが刺繍を？」

「はは、苦手なので拙い出来栄えですが、無事を祈る気持ちはしっかり込めたつもりです」

オリーブは平和と繁栄の象徴。それをルカーシュの髪の黒色と、瞳のブルーグレーと相性がいい縹色のリボンに刺した。

意味を考え、祈りを込めて刺繍を異性に贈るのは初めてで、ヴィエラは少しばかり照れながら説明する。

「君も忙しくて疲れていたはずなのに――。ありがとう。大切にする」

ルカーシュはリボンを胸元に一度当てたあと、長い髪を編んでいるゴムの上からリボンを巻き、固めに結んだ。三つ編みの先で、リボンが靡《なび》く。

「こういう意味でリボンを選んでくれたんだよな？」

ポケットに入れたり、装備のどこかに結んだりするために選んだリボンだったので、髪を結うのに使ってもらえるなんて考えていなかった。

思った以上の大切な使われ方に驚くが、嬉しいのでそういうことにしておく。

「はい、よくお似合いです。それと、これはティナ様に」

ポケットに入れていたもうひとつの小箱から、リボンを蝶々結びで固めたブローチを出した。

ルカーシュと同じ縹色だ。

「お揃いか」

彼の口元が、軽く緩む。

「はい。邪魔にならないところに、あとで着けていただければ嬉しいです」

「良かったな、ティナ」

応えるようにアルベルティナは「キュルルル」と嬉しそうに鳴いて、ヴィエラの体に頭を擦り付けた。

ヴィエラは両手で頭を受け止め、「怪我をしないでくださいね」と撫でながら伝える。

「ルカ様、ティナ様、お気をつけて。帰りをお待ちしております」

「あぁ、いってくる」

「キュル！」

ヴィエラは願いを込めて頭を一度下げてから、彼らのもとを離れた。技術課の同僚がいる場所に戻り、隊列を整える遠征隊を見守る。

馬に騎乗したクレメントが遠征開始を宣言すると、出発の笛が広場に鳴り響いた。

アルベルティナを先頭に、神獣グリフォンが空に舞い上がる。それを追うように王宮騎士と結界課の魔法使いが馬を走らせ門から出ていった。

第五章
遠征と魔法使いの覚悟

ルカーシュら遠征隊が出発してから二週間――。技術課は繁忙のピークを越えた。

遠征中の一カ月間、本来であればそれなりにずっと忙しいのだが、予定より早く交換用の装備が仕上がった。

原因は、ヴィエラだ。

過去最高の集中力を発揮し、任されていた神獣騎士の交換装備を予定より早く完成させてしまった。

その高い集中力を保持したまま同僚の仕事を手伝った結果、技術課全体の進行も早まり、本日から定時上がりとなったのだが……。

「室長、まだ事務所に残って失敗品の魔法解除の作業をしてもいいですか？」

「仕事中毒なのは知っていたけれど、ハイペースな作業で魔力も少ないのでは？　ヴィエラさんが魔力の枯渇や過労で倒れたら、私の立場が危うくなりますので今日は終わりにしましょう」

アンブロッシュ公爵家の存在を思い浮かべたのか、ドレッセル室長はブルッと身震いしてヴィエラに帰宅を促した。

上司にそう言われてしまったら従うしかない。ヴィエラは公爵邸に帰ることにした。

ほぼ毎日帰路を共にした相手がいない馬車にひとりで乗るのは寂しさを感じてしまう。豪華な馬車だからこそ、空いたスペースが無駄に広く見えた。

（ルカ様、どうしているかしら……）

正面の空席を見つめながらアンブロッシュ家の屋敷に帰れば、いつもより早い息子の婚約者の帰宅に、公爵夫人のヘルミーナが喜んだ。

「ヴィエラさん、ふたりで軽くお酒でも飲まない？」

ヘルミーナから個人的にお酒に誘われるのは初めてのこと。

突然のことに驚きつつ、断る理由もないのでヴィエラは頷いた。

サロンに誘われ、ヘルミーナと隣り合うようにソファに座った。出されたのはアイスワインだ。渋みがなく甘みが強いので、ジュースのように飲んでしまいそうになる。

けれど将来の義母の前で酔っ払い、醜態を晒すことは避けたい。ちびちびと慎重に飲んでいった。

主に技術課の仕事についてヘルミーナが質問し、ヴィエラが分かりやすく説明しながらワイングラスを傾ける。

そうゆっくり味わっていると、ふとヘルミーナは不思議そうな表情を浮かべた。

「んー、ヴィエラさんはお酒に強いと聞いていたのだけれど、あまり進んでいないわね。違ったかしら？」

「んんっ……それはルカ様からの情報ですか？」

「えぇ、もちろん。ルカがヴィエラさんとの晩酌はたくさん飲めて、盛りあがるから楽しいって言っていたの。だから、どうなるか気になっていたのよね」

ルカーシュはどこまで喋ったのだろうか。出会った夜会ではウイスキーの酒瓶を持ち、ストレートで呷ったことまでは知らないでいてほしいと願う。

「あはは、それはルカ様の前だからというか、はしゃぐような様子で話しかけてくるから私も気分が大きくなってしまうというか、ルカ様が聞き上手だから思わず喋ってしまうというか」

「あら、わたくしは聞き上手ではなくって？」

「いえ！　そういうわけではなく！」

ヴィエラが慌てて否定しようとすると、ヘルミーナはクスクスと笑った。気分を害した様子はなく、むしろなんだか嬉しそうだ。

「ごめんなさいね。可愛くてつい、いじわるしたくなったの。きちんとルカと打ち解けているようね。良かったわ、本当に良かった」

夫人はグラスを傾けてワインを飲み切ると、片眉を上げてヴィエラを見た。

「でもヴィエラさん……。あなた、ルカのこと恋人と思っていないでしょう？」

ドキッと胸の奥から大きな音がした。

ルカーシュとの婚約は、表向きは相思相愛の関係だから認めてもらったのだ。否定しなければいけないが、相手は社交のベテラン。あからさまな嘘をついたら見抜かれる。

「そんな……。ルカ様には親しみを抱いていますし、とても尊敬しております」

「ええ、そうでしょうね。人間としてルカを好いてくれているのは、見ていて分かるわ。言い方を変えようかしら。男女のあれこれをしたい相手とまでは思っていないでしょう？」

「そ、それは～～っ」

ルカーシュとキスをしたり、それ以上のことを……と想像しただけで、ヴィエラの頭はパンクした。頭を冷やそうとワインを飲み干すが、頭どころか胸の奥も熱くなる。

「まぁ！　全く意識してないというわけではないのね。いえ、今初めて意識して動揺しているって感じかしらね」

ヘルミーナは妖艶な笑みを浮かべて、ふふと笑った。だか、視線は射貫くように鋭い。

すべて見通されていると悟ったヴィエラは隠し通すのを諦め、ルカーシュに心の中で謝りながらぎこちなく頷いた。

「初めて会った日、ヴィエラさんはルカのことを後継者問題を解決してくれる救世主と言っていたけれど、本当にそれ以上でもそれ以下でもなかったってことね。やっぱり」

「申し訳ございません。でも……私がそう思っているのを分かっていて、どうしてヘルミーナ様や公爵様は婚約を認めてくださったのですか？」

ヘルミーナの口振りでは、最初から見抜いていた様子だ。いわばヴィエラは、後継者問題で息子を利用しようとした悪女のはず。なのに、公爵夫妻は初対面から歓迎してくれた。

「ルカはね……いろいろなことを逃し、諦めてきた子なのよ」

「え？」

意外だ。ルカーシュは地位も、お金も、人望もある。ほしいものはなんでも手に入るはずなのにと、ヴィエラはヘルミーナの言葉に首を傾けた。

「ふふ、不思議かしら？」

「はい。正直、ルカ様は完璧な方ですから」

「そうね、あの子は凄い子よ。どんな苦難にも耐えて、乗り越える強さがあるわ。でも素を出して接することができる相手は、ほとんどいないの」

夫人は空《から》になったグラスを眺めながら、末息子について語った。


ルカーシュは八歳でグリフォン――アルベルティナの親代わりになって以降、世話をするため屋敷からあまり離れられなかった。

母ヘルミーナに連れられ、他家のお茶会に参加する機会もごくわずか。

そしてアルベルティナが成長して手がかからなくなり、学園に進学しようと考えていたタイミングで、トレスティ王国は隣国と緊張状態に突入。

ルカーシュには、異例の早さで「神獣騎士に入団せよ」という王命が下された。

長期休暇をとって数カ月だけ学園に通ったり、午前だけ授業を受けるという案もあったようだが……隣国との緊張状態は改善することなく戦争が始まり、同世代との進学は諦めなければならなくなった。

戦争が終わり、特例学生として勉強だけでも――そう思った矢先、神獣騎士の団長に任命。こうなってしまえば、年齢的にも立場的にも、学生として自由に生きることは許されない。結局は叶わない夢となった。

「ルカは友人を作る機会がなく、自由に遊ぶ時間もなく、じっくり勉強する環境も得られずここまで来てしまったの。信頼できる仲間には恵まれたわ。あの子はそれを誇りに思っている。……けれど、その者たちの前でも求められた英雄の姿で振る舞うしかできないのよ。上司に守ってもらうどころか、年上の先輩騎士までも率いなければならない立場になってしまった」

酔いが回ってきているのか、夫人の頬がほんのり赤い。

「三兄弟で一番甘えたがりなのに、アンブロッシュ家は公爵位として、息子の気持ちより国の事情を優先したわ。そうしてルカはわがままも言わず、ずっと優等生を演じているんだもの、あの子がほしいというものは可能な限り与えたいじゃない？」

「それが私……なのですか？」

「もちろん初めは警戒したわ。でも杞憂だった。人付き合いが苦手で警戒心の強いルカが気に入った子なんですもの、当然よね。嬉しかったの……。初対面でルカのどこがいいのか聞いたとき、ヴィエラさんはルカのこと可愛いと言ってくれた。あの子が素を出して甘えられる相手だと知って、とても安堵したの」

「ヘルミーナ様はルカ様のこと、本当に大切に思われているのですね」

ふふ、とヘルミーナは笑みを零しグラスをテーブルに置くと、ヴィエラの片手を両手で包み込んだ。

「ヴィエラさんもでしょう？　遠征が始まってから元気がないわ」

「――っ」

何年も遠征の季節を経験してきたのに、こんなにも遠征のことが気になるのは初めてだった。きちんと寝られているのか、怪我はしていないか、食事は満足に摂れているのか……ルカーシュのことが気になって仕方がない。

心配になりすぎて気を紛らわせようとした結果、仕事に没頭しすぎて逆に暇な時間を作ってしまった。

この瞬間も、ルカーシュが何をしているか知りたいと思ってしまう。

「ルカ様のことを信用していないわけじゃないのです。大丈夫だと分かっているのですが、無事かどうか、頑張りすぎていないか心配になります」

「そうね、分かるわ。だからルカが遠征から無事に帰ってきたら、いっぱい褒めて、甘やかしてあげてちょうだい」

「はい。でも、甘やかすってどうすればよいのでしょうか？」

便利な魔道具、好きそうなお酒、あるいは新しいリボンを追加で献上するべきなのか。

ルカーシュがもらって喜びそうなものを聞いてみると、ヘルミーナは妖艶かつ無邪気な笑みを浮かべた。

「ヴィエラさんから、キスをひとつ贈ってあげなさい」

「――へ!?　え!?　キ、キス!?」

予想もしてなかったアドバイスに、ヴィエラは目が落ちそうなほど見開いた。

聞き間違いかと疑うが、ヘルミーナは目を逸らすことなく頷いてキスを肯定した。

婚約者同士なら当然の行為かもしれないが、ヴィエラとルカーシュは契約関係だ。彼女自らキスするなんてこれまで想像していなかったし、契約婿がそれで喜ぶとも思えない。

「そ、そ、それ本当にご褒美になりますか!?」

「絶対に喜ぶと思うわ！　だってルカったら、最初からヴィエラさんのこと大好きなのが隠し切れてないじゃない。明らかに特別扱いだもの」

それは演技で――と言いそうになるが、なんとか飲み込む。

初めからヴィエラの演技を見抜いた、人の心理を読むことに長けているヘルミーナが言い切ったのだ。簡単に否定できない。

ふと、ある可能性にたどり着く。

（異性との距離感を忠告したり、領地の家のリフォームにやたらと前向きだったり、周囲に念入りに牽制《けんせい》したりしているのは演技ではなく、ルカ様が私のことを異性として好きだから？　契約

以上に？　演技ではなく、もし本心で動いていたとしたら――いつから？　最初は絶対に違うはずだけれど……嘘でしょう⁉）

混乱を極めたヴィエラの全身は、発火したように熱くなる。頭からは湯気が出ているに違いない。

恋愛婚約で通していたことも忘れて、「ルカ様が私を好きなんて、あり得ませんよ」とルカーシュの気持ちまで否定してしまう。

だが、ヘルミーナは余裕の笑みを浮かべたまま、ヴィエラに新たな提案を持ちかけた。

「わたくしと勝負をしましょう。キスをしてみてルカが喜んだら、そう予想したわたくしの勝ち。もしルカが嫌がったら、わたくしの見当違いでヴィエラさんの勝ち。罰はルカの気持ちを読み間違えたほうが、詫びとしてルカの願いをひとつ叶えることにしましょう。勝手にわたくしたちの勝負に巻き込まれたルカが可哀想だから、ルカに有益な罰にしましょうね」

確かに、ルカーシュは巻き込まれている。

その点に関してヴィエラが頷くと、夫人は「ルカの帰還が楽しみね。おやすみ」と言ってサロンから先に出て行ってしまった。

サロンに残されたヴィエラは、とりあえず水を飲んだ。少しだけ、頭が冷える。

「どうしてこんなことに……えっと、何をすればいいんだっけ？」

先ほどは混乱し、よく分からないまま勝負を受ける流れになってしまった。

深呼吸をしてから、改めて勝負内容を思い返して唖然とする。

「え？　結局ルカ様にキスするの⁉　私から⁉」

酔いが回っているのだと、これは勘違いなのだと願い、少し離れたところに控えている使用人に視線を投げかけた。

だが使用人はニッコリと頷きを返した。

つまり、キスは確定事項。

ヴィエラの悲鳴がサロンから響いた。


「ルカ様が帰ってきたらどうしよう……」

後日。魔法付与の最終点検をしていたヴィエラは、神獣騎士の装備を納品箱に収めていた手を止め、羞恥で悶《もだ》えた。

ヘルミーナとお酒を飲んだ夜の翌朝、勝負の辞退を申し出たが即却下されてしまった。妻から話を聞いたのだろう、アンブロッシュ公爵まで「勝負が楽しみだな」と言う始末。使用人たちの眼差しも、どこか期待に満ちていた。

ヴィエラは完全に逃げ道を失ってしまったのだった。

「あと何日で帰ってくるのかしら」

遠征からちょうど三週間経った。そろそろ結界を張り終えたという連絡が入り、遠征隊は数日かけて王都に戻ってくるはずなのだが……技術課には、予想外の相談が舞い込んできた。

昨日と同じく倉庫で納品箱にラベルを貼っていたヴィエラのもとに、ドレッセル室長が息を切らしてやってきて彼女に告げたのだ。

「ヴィエラさん、急ぎで来てほしいところがあるんです！」と。

＊＊＊

遠征は順調だった。四日かけて最初の結界石に到着。それからさらに東へ移動しながら結界を張り直し、予定通りの日程で進んでいた。

事前情報通り結界石の効力が下がっていて、境界に近づく魔物の数は増えていく。だが、十分に対応できていた。

初めてリーダーを務めるクレメントの指揮も問題なく、ルカーシュが口出しすることもほぼない。経験が浅い割に、優秀なリーダーと評価できる。

(このまま順調にいけば、早ければ来週にでもヴィエラに会える。早く王都に帰りたい)

遠征最後の拠点には、遠征隊が滞在できる宿泊棟が建てられていた。

個室を得ているルカーシュはシャワーを終えると、洗面台に置いてあったリボン――ヴィエラからもらったお守りに口付けを落とす。

遠征中に王都に帰りたくなるのは、毎回のこと。ただ、今回はさらにその気持ちが強い。

一番警戒しているクレメントは同じく遠征中でヴィエラに絡む心配はなく、英雄に喧嘩を売ってまでヴィエラに近づく者もいないだろう。

純粋に、愛しい婚約者に会いたかった。

(まぁヴィエラは鈍感だから、他の男に下心があって近づいてきても気づかないだろう。そういう意味では安心感はあるが……鈍感すぎるのも問題だな)

ルカーシュ自身、好意があるというアピールを頑張っているが、ヴィエラは戸惑うものの、特別な異性として意識するレベルには到達してくれない。

嫌がっている様子はないため、もっと踏み込んだアピールをするべきかと頭を悩ます。

(ヴィエラに避けられないよう、しっかり俺を意識してもらってから本心を打ち明けようと思ったが……先に手を出すようなことはしたくない)

何度か危ない場面はあった。

ヴィエラは無防備だ。指を絡めて手を繋いでも、ちょっとした拍子に抱き寄せても、耳に触れても拒絶しない。恥ずかしそうにしながら、ルカーシュがすることはなんでも受け入れようとしてくれる。

そんな純粋な婚約者があまりにも可愛くて、そのまま独り占めしたくて、相手の優しさに甘えて自分の気持ちを押し付けそうになる。

そのたびに理性を総動員し、思い留まってきた。

(ヴィエラは偽装恋愛の演技だと思っているから受け入れているだけだ。彼女を傷つけないよう、俺が気をつけないと……。もう、本物の婚約者になるには、明確な言葉にして伝えないと一生伝わらない気がしてきたな。どう伝えればいいのか……)

ルカーシュはタオルで濡れた髪を拭きながら、愛しい人との再会後についての作戦を立てていった。


翌日の太陽が昇る前の時間、ルカーシュは部下の声で起こされた。

「団長、失礼いたします！　魔物が結界石の境界より内側に侵入したとの報告が！　至急、打ち合わせがしたいとクレメント・バルテル殿がお呼びです」

「分かった」

すぐに制服のズボンを穿き、部屋を飛び出す。

歩きながらジャケットのボタンを留め、本部になっているエントランスホールに足を踏み入れた。

ポケットに入れてあった縹色のリボンでさっと髪をひとつに束ね、クレメントが待つテーブルの前に立つ。

先に来ていたクレメントも突然起こされたようで、ルカーシュと同じく身だしなみに甘さが見られる。それだけ大きな問題が発生した証拠だ。

ルカーシュに続くように、他のリーダー格もエントランスホールに集結した。

「クレメント、何が起きた？」

「ある結界石が完全に効力を失ったようで、魔物が結界ラインを越えてきてしまったのです。見張りの神獣騎士が討伐してくれましたが、一頭に留まらず……、臨時の結界装置を起動させるため、先に魔法使い二名と騎士五名を向かわせました。勝手ながら、グリフォンの世話で起きていた神獣騎士三名にも出てもらっています」

すでにクレメントが的確な指示を出していることに感心しつつ、次の行動のすり合わせをおこなう。

「お前の判断に問題はない。俺たちも先発隊を追いかけ、結界石本体の魔法式を更新しよう」

「はい。ちなみに届いた報告によれば、多くの魔物は興奮状態にあるようです」

「神獣と戦闘したからではなく？」

「戦闘前から好戦的に突っ込んで来たようです。騎士の皆さまは十分に警戒を」

クレメントの報告に、ルカーシュは眉をひそめた。

魔物は一般的な野生動物よりも凶暴であるが、自分より強いものに挑むほど愚かではない。明らかにおかしい。

だが、自分の役割は変わらない。ルカーシュは淡々と部下に命じた。

「分かった。神獣騎士は全員現地に先行する。今すぐ出発だ」

そうして目的の結界石のもとへ向かえば、報告通り興奮状態の魔物が集まっていた。結界の効果を失ったらしい石碑に近づこうと、グリフォンの存在を無視して突進してくる。

集まっている魔物は、この森に多く生息するスキアマウスが大半だ。ネズミのような形をした中型種。グリフォンと比べたら圧倒的に弱い種類だが、群れで動くため数が多いのが厄介だ。

アルベルティナたちグリフォンは鋭い前脚でスキアマウスを捕まえて握りつぶしたり、嘴で突き飛ばしたりして倒していく。力強いグリフォンの一撃は重く、スキアマウスは再起不能に陥る。

囲まれそうになれば、グリフォンは風の魔法を発動してスキアマウスを吹き飛ばす。

背後やグリフォンの懐に入って攻撃しようとしてくる個体は、背に乗っている相棒の神獣騎士が剣で刺しながら守っていた。

（まだ結界は張り直されないのか？）

ルカーシュは妙な焦燥感を感じた。こういうときは良くないことが起こることが多い。

結界石が正常に動き出せば、スキアマウス程度の魔物は逃げ出すのが普通。しかしスキアマウスは未だに集まり続け、襲い掛かってくる。結界課の魔法使いたちがいるため、一匹も後ろに通せない緊張状態が続いていた。

契約の繋がりを使って相棒のグリフォンと意識を繋ぎ、他の神獣騎士との連携を強化して効率よくスキアマウスを排除していく。

そこに伝令役の神獣騎士の部下が駆け付け、険しい表情でルカーシュに告げた。

「指揮官クレメント・バルテル殿より通達。結界石に重要な問題があると発覚し、魔法式の更新に失敗！　臨時の結界装置を起動後、最低限の防衛担当者を残して一旦撤退とのことです！」

臨時の結界装置は、結界石より効果が低い上に、魔法使いが付きっ切りで発動しなければならない。体力と魔力の消耗が大きく、長時間使用できるものではない。

長引けば魔力枯渇によるリタイア者が出るだろう。

彼らを守るために神獣騎士や王宮騎士も休めず、怪我人が出るリスクが高まってしまう。

本当に緊急のときにしか用いることのない手段だ。

伝令内容に顔を顰めたのは一瞬で、ルカーシュはすぐに冷静な表情に戻した。

「承知した。撤退行動に移ると返事を。殿《しんがり》は副団長ジャクソンに任せる」

「はっ」

「神獣騎士は魔物を境界線から森へと押し込め！　結界装置の設置場所を確保せよ！　王宮騎士は結界課の護衛に専念だ」

ルカーシュの指揮に従い騎士たちはグリフォンの隊列を変え、守りから攻撃へと転じ、スキアマウスを森の中へと追い立てる。グリフォンの風魔法で、大地が吹き荒れた。

そして結界課の魔法使いによって結界装置が発動すれば、スキアマウスは境界内への突撃をやめた。しかし森の中に逃げ帰ることなく、再び侵入する機会を窺うように佇んでいる。

監視のために神獣騎士を数名残し、ルカーシュは宿泊棟へと一時撤退。そこで報告された内容は、思った以上に悪いものだった。

いつも人当たりの良い笑みを浮かべているクレメントの眉間に、深い皺が寄っている。

「結界石の魔法式の上から、魔物寄せの式が上書きされていました。結界とその保護魔法、魔物寄せの三つの魔法式が混ざった状態で、解除担当でもお手上げ状態です」

「誰がそんなことを……いや、今は犯人よりも解決方法か。クレメントとゼン殿でも魔法式は解除できないのか？」

「僕もゼン殿も失敗しました。ふたりがかりで強制的に解除することも考えましたが、石の使用年数を考えると、石への負担が大きすぎて使いものにならなくなる可能性が高いです。交換用の石を運ぶには初期メンテナンスも含めて普通なら王都から三週間、最短でも二週間かかります。その間ずっと結界装置を発動し続けなければなりません」

「魔物寄せの効果が切れても結界は維持しなければいけない、か。人員も物資も何もかも足りないな。だからといって、早期に動かなければ今後も消耗し続けるだけ。何か方法があればいいが」

ルカーシュは遠征歴八年と長いが、今回は初めての事例だ。

石の交換も、いつもなら現役の結界石を発動させた状態で隣に新しい結界石を置いて魔法式を書き込むという、安全が確保された状態でおこなわれる。

重い石碑を運ぶには人員が必要で、すぐに逃げる態勢が取れない。魔物が近づきやすい状態で石碑の交換は非常に危険だ。

神獣騎士とグリフォンが強いとはいえ、可能な限り危険は避けたい。

ルカーシュは腕を組んで目を固く瞑り、クレメントは広げてある地図を睨んだ。そこへ、魔法局から派遣されたゼンが重々しく口を開いた。

「開発課、あるいは技術課の魔法使いに救援要請を出しましょう。もしかしたら、単独で解除できる魔法使いがいるかもしれません」

その言葉に、クレメントが顔をこわばらせた。

ルカーシュは背筋に若干の寒気を感じながら、ゼンに問う。

「直接付与法ができる有能集団の結界課の人間でも無理なことを、開発課と技術課がどうしてできると？」

「結界課の魔法使いは、結界や自分が使う装備の修理など『決まった魔法』しか取り扱いません。付与するのも、解除するのも、技能的には難易度が高い種類ばかりですが、型が限定しているのです。一方で開発課と技術課はあらゆる魔法式を扱い、必要であれば解除作業もおこないます。今回のような初めて見るイレギュラーな魔法式には、そのふたつの課のほうが強いかと」

「ちなみにゼン殿の中での該当者は何名ほどいるのだろうか？」

「開発課から二名、技術課から一名でしょうか。本来はもう少しいますが、年齢的に厳しかったり、立場上王宮を離れるのが難しい者です。若い魔法使いから最も解除を得意とする者を、王宮にいる魔法局から送ってもらいましょう」

解決の糸口が見つかったことは喜ぶべきことなのに、ルカーシュの気分は重いままだ。

(クレメントの反応を見る限り、技術課の一名はきっとヴィエラだ。結界課のエースと言われているクレメントが教えを乞うほどの技術を彼女は持っている。できれば開発課から選ばれてほしいところだが)

選ばれた魔法使いは遠征に不慣れな上に、興奮した魔物に襲われるリスクがある。いつもより危険が伴う作業になるだろう。

大切な婚約者が危険に晒されるのは望ましくない。

だが、ルカーシュに指名する権限はない。国民や遠征隊の安全を考えたら、私情を優先することはできない。ヴィエラが選ばれないことを祈りながら、クレメントに告げる。

「ゼン殿の提案で進めよう。最短でできる解決策だ。成功すれば全体の負担も最低限で済む」

クレメントも、ゼンの提案が最善だと分かっているため頷いた。

「では僕は魔法局と通信を繋いで、急ぎ選出することを要請します。その魔法使いでも解除できなかった場合は、魔物寄せを無効化することを優先し、結界の魔法式を強制解除して石碑ごと交換しましょう。魔法局には念のためその備えもするよう知らせておきます」

「選出された魔法使いは、留守番組の神獣騎士に運ばせることも伝えてくれ。馬より早いだろう」

「はい」

その場でクレメントが魔法通信機を使い、魔法局に連絡する。状況を把握した魔法局は提案を受託。向こうからの連絡を待つことになった。

そして一時間足らずで返事が来た。

《技術課に所属のヴィエラ・ユーベルト殿を現地に派遣することになりました》

知らせの内容に、ルカーシュは静かに拳を握る。

同じく予想していただろうクレメントも表面上は冷静な顔だが、奥歯を噛み締めているのが察せられた。

ヴィエラ本人の承諾は得られ、あと数時間以内に王宮を出発するようだ。グリフォンでの移動のため、明後日の昼前には到着できるらしい。

王宮にいる神獣騎士に要望をいくつか伝え、通信を切った。

あとは結界装置を維持しながら残りの結界石の更新を終わらせつつ、ヴィエラを待つしかない。

するとクレメントが「くそっ」と小さく呟いた。テーブルに載せられた拳は固く握られ、小刻みに震えていた。

ルカーシュはそれを冷めた目で見た。

(自分で魔法式を解除できなかったことが悔しいのか、それともヴィエラが選出されたことに憤っているのか。いや、両方か。自分の不甲斐なさでヴィエラを巻き込んだと思っているのだろうな。魔物の危険性に対して油断しないところは評価するが……)

クレメントは魔法使いとして優秀だが、やはりまだ若い。経験の浅さを感じる。

短くため息をついたルカーシュは、若いリーダーの背中を強く叩いた。

「冷静を欠くな」

「なっ⁉　ルカーシュさんは、どうしてそんなに冷静なんですか。来るのはあなたの婚約者ですよ？　大切じゃな――っ」

ルカーシュの目を見たクレメントは言葉を詰まらせた。

普段から冷たいブルーグレーの眼差しが、さらに鋭くなっていた。

「怪我人をひとりも出さずに遠征を成功させたければ、可能な限り感情を排除しろ。感情が乱れ判断が少しでも遅れたら、それこそ失うぞ。五年前の戦争ではそうだった。仲間が大切であればこそ、落ち着くんだ」

隣国との戦争でルカーシュは功績をあげて華やかな称号を得たが、陰で失ったものも多い。

目の前で灯《ともしび》が消えていく命をいくつも見てきた。命が繋がっても、普通の生活が送れなくなった仲間との別れも経験した。

あのとき、もっと早く駆け付けられたら。

剣を長く振れる腕の力と体力が、もっと自分にあれば。

初めての仲間の死に動揺せず、もっと冷静に対応できていれば。

相手の事情など考えず、もっと早く敵に冷酷になれていたら。

こんなにも犠牲者を出さずに済んだのに――と、かつてない苦杯を味わった。

あんな思いはもうこりごりだ。

「安全の確保は、新たな結界の魔法式の発動の早さにかかっている。ヴィエラが魔法式の解除に集中できるようフォローし、結界課の班員がすぐに新しい結界を発動できるよう尽力しろ。結界の付与は、お前の得意分野だろ？」

「ルカーシュさん……」

「魔物からは俺たち神獣騎士が必ず守り通す。クレメントはいつも通り、皆の前では堂々と振る舞い、冷静かつ迅速に判断を下せ。私情を挟みたいのは、お前だけじゃないんだ」

最後に一言だけ、声を低くして本音を付け加える。

けれどもルカーシュの表情は、至っていつも通りの冷たさを保っていた。

遠征に慣れないヴィエラの安全は、そばで行動するだろうクレメントや結界課のサポートにかかっている。自分が近くでフォローできない分、指揮するリーダーにはしっかりしてほしい。

俺を見本にして、冷静を保て――と傲慢な態度でクレメントを睨みつけた。

経験者の言葉は、ずっしりとした重みがあった。若きリーダーは驚き目を丸くさせ、数秒後には神妙な顔をして頷いた。

「助言をありがとうございます。お陰で落ち着きました。最善を尽くしましょう。半刻後、残りの結界石の更新をするために出発します」

「承知した。俺は騎士たちと連携について打ち合わせしてくる」

そう踵を返したルカーシュは宿泊棟の外に出た。

遠目で、グリフォンが丘の中腹へと降りていくのが見える。結界石と比べたら効果で劣る結界装置を無視して、境界に近づく魔物がいるのだろう。

「必ず守る。ヴィエラも、他も全員――」

髪を束ねるリボンに触れながら決意を口にし、アルベルティナや仲間のいる厩舎へと向かった。

＊＊＊

ドレッセル室長から呼び出されたヴィエラは、開発課の部屋に連れて行かれた。

そこには魔法局の上層部の人が集まり、彼らの中心にはわざと異なる魔法式を重ね掛けして失敗させた魔道具や、知らない魔法式が付与された未完成の魔道具が置かれていた。

解除しろと命じられたヴィエラは、魔力を通して軽く魔法式を分析する流れで、どれもあっという間に解除してみせた。

魔法局の人たちが目を輝かせ、「解除において、若手で一番才能がある」と称える。そして遠征先の良くない状況も伝えられた。

「今からユーベルト殿には遠征地に赴いてもらい、問題の魔法式を解除してほしい。必要なものは魔法局で用意しよう。頼んだよ」

魔法局の幹部に囲まれ、期待を寄せられてしまったら頷くしかないだろう。

動きやすい結界課の制服を借りて準備を整えたヴィエラは、すぐに神獣騎士が待つ広場へと向かった。

「立派なグリフォン様……」

そこにはアルベルティナより一回り大きい雄《オス》のグリフォンと、四十代くらいの温和な雰囲気の男性騎士が待っていた。

「お、来たな！　ジェラルド・ヘッセンだ。ヴィエラ殿を運ぶ担当になったからよろしく」

相手の名前を聞いたヴィエラは体をこわばらせた。社交界に疎く、ルカーシュのことすら正確に認識していなかった彼女でも知っている大物だ。

神獣騎士の前団長で、今は王宮騎士も含めた騎士団トップに君臨する総帥。英雄ルカーシュの唯一の上司だ。

「な、なぜ総帥が運び役を⁉」

「君の婚約者からね、グリフォンを一番上手く飛ばせる騎士で連れてきてほしいと要望があった。そこで王宮に残っている神獣の契約者で、一番飛ぶのが上手いのは私かと思ってね。あのルカーシュが、同僚とグリフォン以外に優しくするようになって私は嬉しいよ！」

ジェラルドは豪快に笑うが、すぐに表情を引き締めた。温和な雰囲気は消え、まさに総帥といった威厳がぐっと強まった。

「石碑を交換しなければならないという最悪な状況になった場合、危険度が上がるためルカーシュには戦闘に集中してもらいたい。優秀なクレメント殿でも、熟練者のフォローが減ったリーダーの荷は重かろう。私が全体の指揮を執《と》ることになるだろうから、先に様子を見ておきたいというのが本音だ」

「なるほど」

これから行くところは国内でも魔物が多く生息する地域で、高低差が激しい遠征地獄と呼ばれる土地。

そこの結界石を交換するかどうか、ヴィエラの魔法技術に命運がかかっている。改めて責任の重さを自覚してしまい、緊張感が高まっていく。

「ヴィエラ殿。緊張するなというのは難しいかもしれないが、まずは自分の技能と経験を信じることに重きをおきなさい。飛びながら、気持ちを整理するといいよ」

「……はい」

「では早速出発しよう。後ろと前、どっちに乗るかな？」

以前アルベルティナに乗ったとき、後ろは死ぬ思いをした。だから前を選び、同じように抱えてもらうことになった。

ルカーシュがやったように、ジェラルドの腕がヴィエラのお腹に回る。グリフォンが空に舞い上がり、ヴィエラの背中がより相手に密着した。気まずさは感じても、不思議と恥ずかしい気持ちは湧いてこない。

ルカーシュだからこそ、触れていることに意識してしまっていたことを知る。

（ルカ様、今どうしているかしら？）

石碑を交換することになればさらに遠征期間が延び、ルカーシュの休みは遠のく。日々鍛え、経験を積んでいる彼でも遠征は大変だと言っていた。

（遠征を終わらせて、ルカ様を休ませてあげたいな。そのためには、私が書き換えられた魔法式を解除しないと）

そう強く意識すれば、不安感が薄れた。

ヴィエラはやる気を胸に宿し、ルカーシュがいる方角の空を見据えた。

地方の騎士団の寮で休憩しながら移動し、連絡をもらって二日後の午前、ヴィエラたちは遠征先の領空内に入った。山の中腹には、等間隔に結界石が並んでいるのが見える。

魔物——スキアマウスが森から出てくるも、すぐに引き返す姿も確認できた。きちんと結界石が動いている証拠だ。

けれど奥のほうへと目を凝らすと、濃い灰色の点が多く見えた。スキアマウスの集団が、境界付近でうろついているのだろう。

上空にはグリフォンが飛び、地面すれすれまで急降下する姿が見える。

次に山の麓にある宿泊棟に視線を移動させながら、地上の状況を確認した。

岩肌が露出したような乾いた表面で、草木は全く生えていない。人や馬が通るために作られた道には石畳が敷いてあるが、ずっと上り坂で、こう配を緩やかにするためにくねくねと曲がっている。

（計画的にゆっくり作業できるならともかく、魔物に怯えながら石碑の交換をするなんて考えたくないわね）

おそらく石碑の交換作業に巻き込まれるだろうヴィエラは、最悪の未来を想像して身震いした。

「やっぱり着陸は怖いかい？」

震えの原因を、別の意味と捉えたジェラルドが苦笑する。ヴィエラは否定しようと思ったが、『着陸』と聞いてガクガクと震え始めた。

ジェラルド相手に正面から抱きつくわけにもいかず、休憩で着陸するたび、ヴィエラは絶叫しているのだ。これだけは慣れることができない。

「ゆ、ゆっくりお願いします」

「ははは、冗談を。いつも最大限にゆっくりだよ。さぁ着陸だ」

「え、もう？　そんな――」

心の準備ができる前に、グリフォンは着陸態勢に移った。到着を知らせるように宿泊棟の上をゆっくりと二周旋回してから、他のグリフォンが集まっている裏側の広場に着陸した。

相棒の世話をしていた神獣騎士たちが瞬時に整列し、ヴィエラとジェラルドを出迎える。

そこにはルカーシュの姿もあって、彼はすぐにふたりに駆け寄った。

三週間ぶりに会う婚約者の姿に、ヴィエラの胸は勝手にトクンと音を鳴らした。

「ジェラルド総帥、このたびはご協力感謝いたします」

「さすがに、若者に任せっぱなしにはできない案件だからね。気にするな。それよりお前の婚約者殿を支えてやってくれ、着陸には弱いらしい。毎回足取りが怪しくなる」

「やはり。悲鳴がよく聞こえましたからね。ヴィエラ、おいで」

ルカーシュは両手を広げ、受け止める姿勢を示す。ジェラルドのグリフォンはアルベルティナより大きく、高さがあるため補助は助かるが……ヴィエラは躊躇した。

未来の婿の顔を見て、ヘルミーナとの賭けを思い出してしまったのだ。同時にルカーシュが自分に好意を抱いている可能性も意識してしまい、ヴィエラは顔を背けてしまう。

(あれ？　ルカ様の顔がまともに見られない)

そう混乱している間に、ジェラルドが先に降りてしまう。そして相棒不在で他人を乗せることを好まないグリフォンは、「さっさと降りろ」と催促するように背中を揺すった。

「きゃっ」

支えを失ったヴィエラは体勢を崩してしまう。

落下が怖くなり、反射的にルカーシュの胸に飛び込んだ。

背中と膝の裏に逞しい腕が回り、しっかりと彼女の体は受け止められる。自然と横抱きの状態になった。

「大丈夫か？」

ルカーシュの低くて良質な声が、すぐ近くから聞こえた。

何度か彼の声は耳元で聞いたことがあるのに、今回はさらによく聞こえる。三週間ぶりだからだと言い聞かせ、ヴィエラは早鐘を打つ心臓を落ち着かせながら返事をする。

「は、はい。ありがとうございます」

そう言って降りようとしたが、ルカーシュは無視するように横抱きにしている腕に力を込めた。

「ルカ様？」

「ヴィエラを巻き込む形になってすまない。必ず守るから、力を貸してほしい」

決意を宿したような、声質だ。

そっと顔を上げルカーシュの目を見れば、冷たい色の奥に闘志の炎が見えた。

それから周囲を見渡せば、他の神獣騎士たちも力強い頷きを返してくれた。弱者を守るという騎士の誇りが伝わってくる。

安心感が、不安と緊張感を覆《おお》っていく。そして、求められていることが嬉しく、やる気が湧いてきた。

（ルカ様たちがこんなに真剣なのに、私ったら……。恥ずかしがっている場合じゃない。今は、魔法式を解除することに集中しないと。大丈夫。私は技術課で、誰よりも魔法式を解除してきたんだもの！）

ヴィエラは気持ちを切り替え、力強く頷いた。

「解除してみせます。そうして一緒に王都に帰りましょう」

「そうだな。帰ったらいいお酒で打ち上げでもするか」

「はい！　楽しみです」

ニコッとヴィエラが笑えば、ルカーシュの表情も和らいだ。

そして挨拶もほどほどに、ルカーシュに宿泊棟の中へとエスコートしてもらう。作戦本部になっているエントランスに着けば、クレメントを先頭に結界課の班員が神妙な面持ちでヴィエラを出迎えた。

結界課はエリート集団と呼ばれ、プライドの高い魔法使いが多い。他の課の力を借りるような事態になったことを、悔やんでいるようだ。

だが、技術課の人間だとヴィエラを侮る視線はない。

「以前、ヴィエラ先輩が義足の魔法式を解除した光景を目の当たりにしましたからね。ここであなたの実力を疑う者はいません。お願いします」

クレメントはヴィエラの疑問を察して答えつつ、真摯に頭を下げた。いつもの余裕そうな態度はなく、だからといって深刻そうな雰囲気ではない。

リーダーらしい堂々とした――という表現がピッタリだ。この遠征で威厳が備わったように見受けられる。

後輩の成長に感心したと同時に、一応ヴィエラにも先輩としての意地がある。

お願いされたら、応えたくなるのが性分だ。魔法使いとして頼られるのは誉れ。彼女の身も引き締まる。

「では早速、魔法式の写しを見せてください」

結界と魔物寄せの魔法式がそれぞれどんな式かは、すでに知識にある。そのふたつの魔法式が、どのように混ざっているか知っておきたかった。

ヴィエラの要望に応えるように、魔法式を写した大きな紙――魔力を流して魔法式を浮かばせた状態で重ねると、魔力にだけ反応して印字できる特殊な紙『転写魔紙《マジックシート》』が、床に広げられた。

縦二メートル、横一メートルの大きな転写魔紙《マジックシート》には、複雑に絡んだ魔法式が書かれていた。

心配そうな表情で結界課の魔法使いが、ヴィエラを見守る。

そして数分後――。

「解除できます。ただし、協力してほしいことがあります」

「ヴィエラ先輩、なんでしょうか？」

「他の魔道具の干渉を一切受けない状況を作ってください。結界石にはまだ備蓄された魔力が残っているので、それに繋がっている発動中の魔法式は普通より強固で、解除に消費する魔力量も多くなるでしょう。近くに魔道具があり、解除の巻き込みが起きれば、私の魔力は意味のないところで消費されてしまいます」

つまり臨時で発動している結界装置すら使うな、ということだ。結界装置が使えなければ魔物からの危険度が上がる。

だが、誰も反論する様子はない。

クレメントは周囲も納得していることを確認し、近くで静かに見守っていたルカーシュに視線を向けた。

「結界課ならびにヴィエラ先輩が現地に到着後、結界装置をすべて切ります。再び正しい結界が発動するまで、魔物を寄せ付けないでください」

「承知した。結界課の到着の半刻前に神獣騎士は現地へと先行し、牽制だけでなく魔物の数を減らしておこう」

「頼みます。魔道具を多く装備している結界課の皆は、ヴィエラ先輩が解除中は近づかないように。そして彼女の守護に当たる王宮騎士の装備が魔道具である物は、今のうちに魔法式を解除しておいてください」

指示に従い、遠征隊は即座に動き出した。ヴィエラ専属の王宮騎士には特に腕が立つ二名が選ばれ、彼らの装備の魔法式が解除されていく。

こうして二時間後、遠征隊は結界石の解除に向けて宿泊棟を出発した。

ヴィエラは単身で馬に乗り、横三列に隊列を組んだ結界課の集団に加わって山を登る。

ルカーシュ率いる神獣騎士は先に現地に飛んでいて、グリフォンの声が遠くからでも聞こえてきた。

いつもアルベルティナが鳴くような「キュルル」と可愛いものではなく、鼓膜を突き刺すような警笛に似た声だ。

乾いた大地で戦闘をおこなっているため、土煙《つちけむり》が上がっている。戦いが激しいのだと察せられ、手綱を握るヴィエラの手にも力が入った。

緊張感が高まっていくのを感じながら、目的地へと向かう。結界石に近づくにつれ、戦闘風景がよく見えるようになる。到着すれば想像以上に近い位置で戦闘がおこなわれており、迫力に呑まれそうになった。

スキアマウスを見るのは、ヴィエラも初めてではない。

学生時代、結界の効果を確かめるために捕獲された魔物がスキアマウスだった。羊サイズの、ただのネズミ。それが印象に残っていたが、ガラリと塗り替えられた。

興奮しているためか目は血走り、鋭い前歯をぎらつかせてグリフォンに噛みつこうと突進している。ネズミではなく、完全に凶悪な猛獣の類だ。非戦闘員の人間が襲われたら、ひとたまりもない。

グリフォンがスキアマウスを力や風魔法で払いのけ、契約者が剣や槍で相棒をサポートしていた。素人目でも、圧倒的に神獣騎士たちが魔物より強いのは分かる。

けれども彼らに飛んだ返り血を見れば、勝手に体は身震いした。

信頼していないわけじゃない。ルカーシュたちは強い。だが、この状況を早く変えたいという気持ちが強まっていった。

後ろに結界課の人間を残し、王宮騎士二名に両脇を守られながらヴィエラは結界石の前に立った。

一度後ろを振り返り、クレメントと視線を交わらせる。

彼は前方にいた結界課の人間に呼びかける。

「今から解除に入る！　結界装置への魔力供給を停止せよ！」

神獣騎士たちとヴィエラの中間で結界装置を起動させていた班員六名は頷き、魔力の供給を止めていく。そして装置を抱えて、クレメントたちが待機している場所まで引き下がった。

結界装置の効力を失い、スキアマウスはますます興奮した様子で奇声を発し、突撃せんと牙を剥く。

神獣騎士を鼓舞するルカーシュの声が響いた。

「俺らは強い！　魔物に見せつけろ、誇りを示せ、剣を振れ！　積み重ねてきた経験を、自分を信じろ！　守り抜くぞ！」

騎士たちの「おぉ！」と応える声が轟《とどろ》いたとき、一瞬だけルカーシュの視線がヴィエラに向けられた。

すぐに彼は魔物へと意識を戻したが、騎士たちを鼓舞した言葉は、自分にも向けられたものだとヴィエラは感じた。

彼女は一度、耳で揺れるイヤリングに触れた。

（私はひとりじゃない。ルカ様が守ってくれるし、ルカ様も私を信じてくれている）

使い慣れた直接付与法の専用ペンを握り、自分の身長よりずっと高い石碑を見上げた。

（やってみせる……。これ以上遠征が長引くのも、重労働な石碑の交換もごめんよ！　何より、この石碑とてもお値段が高いんだから、最後まで使わないともったいないじゃない！）

自分を落ち着かせるため、いつもの貧乏人らしい『もったいない精神』のスイッチを入れた。

ペン先を石に触れさせ魔力を流す。結界から魔物寄せのものまで、石の表面にすべての魔法式が浮かび上がる。

事前に転写魔紙《マジックシート》で確認したものと同じだ。

「私はできる」

ヴィエラはふっと短く息を吐いてから魔力を頭に巡らせ、魔法式の解除に挑み始めた。

大地に両膝をつき、石の下部に書かれている魔物寄せの魔法式の末尾から攻めていく。不安定な状況に持ち込むために、石から剥がすようにぐっと魔力を込めた。

「――っ」

予想通り、結界石に残っている魔力が多いため簡単に魔法式に干渉できない。

ヴィエラはさらに魔力を込めた。ぐらりと魔法式が揺れ、干渉に成功した手応えを感じる。押し込むように魔力を流し、掌握《しょうあく》していく。

そして魔物寄せの魔法式を解除しようと、分解するための魔力を込めながら浮かび上がった文字をなぞり始めた。

サラリと、魔法式が消えていく。

（いける。ただ、魔力の消耗が想像以上に激しい……っ。周囲から魔道具を排除してもらって正解だったわ。あとは私の魔力の残量と、効率次第！）

魔法式への集中をさらに高め、魔物寄せの式に流れる魔力を見極めながら必要最低限の力で解除する。

文字を浮かせ、魔法式を乗っ取り、必死にペンを動かし、解除を続ける。

先ほどまで聞こえていたグリフォンの鳴き声や戦闘の音は、もうヴィエラの耳には入ってこない。

逃げる備えは不要。ルカーシュや神獣騎士が必ず守ってくれると信じて、結界石にのみ意識を集中した。

まもなく魔物寄せと結界の魔法式が混ざり合った箇所に入る。ここまで解除したのは魔物寄せ

の魔法式を安定させるための補助式部分。

本当に魔物寄せの効果を消すにはここからが勝負だ。

(結界と魔物寄せの魔法式を片方ずつ分析しながらゆっくり消すのが一般的だけれど、このペースの魔力消費のまま進め、時間がかかれば魔力が足りなくなりそう。あとが大変だけれど、やるしかないわね)

ヴィエラは頭に供給する魔力を倍にして、結界と魔物寄せのふたつの式を同時に消し始めた。ズキンと頭に痛みが走る。次第にオーバーヒートしかけていることを自覚するほど、頭の中に熱が溜まっていく。

魔法式をなぞるペンの動きも加速した分、結界石から光になって風に流れる輝きが増す。

(あと少し……っ)

頭が限界を訴えるように、魔力を拒絶し始めるのを感じる。視界も、チカチカと点滅する。けれど頭痛と目眩に耐えながら、ヴィエラは作業を強行する。ゆっくり上を目指すように徐々に膝を伸ばし、腕を上げ、つま先で立つ。

そして魔法解除を始めてから十五分——結界石に浮かぶ魔法式の文字は消え去った。

「解除完了です!」

ヴィエラは大声で叫んだ。同時に、体がぐらりと後ろに傾く。

彼女の体は、護衛にあたっていた王宮騎士が受け止めた。挟み込むように脇の下と膝の下を抱え、結界石から後退するように運ぶ。

入れ替わりで、クレメントたち魔法使いが結界石に向かって坂を駆け上がる。見送る彼らの横顔は使命感に満ちており、とても頼もしい。

先頭組は王宮騎士とともに結界石より前に出ると、再び後方を守るように臨時の結界装置を起動させた。

魔物寄せの効力が消えたため、スキアマウスが正気を取り戻し、戸惑いを見せる。

その隙を逃さず、ルカーシュの指揮に従ってグリフォンは横に並ぶよう列を作り、スキアマウスの集団を囲うように森へと追い立て始めた。

結界石と神獣騎士たちの距離が広がっていく。

四人の結界課の班員が、自動起動のエネルギーとなる魔力を結界石に注ぎ込む。そしてクレメントが見たこともない速さで結界の魔法式を構築し、石碑に刻んでいった。

王宮騎士に抱えられたヴィエラのところにも、小刻みに震える波動が届く。結界石が正しく機能し始めたのだ。

クレメントの杖が下ろされる。

「結界石の更新は完了した！　魔物の動きの報告を！」

そう彼が叫ぶと、グリフォンの集団から抜けてきた伝令役の神獣騎士が上空にやってきて返答する。

「魔物が森の奥へと逃げていくのを確認。襲撃の危険性はなし！　神獣騎士も撤退行動にいつでも移れるとのこと！」

「では念のため結界課二名、神獣騎士二名を監視として一晩この場に残し、他は退却。ヘリング卿にもそう伝えよ」

「了解！」

伝令役が再び神獣騎士が集まる場所へ戻っていく。そうして結界課は速やかに退却へと行動を移し始めた。

無事に終わったのだと、ヴィエラは霞む視界でその光景を眺めながら肩の力を抜いた。

そこへ、指示を一段落させたクレメントが駆け寄ってくる。

「ヴィエラ先輩、本当にありがとうございます」

「えへへ、できると大口叩いた割にはギリギリでしたけどね。魔力が枯渇して、ちょっと動けません。どうしたらいいでしょうか？」

往路のように、自分ひとりで馬に乗って移動することはできなそうだ。

誰かの力を借りるため、リーダーであるクレメントに相談する。

「座ることはできますか？　できるなら僕の馬で相乗りし、ヴィエラ先輩を支えて山を下ります」

「あぁ……座るのも無理そうです。魔力枯渇だけでなく、頭を使いすぎて体の動かし方も忘れてしまっている感じです」

足も腕も多少は動かせるが力が入らず、踏ん張りが利かない。揺れに耐え切れず落馬する未来が見える。

そこで、王宮騎士が緊急時に用意している担架にヴィエラを乗せ、歩いて移動すると提案してくれる。

苦労を掛けてしまい、申し訳ない――そうヴィエラが思っていると、ルカーシュを乗せたアルベルティナが駆け付けた。

「クレメント、俺がアルベルティナに乗せてヴィエラを運ぶ」

「ルカーシュさん？　馬でも危ないのに、グリフォンの背に乗せて飛ぶつもりですか？」

「俺を誰だと思っている。小柄な女性ぐらい難なく支えられるし、ティナもそれを望んでいる」

ルカーシュは相棒の背から飛び降り、片膝をついてヴィエラの顔を覗き込んだ。

少しだけ細められたブルーグレーの瞳は不安げで、彼が案じてくれていることが分かる。

大切に思ってくれていることが伝わり、ヴィエラの心は温かくなる。

「ルカ様……」

「よく頑張った。疲れているなら、寝ればいい。俺がきちんと抱えていくから」

ルカーシュはそう言ってくれるが、今は自分でアルベルティナを跨ぐ力も残されていない。寝るなんて、さらに危険だ。

「無理ではありませんか？」

「いや、こうすればいいだけだ」

「──え？」

ルカーシュはジャケットを脱ぎ、クレメントに押し付けるとヴィエラに覆いかぶさった。

端正な顔が近づき、ヴィエラの心臓はドキンと強く脈打つ。

彼女が動揺している間にルカーシュは、右腕を華奢な背中に、左腕を細い膝裏に回した。そして力を込めて抱き締めると、重さを感じていないかのように上体を起こしてひょいと持ち上げる。

ヴィエラが軽く浮いている間にギリギリお尻に触れない位置──太ももに逞しい腕を回し、ヴィエラをしっかりと抱きかかえた。

ルカーシュがそのまま立ち上がれば、抱っこスタイルになっていた。

「クレメント、ヴィエラを下から支えるように、俺と彼女をジャケットで結べ」

「──っ、分かりました」

そうして不服そうな表情を隠していないクレメントがルカーシュの後ろに回り、ふたりをジャケットの袖で結んだ。安定感が増した気がする。

「これなら大丈夫そうだろ？」

「は……い……」

恥ずかしい。

なんだか赤子扱いみたいなのも、ルカーシュと密着しているのも、耳元でやたらと良質な声が響くのも。

けれど懐かしさも感じ、疲れ切っていたヴィエラの体は安らぎを求めて体勢を受け入れる。もっと安定した姿勢を探すようにルカーシュの首に腕を回し、甘えるように頭を彼の肩に完全に預けた。

信頼できる人の腕の中は、守られているという安心感を与えてくれた。

「ごめんなさい……本当に寝ちゃいそうです」

「かまわない。おやすみ、ヴィエラ」

「……はい、おやすみなさい」

引っ張られるように意識が眠りの世界へ向かっていく。そのとき、ルカーシュの三つ編みの先に結ばれたリボンが、ぼんやりとヴィエラの視界に入った。

（そういえば、ずっとつけてくれていたんだ……嬉しいなぁ）

ヴィエラは顔を緩ませながら、夢の世界に意識を沈ませた。

＊＊＊

ルカーシュは、腕の中にいるヴィエラの体から力が抜けていくのを感じた。

横目で彼女の表情を窺えば、安心し切った表情で眠りについている。自分を信頼し切っている無防備な寝顔に、ルカーシュは口元を緩ませた。

間髪入れず、ギロリと厳しい視線が刺さる。

「ルカーシュさん、一応言われた通りにしましたが、私情を挟みすぎではありませんか？」

先日の助言を持ち出し、クレメントは不満を口にした。

だが、ルカーシュは痛くも痒くもない。あえて勝ち誇った表情を向けた。

「疲れ切った功労者は宿泊棟のベッドで休ませるべきだろう。俺なら担架で運ぶよりも早くその環境を与えられる。担架を持つ騎士の負担もなくなる。合理的に考えても妥当じゃないか？」

クレメントのこめかみが、ピクッと引き攣った。けれどこれ以上文句を言っても無駄だと悟ったのか、小さく舌打ちするだけに留めた。

「ヴィエラ先輩を落としたりしたら許しませんからね。あと、寝ているからって変なことしないでくださいよ」

「……もちろんだ」

「なんですかその間」

「心配なら、お前も早く宿泊棟に戻ってくればいい」

正直、髪にキスくらいはいいだろうと思ってしまったことを隠すように、ルカーシュはアルベルティナのほうへと向かった。

アルベルティナは最大限に姿勢を低くするために、地面にひれ伏している。

プライドの高いグリフォンが、人間のためにここまで協力するのは珍しい。それだけ相棒のルカーシュとの絆が強く、彼の腕で寝ているヴィエラを受け入れている証拠だ。

神獣騎士たちをはじめ、出発の合図を待っていた結界課の班員もその光景に感心する。

ルカーシュはヴィエラを抱きながら器用に乗り、ベルトを繋いだ。そして婚約者の眠りを邪魔しないように声を出さず手だけで出発の合図を出し、空へと舞い上がった。


宿泊棟に着いてすぐ、割り当てられた部屋のベッドにヴィエラを横たわらせる。

イエローブロンドの髪が広がり、ピンクダイヤモンドのイヤリングがキラリと光った。

きちんと肌身離さず、約束を守って着けてくれていることが嬉しくてたまらない。

そして念のため遠征専属の医師に診せれば、魔力が戻れば自然と起きるとの診断をもらった。

ただ魔力は枯渇状態なので、完全回復には時間はかかるとのことだ。

「頑張ったな」

ルカーシュは、ヴィエラの頭をそっと撫でる。

寝顔は可愛らしく、腕の中に収まってしまうほど華奢なのに、体を張って魔法式を解除した事実は逞しい。

か弱い見た目と、頼もしい行動のギャップが、ルカーシュの心をくすぐる。

(出会いも男顔負けの飲みっぷりに驚かされ、今回は誰よりも気概があって、相変わらず目が離

せない。きっかけは酒の勢いだが、ヴィエラの婚約者になれたことは本当に幸運だな）

そう喜ぶ一方で、心配事も生まれる。

（この件で、ヴィエラは魔法局でさらに有名になるだろう。ドレッセル室長は大丈夫だろうが、果たして魔法局は予定通り彼女の退職を認めてくれるんだろうか。有能さを理由に、あの方が動かなければいいが……杞憂で終わることを祈ろう。まずは、お疲れ様。改めてありがとう）

王都へ帰還したあとの不安はあるが、まずは無事に遠征を終えられることをヴィエラに感謝する。

ルカーシュはヴィエラの頭をもう一度撫でると、宿泊棟の使用人に任せて部屋を出た。

エントランスに行けば結界課の班員たちが戻ってきており、クレメントとゼンが魔法通信機で王都の魔法局に報告をしているところだった。

神獣騎士からは、副団長ジャクソンをルカーシュの代理として立たせてある。彼は、騎士団総帥のジェラルドと並んで報告を見守っていた。

ルカーシュは、ジャクソンと挟むように総帥ジェラルドの隣に立つ。

「待たせました。困ったことは、ありそうですか？」

「いや、騎士に関することでは特になさそうだ。魔物寄せの魔法式の件があるから、魔法局側には問題が山積みだが」

「でしょうね。結界を無効化するだけでなく、魔物寄せの魔法式を重ね掛けするなど、明らかに悪意がある。調査のため、現地滞在は延長ですか？」

「魔法局のお偉いさんは、王都にて直接報告を受けたいと希望しているらしい。荷物をまとめて、明後日の朝にはここを発《た》てとさ」

「人の疲れも知らずに」

ヴィエラは倒れたばかりだ。早く帰りたい気持ちもあるが、ゆっくり彼女を休ませたい気持ちのほうが強い。思わず悪態をついてしまう。

それにジェラルドは苦笑し、両脇の部下だけに聞こえる声量で返した。

「あの魔法局だからな」

両脇の部下ふたりは無言のまま、軽く視線を落とした。

(体調を崩しているのはヴィエラひとり。配慮を求めたところで、魔法局は出発の日程を変えることはないだろう)

ルカーシュは苛立ちを逃すようにため息をついた。ヴィエラの状態がどのような場合でも彼女を抱えていけば問題ないと、自分を納得させる。

そうして残りの報告は王都でする運びとなり、魔法通信は切られた。

更新されたばかりの結界石と魔物の監視があるものの、ほとんどの者には休憩が言い渡された。

後片付けをしながら迎えた夜、ルカーシュは寝る前にヴィエラの部屋を訪ねた。世話役の人間が着替えさせたのか、制服ではなくシャツ姿になっている。

ベッドサイドに椅子を置き、ルカーシュはしばらくヴィエラの寝顔を眺めた。

楽しい夢を見ているのか、彼女はときどきニヤニヤと笑みを浮かべる。

「ふっ、可愛いなぁ本当」

思わず言葉に出してしまうくらいには、愛おしい。いくらでも見ていられそうだ。

「良かった……。今日のことが君のトラウマになっていないようで。血は怖くなかったのか？」

直接その手で殺していないとはいえ、魔物が絶命する瞬間に立ち会ったのだ。覚悟を持って挑んだ騎士でも、初日の夜は悪夢にうなされる場合も多い。

ルカーシュだって、初めてのときは吐きけに悩まされたのだ。

不思議に思っていると、疑問に答える人物が入室してきた。

「ヴィエラ先輩は貧乏だからという理由で、父親が狩ってきた動物を幼い頃から解体してきた経験がありますからね。殺生には、ある程度心構えができているんだと思いますよ」

「クレメントか。何しに来た」

下世話な噂を立てられないよう扉を開けっぱなしにしていたが、勝手に入られるのは面白くない。

「リーダーが功労者の体調を気遣い、様子を見にくるのは当然では？」

クレメントは人当たりの良い笑みを浮かべて、ルカーシュの隣に立った。

真っ当なことを言っているが、相手は要警戒者だ。ヴィエラの寝顔を見せたくない。

ルカーシュが不満を隠すことなく睨むように見上げれば、クレメントは笑みを消した。

「ヴィエラ先輩のこと、本気なんですか？」

「何を今更。当然だろう」

「でも、ルカーシュさんはヴィエラ先輩のこと『駒』って言っていたではありませんか」

そんなことを言っていたな……と思い出したルカーシュは鼻で笑い飛ばした。

「それは、お前が再びヴィエラに怒りの矛先を向けないようにするための方便だ。手首の痣、本当に酷かったんだぞ」

「――っ、それは大変申し訳なく。では、先ほどの独り言のほうが本音ですか……」

あの頃はまだ恋を自覚する前だったが、丁寧に説明する義理はない。

「分かったのなら、いい加減ヴィエラを諦めてほしいのだが？　俺は誰にも譲る気はない」

「おふたりの様子を見るに、まだルカーシュさんの片思いですよね？　ヴィエラ先輩が完全にルカーシュさんを好きになるまで、諦められそうにありませんね」

「お前……」

「だから僕はチャンスがあれば、遠慮なくヴィエラ先輩に近づくでしょう。嫌ならもっと頑張ったほうがいいですよ――僕以外の敵が増える前に」

予想もしていなかった言葉に、ルカーシュはクレメントを見上げていた目を見開いた。

忠告というより、まるで助言だ。

「はは、ルカーシュさんでもそんな顔することあるんですね」

英雄の珍しい表情を引き出せたことに満足したのか、クレメントはいつもの笑みを浮かべた。

「僕は自分の部屋に戻ります。婚約しているとはいえ未婚なんですから、ルカーシュさんもあんまり先輩の部屋に長居しては駄目ですよ。世話役の人のことも考えてくださいね。では、お疲れ様です」

そう姑のような台詞を残し、クレメントはあっさり退却していった。

彼の背を見送っていたら、入れ替わるように世話役の女性が戻ってきた。手には洗濯物のバスケットが抱えられている。部屋に干すつもりなのだろう。

おそらくヴィエラが着ていた物で、干すのは制服だけではない。

ルカーシュは「良い夢を」とヴィエラに告げてから部屋を出ていった。

＊＊＊

ヴィエラが目を覚ましたのは、翌日の昼過ぎだった。

若干の体の怠《だる》さと頭痛を感じるが、空腹のほうが深刻だ。世話役に軽食を頼み、ベッドに腰掛けながら到着を待ちわびる。

扉がノックされた瞬間、「どうぞ！」と元気よく返事をした。

するとやってきたのは、遠征隊のリーダーを務めるクレメントだった。

軽食でないことに、ヴィエラはガクッと肩を落とした。

「ヴィエラ先輩……あからさまに残念がられると、さすがに悲しいんですが」

「すみません！　ご飯を頼んでいたからそれかと思って」

同意するように、ヴィエラのお腹から空腹を知らせる音が鳴る。自分が女の子らしいタイプではないと自覚していても、さすがに恥ずかしい。

彼女は慌ててお腹を押さえて、真っ赤な顔を俯かせた。

クレメントが肩を揺らして笑った。

「はは、そのようですね。もうすぐ来ると思いますよ。待っている間、今後について軽く説明をしますね」

「お願いします」

そうして、結界石が順調に作動していることと、翌朝出発することを教えてもらった。すべての任務を終えたため、帰路は神獣騎士と結界課は別行動。

ちなみにヴィエラは、神獣騎士とともに帰還となるらしい。

彼女は遠征慣れしていない技術課の魔法使い。馬に乗って五、六日かけて移動するより、グリフォンの背に乗って二日間で帰るほうが負担にならないと判断したとのことだ。

「ということでヴィエラ先輩は、ルカーシュさんに抱えられて帰還となります」

頭痛と空腹で思考が鈍って忘れていたが、婚約者の名前を聞いてドキリとした。

蘇《よみがえ》るのは、気を失う直前にルカーシュに抱き締められ、思わず甘えてしまった記憶。

お守りとして贈った縹色のリボン、良質な声と優しい言葉、太ももに触れていた逞しい腕、近づく端正な顔、覆いかぶさってきたときの光景——と記憶を遡った頭は熱を上げ、機能をそこで停止させた。

(なんで私、担架を選択しなかったの⁉ って、ルカ様も疲れているはずなのに、わざわざさらに疲れるようなことを、なぜ⁉)

理由を考えようとしたのをきっかけに、『ルカーシュにキスをして本音を探る賭け』まで思い出し、ヴィエラは頭を抱えた。

今ルカーシュと顔を合わせて、いつも通りにいられる自信がない。

「ヴィエラ先輩、心の負担は魔力や体の回復を遅らせます。希望するのであれば、僕たち結界課と帰還となるように調整することも可能ですよ？　ひとりで馬に乗ることがつらければ誰かと相乗りでもいいですし、荷馬車に座るスペースを開けることも可能です。それとも次の町で馬車を借りましょうか？」

クレメントが柔らかい笑みを浮かべて、魅力的な提案をしてくれた。

神獣騎士と別行動をしている間に、いろいろと整理できるかもしれない。何をどう整理すればいいのか分からないが、時間稼ぎができれば……と疲れた思考は逃げへと傾いていく。

思わずクレメントの提案に乗ろうとしたとき、扉がノックされた。

クレメントが「惜しい、気づかれましたか」と小さく呟いて苦笑した。何か失敗したらしい。

気になるが、訪問者を待たせては失礼だ。ヴィエラが返事をすれば、小さなバスケットを持ったルカーシュが現れた。

「ルカ様！」

「ヴィエラ、体調は？」

「お、おお、お腹が空いているくらいで。だ、大丈夫です！」

ルカーシュが眩しく見えて、目が痛いとは言えない。フォローするように、再びお腹から大きな音が鳴る。

こんなフォローは望んでない。クレメントに聞かれたとき以上に恥ずかしい。ヴィエラはお腹を押さえて、赤い顔を再び俯かせた。

「そんなに腹を空かせていたとは。ほら」

ルカーシュは笑うことなく、ヴィエラを気遣った。優しさが染みる。

そしてヴィエラの視界に入るよう、小さなバスケットが差し出された。かけられていたナプキンを外せば、スコーンや果物が入っていた。ジュースの小瓶もついている。

「どうしてルカ様が？」

「それがな……。クレメント、軽食を運んできた世話役をわざわざ廊下に待機させるなんて、どういうつもりだ？」

どうやらバスケットは、世話役から受け取ったらしい。

ルカーシュの言うことが本当なら、クレメントが憎い。

ヴィエラは空腹で仕方なかったのだ。頭に栄養が足りなかったせいで、ルカーシュについての思考のコントロールを失っていたのだと決めつけた。

「はは、ヴィエラ先輩まで睨まないでくださいよ。今後の行動計画についてしっかりと伝えるために、配慮をお願いしただけですよ。では僕はお邪魔なようなので失礼します。あ、帰還方法について変更希望があれば、夕刻の五時までにお願いしますね。僕は歓迎しますよ」

クレメントは悪びれる様子もなく部屋を退室していった。

部屋にはヴィエラとルカーシュだけが残された。

どことなく気まずい。そして顔も見られない。

ヴィエラは「えへへ、いただきます」と自分でもよく分からないごまかしの笑いを零し、軽食を食べることにした。

だが、ルカーシュはごまかされてくれなかった。

「ヴィエラ、帰還の変更って……俺が抱えていくのは嫌か？」

そう聞きながらルカーシュは、正面の椅子ではなく、ヴィエラと隣り合うようにベッドに腰掛けてきた。斜め上から強い視線を感じる。

ルカーシュに抱えられるのは嫌ではない。どう心構えをすればいいのか分からないのだ。

「疲れているルカ様に、負担を掛けたくないと思いまして」

「負担なものか。君くらい運べない軟弱者なら、神獣騎士は名乗れない」

「私は魔法局の人間ですし、同じ魔法局の結界課と移動したほうが」

「その魔法局からも許可が出ている。むしろ早めに王都に戻ってもらい、問題の魔法式の解除の感想を聞きたいようだ」

完全に逃げ道は塞がれていた。

効果の薄い言い訳を並べたせいで、ルカーシュの追及の眼差しが強くなっただけ。

とりあえず頭に栄養を、と逃避するようにヴィエラはブドウをひと粒口にした……が、全く味が分からない上に、当然すぐ栄養は届かない。

ふた粒目を食べても、やっぱり状況は変わらない。

「ヴィエラ、どうして躊躇している？」

「それは──……なぜでしょうか？」

「は？」

「ほんと、なぜでしょうね？」

反射的に答えようとしたが、自分でも分かっていなかった。

まずは、恥ずかしいから。

あとは気まずい。

ではどうしてそう思うのか……理由をハッキリと認識していなかったことを知る。

（恥ずかしいのは、ルカ様が格好良くて眩しく見えるから……勝手にドキドキしてしまう。気まずいのは……好きになってしまいそうだから。ルカ様が契約相手以上に思っていないのに、好きになってしまったらつらい片思いのはじまりだわ。いや、恋をしたことないからよく分からないけれど、片思いはつらいとよく聞くもの）

片思いのまま婚約を続け、結婚までしたら、生き地獄の結婚生活が始まる予感がしてくる。誰よりも近くにいるのに、愛がない生活は想像しただけで虚《むな》しくなる。割り切って、器用に生きられる自信はない。

つまり、事前に分かっている危険は回避一択。

好きにならないように、結界課とともに帰還するのが安全だ。

別行動している間に、『好きになってはいけない』と、自分を戒《いまし》める時間が確保できる。

けれども、賭けの相手であるアンブロッシュ公爵夫人の話によれば、ルカーシュと両想いの可能性も残されている。

まさか、あり得ない――と軽く否定するのが難しいほどに、ルカーシュの優しさを日々感じている。

昨日は彼自身だって疲れているのに、ヴィエラを優しく抱き上げて運んでくれた。

　今も周囲に誰もいないから仲睦まじい演技は不要。だけれど彼の態度と距離感は、親しい友人以上のように思う。

（本当に私はルカ様にとって特別なのかな？　甘えられる貴重な友人として？　それとも特別な女性として？）

　怪訝《けげん》な眼差しで見下ろすルカーシュの顔を、そろりと見上げる。

　端正な顔に、今は英雄モードの冷たさはない。ただの二十代半ばらしい青年の顔。親しい人にしか見せないだろう、彼の素の表情だ。

「ヴィエラ、本当は体調が良くないのを隠しているのか？　顔色が赤い。熱が出ているのかもしれない」

「いいえ、これは別の問題です」

「……別？」

　ヴィエラの真意が読めないルカーシュは、ますます困惑したように眉をひそめた。

（やはり恋愛スキルゼロの私では、相手が好意を持っているかどうか顔を見ても分からないわ。ルカ様が私を好きなら一緒にティナ様に乗って、違うなら結界課と一緒に帰るのが望ましいのだけれど）

　時間はあまり残されていない。変更希望が受け入れられる五時までに、ルカーシュの気持ちを確認する必要があった。

うーんと唸りながら考え、行きついた手段は夫人との賭けだった。

キスをしてルカーシュが喜べば、彼はヴィエラに好意がある。嫌がれば勘違い。

ルカーシュには悪いが、嫌がられたときでも「夫人に言われて」と言い訳ができる。

（キスは好きな人としかしないから正誤判定が分かりやすいわ。そう好きな人と……キス……私もキスをする……）

ハッとした。

キスはひとりでするものではない。互いに好意があって成立するものだ。そのキスを仕掛けるのは自分。その自分が、ルカーシュとキスすることが嫌でないと思っている。

相手の反応で決めようと考えていたが、すでに手遅れだった。

（私は、ルカ様が……好き）

ヴィエラは、ルカーシュに恋をしてしまっていると認めるしかなかった。

じわじわと、胸の奥が熱くなっていく。

こうやってルカーシュの隣に座っているだけで、嬉しい気持ちが溢れてくるようだ。それでいて気恥ずかしい、甘酸っぱい感情が混ざっているところがまた憎い。

家族に対する愛しさとは絶対に違うのだと実感させられる。

これまでのように手を繋いだり、後ろから抱き締められて空を飛ぶなんてことをしたら、胸が高鳴ってしまうのは必至。絶対に契約以上の関係を望んでしまう。

未来の契約婿の気持ちを確認しなければいけないという使命感が、ヴィエラの中でますます強まる。結果によっては、今後の自分の気持ちを制御する必要が出てくる。

(深手を負わないよう、確認するなら早いに越したことはないわ)

改めてルカーシュの顔を見た。正確には唇だ。

薄く、非常に形が良い。荒れている様子もなく、実に滑らかな肌質をしている。

さすがに無理だ。想像しただけで脳がパンクして逃げ出しそうになった。唇は駄目だ。

「ルカ様、これからティナ様に一緒に乗って帰るか、結界課と一緒に帰るか心を決めたいので、扉のほうを向いてくれませんか？」

「どうし……いや、分かった」

何か聞きたそうにしながらも、どこか追い詰められたヴィエラの気迫に押されルカーシュは視線を扉に向けた。

ヴィエラの薄紅色の瞳には、整った横顔が映った。

すると彼女はジュースの小瓶の蓋を開け、一気に飲み干した。酒ではないけれど酔っ払えた気がする。

「失礼します！」

ヴィエラは腰を浮かし、勢いよくルカーシュの頬にキスをした。
一、二、三……と数えてから顔を離し、彼の反応を窺う。

ルカーシュはヴィエラの唇が触れた場所を確認するように、長い指で自身の頬を撫でた。横を向いていた端正な顔がゆっくりとヴィエラに向けられる。瞼《まぶた》は限界まで開かれ、唖然としている表情だ。

驚きの感情以外が読めず、勝敗の判別ができない。

緊張が振り切っていたヴィエラは、そのままの勢いで問う。

「今の、ルカ様としてはありですか？　なしですか？」

「ありか、なしかと問われれば……そうだな……」

ルカーシュの表情が一瞬にして神妙なものへと転じた。

ブルーグレーの瞳の奥が、ギラリと光ったのがヴィエラにも分かった。

身勝手な行動に怒られる。失敗したと距離を開けようとした瞬間――、ルカーシュの手が伸びた。ヴィエラの後頭部には大きな手のひらが回され、引き留められる。

「ありだが、物足りない」

ルカーシュはそう告げた唇で、ヴィエラの唇を塞いだ。

「んむっ」

「逃げるな」

唇を離すことなく、ルカーシュは求める言葉を紡いだ。そうして、再びしっかりと唇を重ねる。

嫌がるどころか、強く押し当てるような積極的なキスに、ヴィエラは翻弄される。心臓が痛いく

らい、激しく高鳴っている。

ルカーシュの気持ちは疑いようもない。

頬にキスしたとき以上の時間をかけてから、顔が離れた。

彼のブルーグレーの瞳には、熟れ切ったヴィエラの顔が映っていた。

「ヴィエラが好きだ。君も俺と同じ気持ちと判断するが、問題ないな？」

「は、はい」

「俺の気持ち次第で数年後に離縁という話もなしだ。この先ずっと共にいたいと願っている」

「――っ、はい」

「契約ではなく、本物の夫婦になろう」

「〰〰〰！」

次々と告げられていく情熱的な告白に、ヴィエラの胸はいっぱいで返事は声にならない。真っ赤な顔で、コクリと頷きを返した。

「なら、俺と結界課、どちらと帰るか決まったな？」

ルカーシュはこれまでにないほどに妖艶で、恍惚《こうこつ》の笑みを浮かべた。あまりの色香に、ヴィエラは息を呑んだ。

激しく脈打つ胸元に手を当て、一度深呼吸をしてから返す。

「結界課と帰ります」

「なぜそうなる?」

想定外の答えに、ルカーシュは不機嫌に眉を寄せた。

「心臓が持ちません。爆発するに決まっています。ルカ様に長時間抱き締められたら、きっと死んじゃう」

恋を自覚したばかりで、しかも両想いで、大きくなりすぎた幸せな気持ちを処理し切れない。落ち着くなんて到底無理で、コントロールできない感情は胸の中で暴れている。

やはりいろいろと整理する時間がほしい。そう願って、ルカーシュを見上げるが――。

「キスは大丈夫で、今更抱き締めるのは駄目ということはないだろう。爆発して屍《しかばね》になっても俺は抱えていく。抵抗は諦めろ」

婚約者が容赦ない。だが、反論できる手札もない。

ヴィエラは熱くなった頬に両手を当てて、たっぷり葛藤してから白旗をあげた。

「うぅ、明日はお願いします」

「もちろん、俺の愛しい婚約者殿《ヴィエラ》」

願い通りになったルカーシュは顔を綻ばせ、追加のキスをヴィエラの額に贈った。

こうして翌日、予定通りヴィエラはルカーシュに後ろから抱き締められる体勢でアルベルティナの背に乗った。

冷静な態度でクールな表情の騎士団長の腕の中で、顔を真っ赤にしてプルプルと震える小柄な婚約者の姿はとても目立った。

完全に、猛獣に捕獲された小動物。

移動の間、神獣騎士たちから生暖かい視線を集めることになったヴィエラの精神は、王都に到着したときには屍同然になったのだった。

番外編
絵画VS本人

アンブロッシュ公爵家は、貴族界きっての名家。歴史や地位はもちろん、資産も膨大だ。名画や美術品の所蔵数は、王家に匹敵する。

そんな公爵家の屋敷には、美しい作品を鑑賞できる画廊が設けられていた。

「細かくて、本物みたいで、すごい……」

ヴィエラは自分の背よりも大きい絵を前に、語彙力を失った感想を述べた。

展示作品を入れ替えたと聞いて見に来たのだが、前回に負けず劣らずの迫力だ。その隣も、またその隣の絵画も緻密な筆遣いで、感嘆のため息が止まらない。

もはや美術館と言って差し支えない空間。ゆっくりと奥に進みながら鑑賞していく。

すると、ある絵画の前でヴィエラは足を止めた。先日まで先代の公爵の肖像画があった場所も、新しい絵に替わっていたのだ。

渋めの男性がひとりに、美しい女性がひとり、そして青年三人。屋敷でほぼ毎日顔を合わせる人たちが描かれていた。

ただ、一番若そうな青年の髪は今と違って短く、体躯も華奢だ。

「懐かしいな」

そう言ってヴィエラの隣に立ったのは、絵画に描かれている青年のひとり――ルカーシュだ。

「この男の子、ルカ様ですか？」

「神獣騎士に入団する直前のときのかな。記念に描いてもらったんだ」

「素敵な家族の絵ですね。描いた画家の方も素晴らしい腕で――」

絵画の下のプレートを見れば、今や巨匠と呼ばれる画家の名前が書かれていた。

一枚いくらするのだろうかと、ヴィエラはゴクリと喉を鳴らした。

「こんな有名な方に描いてもらえるなんて、さすがアンブロッシュ家」

「父上がこの画家が駆け出しの頃からのパトロンなんだ。小さい頃はよく屋敷を訪れ、俺ら家族を練習台にしていたな。まだ保管してあるはずだが」

公爵家も画家も互いになんて贅沢な――と、思ったと同時に新たな興味が浮上した。

「ルカ様の幼い頃の絵もありますか？」

「おそらく。見るか？」

ヴィエラは目を輝かせ、力強く頷いた。

家令を呼び、保管部屋の鍵を開けてもらう。

分厚い扉の先には、目が痛くなるほどに輝く煌びやかな美術品が並べられていた。すべてガラスケースに丁寧に入れられているが、数が恐ろしい。壁は展示棚で埋め尽くされている。

触って壊さないように、ルカーシュの後ろにピッタリとくっついて奥までついていく。

「この部屋だな」

扉をもう一枚開けた先は、絵画専門の保管庫だった。絵の具が割れてしまったり、カビが生えてしまわないよう、別室で管理しているようだ。

部屋の両壁には、収納箱がどっさり並べられていた。ちなみに右は趣味や投資で購入されたもので、左はアンブロッシュ家に関するものが置かれているらしい。描かれた年代順に並んでいるようで、ルカーシュはすぐに目的の絵を見つけ出した。

「何歳頃の絵が見たい？」

「では、五歳頃で」

「これだな」

そして箱から出された絵を見て、ヴィエラは打ち震えた。

額《がく》の中には、とんでもない美少女がいた。

ボブカットの黒髪には天使の輪が輝き、頬はほんのりピンク色でふくふく、ブルーグレーの瞳は丸くて大粒。極めつけは、短めの腕の中にはふわふわのテディベア。短パンに白ソックスという、服からかろうじて男の子だと分かるような一枚だ。

大きな椅子にちょこんと座る姿は、可愛い以外の何ものでもなかった。

ヴィエラは成長した今のルカーシュの顔と見比べる。

(どうやったら美少女が精悍《せいかん》でシャープな顔立ちになるわけ!?　確かに、今も目元に中性的な印象は残っているけれど……成長って、すごい。それにしても、この可愛さはすごい)

妹のエマを筆頭に、ヴィエラは可愛いものに弱い。いくらでも見ていられるし、とても幸せな気分になれる。

ルカーシュの幼少期の絵に視線を戻したヴィエラは、ニマニマと顔を緩ませた。しゃがんで、しっかりと目に焼き付けていく。

「まさに天使……っ」

「そうか？　自分ではよく分からないな」

「えぇ⁉　とても可愛いですよ！　見ていたら、撫でたり抱っこしたりしたくなりませんか？　愛《め》でたくなりませんか？」

「君は可愛いものを見るとそう思うのか」

「はい！」

ヴィエラは絵画から目を離すことなく力強く返事をした。まだ巨匠と呼ばれる前だというのに、素晴らしい画力に感心するばかり。至福のため息が出てしまう。

すると、ルカーシュもヴィエラの隣でしゃがんだ。

「可愛い大人になれなくて悪かったな」

予想もしなかった言葉に、ヴィエラは目を瞬きながら彼の横顔を見た。

ルカーシュは冗談めいた笑みを浮かべているが、どこか自嘲気味で、絵に向けられている視線はなぜか鋭い。少しばかり、拗ねているようだ。

確かに彼の容姿は麗しく、どちらかと言えば可愛さから離れている。「格好いい」と言われ慣れていても、「可愛い」はなさそうだ。

しかし無邪気に笑ったときや、何かをお願いをするときのルカーシュの表情や仕草は、ヴィエラの胸をキュンとさせることが多い。つまり――。

「ルカ様は、今も可愛いですよ」

ヴィエラは「自信を持ってください」と言いたげに、薄紅色の瞳を熱意で輝かせた。彼女は拗ねている原因を、『今も可愛いと褒められたかった表れ』と予想したのだった。

(これだけ可愛かったんだもの、小さい頃にたくさん言われていたに違いないわ。だから大人になって久しく言われなくなったことに気づき、なんとなく寂しくなったのでしょう。あるあるそういうのって、あるわよね)

ひとりで勝手に、導き出した推察に納得する。これで、彼の気持ちが少しでも満たされれば御《おん》の字《じ》だ。

そう思っていたら、ルカーシュの顔がヴィエラへと向いた。すっかり拗ねた様子は消えて、少し嬉しそうにほほ笑んでいる。

機嫌が直って良かったと、ヴィエラはホッと胸を撫で下ろそうとしたのだが……彼の瞳が妙に熱っぽい。

「じゃあ、愛でてくれるのか？」

「んん？」

聞き間違いかな？と思ったヴィエラは自身の耳に手を添えて、もう一度言ってほしいと催促した。

ルカーシュも聞こえやすいようにと、自身の口元に手を添えてからヴィエラの耳元に顔を寄せた。

そっと、低くて良質な声で囁かれる。

「可愛いというのなら、今の俺も愛でてくれるのか？」

「ひぇっ！」

鼓膜が爆発する。ヴィエラは耳を守るように押さえ、慌ててルカーシュから距離を取るため立ち上がり、彼に背を向ける。後ろから、強い視線をひしひしと感じて仕方ない。

ただ、振り返ってはいけないと本能が警鐘を鳴らしている。

「わ、私、夫人にお返ししないといけない、えっと、そう！　カタログがあったのを思い出しました。申し訳ありませんが、失礼します！」

苦しい言い訳を残して、ヴィエラは保管部屋から飛び出した。

部屋に戻り、懸命に深呼吸を繰り返す。

「ルカ様を愛でるって、何をどうするの!?　じょ、冗談……よね？」

落ち着きを取り戻そうとする努力も虚しく、混乱を極めた頭の熱も激しい動機も、しばらく収まることはなかった。

一方で、保管部屋に置いていかれたルカーシュはというと――。

「残念、振り返ってくれなかったか」

絵画を箱にしまいながら苦笑いを零す。

あまりにもヴィエラが子どもの頃の姿を褒めるものだから、自分相手に嫉妬してしまった。

今のルカーシュの顔を見て、ヴィエラがあんな至福の表情を浮かべたことはない。今も幼少期の面影が少しでもあれば良かったのに――と、思わずにはいられなかった。

だがヴィエラは、今のルカーシュも可愛いと言った。

（おそらく顔ではなく、表情や仕草のことを指しているのだろうな。ヴィエラは時折、俺のことを年下のように感じている節があるから……）

だから、使えると思った。

甘えるようにお願いされたら、世話をやかずにはいられない婚約者だ。狙って上目遣いで望めば、勝算がある。そうしたらヴィエラのほうから、優しく抱き締めてくれるのでは――と期待した。

空中飛行のときの恐怖を逸らす目的とは違う、互いの存在を確かめるような抱擁。

残念ながら、今回は逃げられてしまったが……同じ屋根の下。まだまだ機会はある。

「楽しみだな」

ルカーシュはくすりと笑みを零し、遅れて保管部屋をあとにしたのだった。

あとがき

こんにちは。牛乳大好きラノベ作家の長月おとです。

この度は『酔っ払い令嬢が英雄と知らず求婚した結果～最強の神獣騎士から溺愛がはじまりました!?～』をお手に取ってくださり、誠にありがとうございます。

突然ですが、皆様はお酒が好きですか？　飲める口ですか？　実は私、少ししか飲めません。飲んだらすぐに足元が怪しいことに……ぐぬぬ！

だからこそお酒がたくさん飲めることに憧れがありまして、ヴィエラとルカーシュにはゴクゴクと飲んでもらうことに。そして『シメパフェ』という文化がある北海道生まれの私にとって、お酒と甘いものは非常に深い関係。

ということでＷＥＢ版から加筆した書下ろしエピソードは《お酒×甘い》を意識した内容にしてみたのですが、いかがでしたでしょうか？

ちなみに登場するりんごのブランデーは『カルヴァドス』として実在し、白カビ系のチーズと合うのでおすすめ。カルヴァドスを白カビチーズに吹き付けて熟成させるウォッシュタイプのチーズもあるくらい、ふたつの相性は良いです。興味がある方は、ぜひお試しくださいませ♪

閑話休題。さて本作はお酒以外にも、憧れや大好きを詰め込んでおります。

まずは、もふもふ！　好きだけれどなかなか書く機会がなく、ずっと憧れていた描写のひとつ。神獣にできそうな魔物のリストから、もふもふできそうなグリフォンを選んでみたのですが……正解だったようです。非常に楽しかったです！　思う存分登場させることができて幸せです。

次に、可哀想なイケメンが好きでして（創作限定※重要）……クレメントは美形、長身、次期侯爵、金持ち、一流の魔法使いと、ヒーローに負けない最強のスパダリなのに……家庭問題は可哀想だし、恋愛が不器用すぎて可哀想だし、長年の片思い相手も手に入らず可哀想だし……ごめんね！と平謝りしつつ、こちらも楽しく書かせていただきました。クレメント、本当にごめん。性癖には抗えないの。

裏話になるのですが、本作を書き始めた動機が『当て馬イケメンの大失恋を摂取したい』ですので、ある意味クレメントが私の中では主人公でもあります。ごめんね！

そして、表紙と挿絵は御覧になりましたか？

全部が美しい……！　神業！

ヴィエラ、その可愛い顔で酒豪だなんて♡　クレメントの顔ドストライク！

特に、ルカーシュの甘い顔ぉぉぉおおお！　キャラデザの時点では「は？　デレ顔とは無縁ですが？」と氷結の超クール顔だったのに、お前ってやつは！と担当様と大盛り上がり。

中條先生に素敵なイラストを描いていただけた私は幸せ者です。

さて、すでに読んでいただいた方はお察しかと思いますが……本作はまだ完結しておりません。結界石の魔法式を書き換えた黒幕は誰か、目的は何か。というのはもちろん、両想いになったヴィエラとルカーシュは、どうイチャイチャするのか——引き続き二巻でも注目していただけると嬉しいです！

最後になりますが、ＷＥＢから応援してくださった読者様をはじめ、ハイテンションなメールも受け入れてくれた編集担当様、素敵なイラストを描いてくださった中條先生、本の刊行に携わってくださった皆様には心より感謝申し上げます。

どうか次回もお会いできることを祈りまして。

長月おと

この本を読んでのご意見・ご感想・ファンレターをお待ちしております。
＜宛先＞〒 104-8357　東京都中央区京橋 3-5-7
（株）主婦と生活社　PASH! ブックス編集部
「長月おと先生」係
※本書は「小説家になろう」（https://syosetu.com）に掲載されていたものを、改稿のうえ書籍化したものです。
※この作品はフィクションであり、実在の人物・団体・法律・事件などとは一切関係ありません。

PASH!ブックス

酔っ払い令嬢が英雄と知らず求婚した結果

2023年11月12日　1刷発行

著　者	長月おと
イラスト	中條由良
編集人	山口純平
発行人	倉次辰男
発行所	株式会社主婦と生活社 〒 104-8357　東京都中央区京橋 3-5-7 03-3563-5315（編集） 03-3563-5121（販売） 03-3563-5125（生産） ホームページ　https://www.shufu.co.jp
製版所	株式会社明昌堂
印刷所	大日本印刷株式会社
製本所	共同製本株式会社
デザイン	小菅ひとみ（CoCo.Design）
編集	上元いづみ

　ISBN978-4-391-16056-7

人望が集まるリーダーの話し方

How Respected Leaders Speak.

相原孝夫

かんき出版

はじめに

同じように話しても、相手に言葉を届けられる人とそうでない人がいます。

たくさん話しても言葉を届けられない人もいれば、多くを話さずとも届けられる人がいます。


発した言葉が相手に届かなければ、言葉を発する意味はありません。

誤解を生んでしまえば、逆効果にさえなりかねません。


当然ですが、仕事のあらゆる場面、人生のあらゆる場面で言葉が用いられます。自分の考えや思いを伝える手段は言葉しかないからです。

特に組織のリーダーなどの仕事は、人を動かして成果をあげることです。言葉を通して人を動かすわけです。言葉を発して意図した通りに伝わらなければ、不理解や誤解が生じて、自分が意図した通りに物事が進むことはありません。かえって軋轢《あつれき》を生じさせかねないのです。

逆に言えば、言葉を上手く使いこなすことができれば、仕事に限らず、人生のあらゆる場面で物事を好転させることが可能になるのです。私たちの幸福度を高めてくれるのは、年収や学歴や職業ではなく「人とのつながり」であることが、幸福度の研究においてわかっています。つながりを実現するのもまた言葉です。

話し方のレベルが上がれば、人生で起こるすべてのことがレベルアップすると言っても過言ではないでしょう。

逆に言葉を上手く使いこなせられなければ、人生のあらゆる場面で損をしていることになるのです。

話し方のレベルを上げるためには、話すうえでのテクニックや気の利いたフレーズを覚えればいいというものではありません。そうした考えや行動はかえって言葉を届かなくしてしまっている可能性が高いのです。

本書では、単に饒舌《じょうぜつ》に話すということではなく、相手に言葉を届けるという点に焦点を当て、そのための考え方を述べています。

まず、序章では「言葉にする力」について説いています。言葉の力を身につけにくい日本文化のことや職場に求められる心理的安全性が定着しにくい理由などを解説します。

次に、前半で話すことに関する3つの典型的な誤解を提示しています。

誤解その1「話が上手い人は、流暢《りゅうちょう》に多くを語る」
誤解その2「論理的に話せば伝わる」
誤解その3「デキるリーダーは断定的に力強く話す」

誰しも思い当たるケースがあるのではないでしょうか。それくらい多くの人が誤解していると言えます。3つの誤解のうちの1つも誤解がない人はごく稀であろうと思います。私も今回これらを書き出してみるまでは漠然としか認識しておらず、書くことによって改めて明確に意識できるようになりました。

これらの誤解を解かないままでは先に進まないばかりか、どんどん後ずさりすることにもなりかねません。この点を誤解したままに上手く話せるようになろうと努力すると、言葉が届かない話し方になる恐れがあるからです。

たとえば、上手く話すには噺家《はなしか》さんのように次から次に言葉がなめらかに出てくる必要はないのです。そのようなイメージを持っているとするならば「上手く話す」ことそのものに対する誤解があると言えます。

3つの誤解のうち、読者の皆様が、「なぜ、これが誤解なのか?」と思われる点を中心に読み進めていただければと思います。こうした誤解さえ解ければ、言葉を使いこなすことに関して確実に一歩前に進みます。

そして3つの誤解について述べた後の後半で、本当の意味で上手く話すために重要なことを5つ挙げています。

その1「バランス感覚に優れている」
その2「相手に合わせて質と量を調整する」
その3「自分が話しやすい環境をつくる」
その4「ストーリーとユーモアを磨く」
その5「褒めると叱るを使いこなす」

読者の皆様にとっては、ご自身の経験から得た知見を再確認することになる点もあれば、新たな発見となる点もあるものと思います。

この「話し方で重要な点」を私がとり上げた理由は、約30年にわたってライフワークのように行ってきた「ハイパフォーマー分析」にあります。ハイパフォーマーとは、さまざまな企業や職場において、他の見本となるような継続的に成果をあげている人を指します。楽しそうに仕事をしているという点でも共通しています。

現在ももちろん行っており、これまで延べ３０００人以上にインタビューや分析を重ねています。

本書では、そこからわかった知見をもとに一般的な成果である人、アベレージパフォーマーとの違いを浮き彫りにしたり、ハイパフォーマーの話す力、つまり言語化能力に優れている点を挙げたりしています。

今後あらゆる場面において、言葉を発する際の指針となる点が発見できるようであれば筆者としてはこの上ない喜びです。

人望が集まるリーダーの話し方

もくじ

［2章］
話し方3つの誤解 2/3
――「論理的に話せば伝わる」

［5章］
信頼される話し方 5つのポイント 2/5
――「相手に合わせて質と量を調整する」

［6章］
信頼される話し方 5つのポイント3/5
――「自分が話しやすい環境をつくる」

［7章］
信頼される話し方 5つのポイント4/5
――「ストーリーとユーモアを磨く」

［8章］
信頼される話し方5つのポイント5/5
――「褒めると叱るを使いこなす」

カバー・本文デザイン　Ampersand Inc.（長尾和美）
DTP　アスラン編集スタジオ（佐藤 純）
校正　聚珍社

［序章］

話し方は、はじめは誰も上手くない

01 管理職の仕事の8割以上が言葉のやりとり

会社の中で管理職の方々に「何に多くの時間を割いていますか？」と聞くと、「8割以上の時間を会議に費やしている」という事実がわかります。つまり、**一日のうちで圧倒的に多くの時間を他者との言葉のやりとりに費やしている**わけです。

組織のリーダーはメンバーを動かして成果をあげる役割を担っています。他者を動かすことができなければ仕事は成し遂げられません。他者に動いてもらうように働きかける手段は、口頭での指示か、書面での指示となります。いずれも言葉によってなされます。それゆえ、**言葉の使い方は仕事の成果を左右する**と言っても過言ではありません。

企業などの組織に属していない場合であっても言葉の使い方は重要です。たとえば、陶芸家など、一人で仕事をしている職人などでも、生計を立てるためには作品を売るという行為が必要になります。売るためには、対面であろうとＷｅｂ販売であろうと、そこには言葉のやりとりが発生します。

誰かを元気づけるのも、傷つけるのもたいていは言葉です。ＳＮＳ上で炎上するのも、炎上させるのも言葉です。もちろん、現在こうして読んでいる本もすべて言葉でできています。本を出せば評価いただいたり、批判されたり、さまざまなフィードバックがありますが、それらの行為もすべて言葉を通して行われます。

また、口に出さなくとも、心の中で渦巻いている言葉というのもあります。それが人を不安にもし、楽しい気分にもします。結局、**頭の中でも言葉を通して考えているわけであり、言葉がなければ考えることすらできません。**

02 ハイコンテクスト文化とローコンテクスト文化

このように重要な言葉ですが、日本においては言葉にする力が養われづらいという事情もあるようです。

「**ハイコンテクスト文化**」と「**ローコンテクスト文化**」という言い方があります。米国の文化人類学者エドワード・ホールによる分類です。

コンテクストとは文脈や背景という意味です。**ハイコンテクスト文化とは、話す言葉に行間の意味や裏の意図が含まれているなど、言外でコミュニケーションをとる文化のこと**であり、日本はこれにあたります。「**空気を読む**」ことが重視されるのです。良い面を見るのならば、**多くを語らずとも互いに察し合えるという美徳**にもなります。

つまり、私たち日本人は、場の空気を読んで行動することに慣れ親しんでいます。

言葉で確認しなくても、周りの人の雰囲気や行動を見て判断したり、他人との会話でも「察してくれる」ことを期待して、自分の思いを伝えないままでいたりすることも多くあります。言葉で細かく説明や確認をしなくても、ニュアンスだけでなんとなく意思の疎通ができてしまうのです。

「**空気を読む文化**」**では言葉で明確に確認し合わないため、解釈は相手任せとなり、齟齬《そご》が生じやすくなります**。

「背中を見て学べ」や「技は盗め」といった教えは「言葉では説明しない」と宣言しているようなものです。また、権力者におもねる「忖度」なども起こりやすくなるという欠点があります。

そして何よりも「**言葉をつくして説明をする**」**ことをしないわけですから、言葉で物事を説明する力や確認する力は育ちにくくなる**という点が、大きなデメリットとしてあります。この点は、グローバル社会において、文化的な障壁となっているとも言えます。

意思決定においても、互いに忖度し合っていてはスピードが落ちるため、スピードが求められる現代において、米国のようなローコンテクスト文化の国におくれをとってしまうことになります。**ローコンテクスト文化とは、言葉そのものによってコミュニケーションをとる文化です。「空気に依存しない文化」**です。

集団の文脈に依存せず、互いに言葉で説明して理解し合います。米国など、多民族国家においては、風習や価値観がそれぞれ異なるため、「察し合う」などということは通用せず、意思疎通しようとすれば言葉を介して行うしかありません。

03 ハイコンテクスト文化・日本の何が問題か

人には個々の文化や特性を背景にした価値観があるため、言葉で直接的に主張し合えば、当然、衝突することもあります。それゆえ、**互いに自分の価値観と合わないことがあることを認め、多様な価値観を尊重することが不可欠**となります。

日本でも、年齢や性別、文化、境遇、宗教、国籍などの異なる多様な人々と共に学び、共に働く社会が到来しつつあります。企業においても、**ダイバーシティ&インクルージョン**という言葉がだいぶ一般化してきました。このような複雑化した社会において、ハイコンテクスト文化は支障を来しつつあります。

まず、**コミュニケーション上の齟齬が多発しがちであり、職場においても問題になりつつあります。言葉で直接的にやり合わないため、問題は顕在化しづらく、裏に隠れた状態で密かに事態が悪化していきます。**顕在化した段階では取り返しのつかない状態になっているようなことも多く起こり得ます。

また、他人が口に出さない裏の意図や表情を読むことに意識を浪費することにもなります。こうした**意識の浪費は精神的な負担を強いるため、メンタル不調を引き起こす原因にもなります。**職場におけるうつなどのメンタル疾患の増加は、こうした点が1つの要因となっていると考えられるのです。

04 対面で主張しない人が陥る悪循環

対面で十分な主張ができない人が、非対面で主張することは以前からありました。たとえば、相手のいない場で陰口を言ったり、メールで後から辛辣《しんらつ》な文面を送りつけたりするといったものです。

メールで極端に攻撃的な主張をするという行為は、対面ではあまり主張しない人に多く見られる傾向があります。**対面で堂々と主張できる人の場合、その場で解決します。**しかし、対面で言葉が出づらい人の場合は、非対面の手段をとらざるを得ないからでしょう。

昨今は、陰口でもメールでもなく、さらに裏に回って、ＳＮＳに書き込むという行為が増えています。

それで何か解決するのかと言えば、そうではありません。しかし、当人にしてみれば、そうでもしないと気が収まらないのでしょう。意趣返しです。

職場に限らず、小売店でも、サービス店でも、レストランでも、病院などでも、当人に何か気に入らないことがあれば、散々なことがSNSや評価サイトに書かれ、風評被害を受けるようなことも多く起こっています。

こうして、世の中のすべてのもの、サービス、人が評価の対象になっているのです。

この傾向は非常に大きな問題を孕んでいます。**何に対しても評価の観点で観察し、自分が少しでも気に入らなければ、本来以上に極端な評価をつけて、必要以上に辛辣なコメントを書き込むことで溜飲を下げるわけです。**

評価を受ける側にとってはもちろん直接的な被害ですが、そうした発信をしてしまう側にとっても問題です。発信する側にとっての問題点を2点とり上げます。

まず1点は、知らず知らずのうちに「**クレーマー気質**」**が身についてしまうことです。常に自分基準で相手を見て、気に障ることがあれば酷評する。**そういう行為が常態化し、常にそうしたメンタリティで相手と接している場合、常に相手の粗探しをしているような状態にあります。

結果として不満を溜め込むようなことになりかねないのです。こうした人たちが増えていくと、世の中総クレーマー社会となり、社会的に大きな問題となります。

そしてもう1点は、**対面で主張するというスキルや習慣が減退してしまうことです。何か納得できないことがあれば、その場で主張して話し合うというのが健全な状態ですが、それをせずに、その場はあえてスルー**し、後からネット上に上げる。こうしたことを繰り返していれば、**対面できちんと主張するということがますますできなくなってしまいます。**

対面で主張することができなくなってしまったら、前述した通り、仕事において成果はあがりにくく、ビジネス上、大きな支障を来すことになります。意思疎通ができなければ、職場において目標を共有して同じ方向へ進むこともできません。

また、**自らの考えや思いをきちんと伝えられなければ、他者から理解されず、自らの意見をとり入れられることもなく、孤立していくことになります。**

職場のうつなど、メンタル上の問題も、言葉にする力の減退が背景にある可能性は高いと考えられます。

05 「心理的安全性」は定着しているか

近年、グーグル社の研究で、優れたチームに共通に見られる特性として示された**「心理的安全性」**が注目されています。日本企業でも心理的安全性を高めようとする動きが盛んに見られます。

しかし、**多くの職場において、その定着がどうも上手く進まない**ようなのです。その一因は、日本におけるハイコンテクスト文化にあることは間違いありません。もともと空気を読んで、発言しない人が多い日本の文化の中では、安心して発言できる雰囲気をつくるだけでは不十分と言わざるを得ません。

「ホンネとタテマエ」と言われる通り、本心を言わないことに慣れ切っているからです。**人付き合いを上手く進めるために、突っ込んだことは言わずに表面的な会話に終始することが習慣になっているの**です。対立を避けるための知恵とも言えます。

しかし、企業組織でこればかりを行っていては、物事は前に進みません。優れた結果を出すことはできず、改善も進みません。刻一刻と状況が変化する中で軌道修正しつつ、共通の目標へ向けて前進することはままならないでしょう。

「対立したくないから発言しない」というのは、責任から逃れていることになりはしないでしょうか。

06 「発言しない」と「責任逃れ」の関係

人は、自ら述べた内容に自分自身をコミットさせる性質があります。それゆえ、前向きな発言をすれば、その方向へ向けて行動を起こさなければなりません。責任が生じるのです。

つまり、**言葉にするかどうかは、行動そのものにかかわっている**のです。物事を前に進めようとするならば、まずは言葉のやりとりが不可欠になります。

しかし、**表面的な当たり障りのない言葉であっては、行動も同様、当たり障りのないものとなってしまい、本質的に物事を前に進めるような行動は起こらなくなってしまいます。**

結局、**積極的に言葉を発する人は、当事者意識をもってどんどん行動することになり、どんどん成長していきます。**言葉を発すれば、それに対する賛否の意見を聞くことができ、行動すればさまざまなフィードバックを得ることができるのですから、なおさらです。

一方、曖昧《あいまい》なことしか話さない人は、言葉同様に行動も曖昧で消極的なものとなり、学びも少なく、成長することができなくなってしまいます。

つまり、**行動の前に言葉があるのです。成長したいのであれば、まずはどんどん言葉にしなければならない**のです。

たとえば、会議に参加していても、始まってから終了するまで無言であった場合、その会議で合意された内容に十分なコミットなどできないものです。どこか人ごとです。合意した事項について自ら率先して動こうとはせず、「お手並み拝見」というような態度をとりがちになります。

自分の意見に反した結論に至った場合などは特にそうでしょう。そのような場合でも、会議の中で言うべきことをしっかり伝えたうえでの結論ならば、自然とコミットできるはずです。

それゆえ、**会議の進行役の立場の人は、傍観者をつくらないように、全員に満遍なく発言させることがとても重要**になります。

07 日系・外資系コンサル会社の会議の違い

日本企業では、**序列上位の人しか発言しない**というような会議が、90年代では普通によく見られる光景でした。

顧客企業を訪問すると、ぞろぞろと10人近くの人が出てきてひと通り名刺交換をし、打ち合わせが始まります。課長が進行役をし、おおよそ部長が話をし、時々課長が補足をするという程度で、他のメンバーは全員がメモをとっているという、非常に違和感のある光景です。

私が20代の頃に所属していた日系のコンサルティング会社では、そういう風土がいくぶんか残っていました。会議に出ても先輩コンサルタントの発言を聞いて学ぶという側面が強かったように思います。やや違和感を覚えながらも、発言を求められた時以外はほぼ発言はしませんでした。

しかし、その後、外資系のコンサルティング会社に移ったところ、まったく違った文化に戸惑いました。

入社数日後にある会議に参加した際に、まずは様子見を決め込み、発言はせずにメモをとっていました。すると会議後に上司から「次からはこの会議には参加しなくていい」とだけ言われ、それきり招集されませんでした。

それからしばらく経ったある時、当の上司から「**会議に参加しても発言しなければ価値を提供できない。何の価値も提供できないのであれば会議に参加する資格はない**」と言われました。手厳しい一言ではありましたが、何か新鮮であり、どちらかと言えば、我が意を得たりといった気持ちを強く持ったのを憶えています。

それ以降、会議に参加し、よくわからないながらも、拙い英語で幼稚な質問をしたりしていました。すると上司から「**ああいう素朴な質問というのは実は重要なんだ。我々が当たり前と思っていることの本質を考えさせられる**」とフィードバックをもらいました。このことは自分にとって、とても大きなことでした。それ以降はどんな会議に出ても躊躇《ちゅうちょ》なく思ったことを口にするようになったのです。

日系と外資系のコンサルティング会社で何の違いがあったのでしょうか。

それは、**企業文化の違い**なのです。

どのような状況でも「**躊躇なく思ったことが言える**」「**何を言っても大丈夫**」、むしろ「**何も言わなければ存在意義がない**」そういう**文化**があってこそ、**躊躇なくものが**

言えるのです。

それと共に、発言の機会が多ければ多いほど、言葉にする力が養われやすくなるのです。

ですから、総じて言うならば、心理的安全性が確保されており、躊躇なく話せる文化のある職場においては、コミュニケーション能力に長けたメンバーがはるかに多く存在しているものです。

そして、**言葉にすることで、責任が生まれ、行動も起こるようになり、物事が前に進むようになります。**

［1章］

話し方3つの誤解 1/3

――「話が上手い人は、流暢に多くを語る」

08 話し方以上に「ここ」を見られている

「話が上手い」にはいくつかの誤解が存在しています。

もっとも大きな誤解は、「**話が上手い人は、流暢《りゅうちょう》に多くを話すものだ**」といった類の誤解ではないでしょうか。ではなぜ、これが誤解なのでしょうか。

さまざまな職業の中でも特に話をすることが重要な仕事として、営業職が挙げられるでしょう。商品やサービスの説明、交渉、クロージングまで、対話を通して行う仕事であり、話が上手くなければ決して成果はあがらないと思われがちです。

しかし、営業職のハイパフォーマー分析をしてきた中での発見の1つは、**ハイパフォーマーの多くは必ずしも話は上手くない**ということです。

もちろん中には、営業職になるべくして生まれてきたと言えそうなほど、よく舌の回る人もいますが、決してそういったタイプが多数派ではないのです。

どちらかと言えば**朴訥《ぼくとつ》としていて、話は決して上手くはないけれども、誠実さを印象づけるような人が抜群の実績をあげている**というケースが多く見られるのです。

もちろん、話が上手くないと言っても「**伝えるべきことをきちんと伝える**」ということは不可欠です。ただ、それが流れるような口上で行われてはいないということです。

特に、住宅や自動車や保険など、高額商品の営業職ほどそうした傾向があるように思われます。キッチン用品などであれば、実演販売員の巧みな口上に乗せられて購入することもあると思いますが、高額商品になれば買う側もさすがに慎重になります。慎重になって何を判断しようとするのでしょう。

それは、**その営業担当者の話が信用できるかどうか、結局はその営業担当者が信用に値する人物かどうか**です。そのような場合に、一般的に言われるところの「**話が上手い」ということは、足かせになる可能性もある**のです。

09 説明しないで売る、優秀なディーラーマン

不思議なことに、**アベレージパフォーマーの多くは饒舌《じょうぜつ》です。**それだけ営業活動を頑張ってやってきているということかもしれません。インタビューでも、聞いた以上のことを話してくれることが多くありました。

一般的な印象からすると、ハイパフォーマーよりもアベレージパフォーマーのほうが営業パーソンらしく、業績があがっているのではないかと思われがちです。

しかし、「自分が顧客だったら、どちらから買うか」と考えてみた場合、どう考えてもやはりハイパフォーマーの人から買うに違いないと思えるのです。

実際、**「口下手なほうが信頼される」**という類のことを多くの人から聞きます。昔と違って今では情報があふれているので、**短い時間で多くの情報を口頭で伝える必要なんてそもそもないのです。**ペラペラとしゃべり出した瞬間に、相手は売りつけられ

ると警戒してしまいます。

「商品説明をしてしまうとかえって売れなくなる」と聞いたこともあります。自動車のディーラーマンで「車にはあまり詳しくないんです」という、あるハイパフォーマーがいました。

ディーラーマンですから、たいていの営業パーソンは当然ながら車の説明をします。しかし、お客様はそれを求めていない場合が多いと彼は言います。

「車はイメージ商品です」と言い切ります。**「この車を買うと、どのように使えて、どんな楽しいことが起こりそうか、イメージを膨らませることができれば車は売れている」**と言うのです。

また、**お客様の真のニーズを引き出すまでは、自分がしゃべるよりもお客様から話を聞くことを優先するというこだわりも持っていました。「聞いてもらったことで、相手を信頼する」**ということが確かにあるのです。

あるお客様は「家族でキャンプに行くときに乗って行ける、ある程度ごつい車がいい。一方で街中でもオシャレに乗りこなせる車がいい」という希望を持っていたそうです。そこまで話して初めて特定の車を勧めます。

「それならば、この車がお勧めです。一見ごつく、キャンプ場などでもけっこう目立ちますが、曲線が多く使われているので、街中でもオシャレなSUVとして違和感なく乗ることができます」「また、この車は山道と街乗りとシフトチェンジできる機能がついているので、どちらも快適に乗りこなすことができます」。

そしてあえてクロージングをかけないのです。結論を急がせない。車や住宅など、大きな買い物の場合、性急に契約を焦ると逆効果だというのです。

「急がずにじっくりお考えください」と余裕を見せたりします。お客様もそうすべきだと思っているので、その一言に共感します。

相手はそう言ってくれた**担当セールスに信頼を寄せる**のです。こうなればもう、車を買うときはこの人から買おうという考えに至っています。

10 口下手でも多くの人に選ばれるワケ

話が上手すぎるとかえって信用されないという点は、ビジネスの世界に限らず、信頼を勝ちとる政治家などにも同じことが言えるのではないでしょうか。

街頭演説会などで必要以上に大きな声で、朗々と自説を訴え続けられると「この人、信用できるのだろうか」とふと思ったりもします。そこでの話の内容よりも「この人を国政の場に送り込むことは意味のあることだろうか」と考えるわけです。

結局、**人は話の内容よりも、その人を見ている**のです。

私自身が経験した過去の出来事の中でも、**決して雄弁ではない人が、信頼を勝ちとれた**ことを目の当たりにした例があります。

学生時代にさかのぼります。高校時代の生徒会長選の話ですが、リーダーの話し方についての本質を垣間見ることができた経験ですので、ご紹介したいと思います。

親友の根本君が生徒会長選に立候補しました。根本君は成績も優秀でリーダーシップもあったので、近しい友人たちは熱心に応援しました。登下校時や昼食時の訴えでの根本君は堂々としており、雄弁であり、当選を確信していました。

最終段階での全校生徒を集めての演説会、立候補者3人のうちの1人である菊地君の演説を聞いた時に「これは菊地君にやられたかな?」と思いました。なぜなら、菊地君の演説はウィットに富んでいて面白く、生徒たちばかりか、先生方の笑いも誘っていたからです。

しかし、結果は根本君でも菊地君でもなく、もう1人の桜井君が当選したのです。根本君は次点でしたが、得票数は菊地君とさほど変わらず、その3倍近くの得票数で桜井君が圧勝しました。

桜井君は他の2人に比べると成績もよくなく、演説会での演説にしても、内容があまり練られていない印象があり、話し方もわかりやすいとは言い難いものでした。

ただ、**とにかく顔を真っ赤にして熱心に語り続けたのです。登下校時にも、同じように顔を真っ赤にして必死に頭を下げ続ける桜井君を何度も見かけました。**

高校生であっても、**話の内容やユーモアや学業の優秀さよりも、熱心さや誠実さを重視して選んだ**わけです。そこにおいて話が上手いということはさほど重要ではなかったのです。

11　職場での信頼されない話し方3選

営業職や演説会について見てきましたが、より一般的に、**職場において多く話すにもかかわらず、信頼が得られない人**は多く存在します。

その代表的な3タイプを見てみましょう。

①多くをしゃべりすぎる人

多くを話すほうが優秀そうに見えるとの勘違いがあるのか、**必要以上に長く話す人**

がいます。内容を聞いていると、**同じことを、多少言葉を換えて繰り返しているこ**とが多いようです。

なぜ、必要以上に多く話すのでしょうか。

優秀であると示したいのかもしれませんし、長く話せば説得力を持つと考えているのかもしれません。しかし、それ以上に、**相手に反論されたくないという思いが裏にある**ようです。

自分が多く話せば相対的に相手が話す時間が短くなります。相手が話し始めようとすると、かぶせるように話したりもします。

自分の意見が否定されることを極端に恐れているのです。

自信のない人の場合「反論されたら論破されるのではないか」「質問されたことに明快に答えられなかったらバカにされないだろうか」などの思いが先立ち、ゆったりと構えることができないのです。

自信のある人の話し方と対比してみるとより違いがわかりやすくなるでしょう。

自信があり、余裕のある人は、ある程度話すと少し間をおき、相手の理解を促し、また、相手が質問をはさむ余地を与えます。どんな意見が出てきても、どんな質問をされても、**相手の主張を尊重しつつ、対話を続けることができる**からです。

②話がかみ合わない人

多弁ではあるものの、話がかみ合わない人もいます。

ある外資系企業の人事部長をしていたF氏もそうでした。

12月中旬頃に訪問した際、時期に合わせた軽いあいさつに「年末年始はどちらかに行かれるのですか？」と聞きました。するとF氏は「ああ、早いものでもうすぐ年末ですね。次の春節は２月で、中国では数億人が移動するらしいですね」と返してくるわけです。

聞いたことへの返答にはなっていませんが、話をそちらに合わせようと、「そうですね、最近は国内の移動だけでなく、数百万人もの人が海外へ出かけるそうですね」と返しました。

すると、**何かつまらなそうな顔**をして「旅行だったら私は海外よりも国内派ですね。国内にもいいところがたくさんありますから。静岡県にも砂丘があるのはご存じですか？」と、**また違った話が返ってきます。**

「ああ、日本三大砂丘の1つと言われているものですね」と言いそうになってやめました。どうやら、F氏は**自分が博識だということを示したいだけ**なのだとわかったからです。

「はあー、知りませんでした。Fさんはほんとにいろんなことをご存じですね」と返すのが正解なのでしょう。でもそういうことがどうも億劫でできない私は、**そういう人に対してはすぐに本題に入ることにしています。**

こういう人に限って、**自分が知らないことに「知らない」と言えず、曖昧に否定するものです。**

たとえば、「顧客情報や営業事例が一元管理されていないので、管理アプリを導入してDXを実現すれば、より効率的な営業活動が可能になると思うのですが」と部下が言った場合に、「DX、DXね。いいとは思うけど、うちには時期尚早じゃないか。その前にまだまだやることがいっぱいあるだろ。それよりもこの間の顧客だけど……」などと話題が逸れていくのです。

「時期尚早」はよくある永遠の先送りの決まり文句です。「ほんとうに話がかみ合わないなあ」と漠然と思って不満を募らせるよりは、その裏には満たされぬ欲求が隠れていることを理解して対峙したほうが得策かもしれません。

③自分のことばかり話す人

自らの意見を述べることと自分のことを話すことは、まったく違うことです。対話において意見を述べることは重要ですが、それは自分の話をするということではありません。

たとえば、「会社の中でチャレンジが起こらない」という問題を話している時に、**「その原因は何か」「どうすれば改善するのか」といった意見を述べずに、「自分は過**

去にこんなチャレンジをしてきた」と自慢げに話す人がいます。

そういう人に「では、なぜチャレンジが起こらないのでしょう?」「どうしたらチャレンジを促進できるのでしょう?」と聞いてみても、**「とにかくやればいいんですよ、私みたいに」**というようなことしか返ってきません。

こういう人が組織のトップになったりしたら大変です。**前向きな変化は何も起こらなくなってしまいます。**

意見を述べるというのは「さまざまな情報をもとに、自分はこう思う」ということを表明するということです。対話において自分のことばかり話す人は、得てして自分の意見がないことが多いものです。

12 「話し方が上手くなりたい人」に抜けがちなこと

以上を見てきたように、**対話とは多くを話せばいいというものではありません。**一般的なイメージにおける**「話が上手い」というのは、決して「優れたコミュニケーション」とイコールにはならない**のです。

重要なことは**「相手から十分な理解を得る」**という点にあります。そこでここでは**「説明能力」**という言葉を使いたいと思います。

説明能力を高めることはビジネス上の成否を左右するので、説明能力を高めたいと誰しも思います。では、説明能力を高めるためにはどうすればよいのかと考えます。ここで説明能力が高い状態を誤解していると、それを高める手段も誤ることになるため、注意しなければなりません。

なぜなら**「説明能力が高い」ということを「話が上手い」ことと勘違いをしている場合、手段として「トーク力を磨けばいい」となりがちだからです。**

「話が上手い」をどう捉えるかにもよりますが、一般的に表面的な点にだけ目を向けるのであれば、**「話が上手い」とは饒舌であって、次から次に言葉があふれ出てくるような状態をイメージしがちではないでしょうか。**

そのようなイメージのもとに対策を考えてしまえば、逆効果となりかねません。話が上手くできるようトーク力を磨く訓練をした場合、かえって自分のペースで一方的に話をする傾向が強くなります。

説明能力の高さの秘訣は4章でお伝えしますが、話す相手に合わせるという点にあります。トーク力を磨いて一方的に話すようになってしまっては「相手に合わせる」という点からはかえって離れてしまいます。

それゆえ、まずは**「説明能力が高いのと、話し方が上手いのとは同じではない」**という点をしっかり認識する必要があります。

決して話は上手くはなくても、わかりやすい話をする人はいくらでもいます。逆に、話は上手くても、わかりづらく、共感も得られづらい話をする人も多くいるのです。**トーク力を磨いて一方的に上手く話せるようになったところで、それは説明能力が高いということにはならないのです。**

13 話し方が一方的だと内容が入ってこない理由

「相手から十分な理解が得られる話し方」において、**極めて重要性が高い**「**間**《ま》」に触れておきたいと思います。

饒舌であっても話が記憶に残らないというケースがあります。なぜでしょうか。

あまりに**一方的にペラペラと話されて、思考が追いついていかない**ということが関係しています。それゆえ、話の内容が素通りしていってしまうのです。

また、**リズムがないと聞きづらい**ということもあります。**適切に「間」をとって話してくれれば、話し手と一緒に思考を進めていきやすい**のです。

スティーブ・ジョブズはステージの上を歩いたり、止まったりしながらプレゼンをしていました。あれはひとつのリズムなのです。

歩いている時には考え込んでいるかのように「間」を多く入れます。聴衆もそこで一緒に考え、次の言葉を待ちます。そこで立ち止まり、次の話をします。

演題のマイクの前で話し続けていたら、あのような記憶に残るプレゼンはできなかったに違いありません。

14 本心は、長い「間」の後に出てくる

一方的に話す場合だけでなく、対話においても「間」は重要です。

とはいえ、**対話の途中の「間」は誰しも嫌う傾向にあります。「関係がよくない」「警戒している」など、相手の「間」は自分の意見への不賛同のように思ってしまいがちだからです。**

インタビューでも、かつて私も「間」を嫌い、「たとえばこんなことではないですか」などと「間」を埋めて、早すぎる助け舟を出してしまいがちでした。それではいけな

いと感じ、「間」を我慢するようになってわかったことがあります。

本心からの言葉は、長い「間」の後に出てくるということです。

聞き手からすると、**「10秒の間」はとてつもなく長く感じるものです。しかし、話す側は頭をフル回転させているので、当人にとってはそれほど長くはないのです。**

質問に対して即答する場合は、日頃から考えていることや周囲の人にもよく話していることなので、ビジネスライクな話に終始します。

あまり聞かれたことがない質問に対して、しばらく考えた末に出てくる言葉は、当人としても発見であることが多いのです。

そういう聞き手に徹することができた場合には、インタビューの最後に、「いろいろ聞いてもらって、頭の中が整理できました」「思いもよらず自己発見につながりました」などと言ってもらえたりもします。

15　信頼される話し方にも「間」は不可欠

対話をしている中で「**この人、信用できそうだな**」と思う瞬間があるはずです。

たとえば、次のような話し方です。

- **落ち着いた所作で目線を合わせ、適切なあいづちを打ちつつ、じっくりと話を聞く**
- **こちらが求めている点について過不足なく意見を述べる**
- **質問に対してはしっかり考えたうえで、自分の考えを述べる**
- **わからない点については不用意なことは言わない**

一方で、次のような話し方は信頼を失いがちです。

- **話を催促するような仕草をしたり、途中で話をさえぎったりする**

- **甲高い声で早口でまくしたてる**
- **借り物の主張を展開する**
- **長く話すが、表面的な話に終始する**

信頼される話し方についても「間」のとり方はとりわけ重要です。「間」をとりながら話すことで、**相手への配慮が感じられるばかりでなく、しっかり考えながら話しているという印象を相手に与えることもできます。**

逆に、「間」をとらずに話されると、**聞き手に「私は眼中にないのか」といったような印象を与えてしまいかねません。**

16 「相手にベクトルが向いている人」「自分に向いている人」

多くを語りたがる人、特に一方的に話したがる人には、恐れや不安、満たされぬ欲求があります。言い方を変えるなら、**自分にベクトルが向いている人**とも言えるでしょう。自分にベクトルが向いているというのは、相手から自分がどう見られているかを気にしながら話しているということです。

「相手から私はどのように見られているのだろうか」
「私は尊重されているのだろうか」
「私の意見に賛同してくれるのだろうか」
「私の話で相手に影響を及ぼすことができるのだろうか」

などと思いつつ話しているということです。

そうではなく、相手にベクトルが向くようになれば、もう上級者です。それくらい、ベクトルを相手に向けることは簡単ではないのです。

「相手はどのような思いでいるのだろうか」
「こちらの話を相手は理解できているだろうか」
「話したいことが相手は話せているのだろうか」

「相手は明るく前向きな気持ちで話せているのだろうか」

このように考えながら対話ができれば、結果として、こちらが伝えたいことも伝わりやすくなるのです。

17 伝わりやすいメッセージには優先順位がある

前述した「職場での信頼されない話し方3選」のうち、①のタイプ「多くをしゃべりすぎる人」とは違った理由で多くを話しすぎてしまうケースについて述べたいと思います。これは特に頭のいい人が陥りがちな過ちです。

それは「**いろいろなことを思いつくので、あれもこれもすべてを伝えようとする**」ことです。

完璧主義的な性質がある場合などは特に、「**頭に浮かんだことのすべてを伝えない**

と気が済まない」ということがあります。

多くを伝えれば多くが伝わると考えているのかもしれませんが、それは聞き手に期待しすぎです。たいていは伝わらずに終わってしまいます。

聞いた側は聞いた内容を論理的に整理したうえで、優先順位づけをして解釈する必要があります。しかし、よほど興味のある話ではない限り、そこまでしません。

「いろいろ言っているけど、よくわからない。何を伝えたいんだろう」という感じで終わってしまいがちなのです。

特に、切羽詰まった時間がない状況などにおいては、絞り込んだメッセージを明確に打ち出す必要があります。でなければ、即座に動けないからです。**「あれも大切、これも大切」というメッセージを受けとった側は困惑してしまいます。**

職場においても、必ず「これがいちばん大切だ」というシンプルなメッセージを出して、その一点にメンバーの力を集約させる必要があるのです。

「売上とシェアのことは考えなくていい。とにかく利益を出すことに集中してくれ」といった**優先順位を明確にしたメッセージ**が必要なのです。

思いついたことを長々と話してしまうのは、**自分で考えることを怠っており、優先順位づけを聞き手に委ねている**ことになるのです。身勝手な伝え方と言わざるを得ません。

長い言葉は響かず、記憶に残りません。しかし、**短い言葉というのは考えつくさないと出てきません。**

18　たった一言「ちゃんとやってよ」に秘めたメッセージ

ビジネスの世界の話ではありませんが、**目的が明確な絞り込まれたメッセージが重要**な例を紹介したいと思います。

元メジャーリーガーのイチローさんが、高校野球強豪校である智辯《ちべん》和歌山高校で３

日間指導をしたことがありました。3日間が終わって、最後のあいさつで何を語るかと思ったら**「ちゃんとやってよ」**の一言でした。

その後のインタビューでイチローさんは次のように述べています。「3日間やったから言えることで、1日で終わってたら、最後にできるだけ詰め込んで話さなきゃならない」「あの一言であの3日間が思い出せるっていうワードなんですよ」と。

メッセージの目的がはっきりしており、その目的を果たすうえで最善の言葉を選んだわけです。目的は何かと言えば、「その時に言われたことを憶えていてほしい」ではなく、「3日間の練習で学んだことをいつでも思い起こせること、そして、学んだことを試合で活かせること」です。

そのためのキーワードが「ちゃんとやってよ」だったわけです。だから**常に言葉を費やして多く話す必要はないのです。**

その3日間は2020年の12月の話で、次の年、2021年の夏の甲子園では智辯和歌山高校は見事に優勝を果たしました。

19　経験が言葉に重みを与える

短く話すにしても、ある程度長く話すにしても、中身のある、説得力のある話をするためには**「経験に裏打ちされている」「十分に考えつくされている」**ということが重要となります。まず前者から見ていくことにします。

どこかで聞いたことのある借り物の言葉や、流行りの言葉を言っているだけでは、言葉に重みが感じられません。「ダイバーシティ&インクルージョン」や「心理的安全性」といった言葉を連呼すればいいわけではありません。**思い入れがない場合、かえって、薄っぺらく聞こえてしまいがちです。**

「公平性がリーダーにとってもっとも重要」と言った場合、その裏にその人なりの経験があって言う場合と、何もなくて言っている場合とでは大違いです。

ある人は、弟が障害を抱えていて、世間の目を嫌悪しながら育ってきたという経験があり、「公平性」ということの重要性を心底感じており、その人が言う「公平性がもっとも重要」はたいへん重く響きます。

一方、会社が求める人材像の中に「公平性」が掲げられたので、「公平性が重要だ」と言うのとでは言葉の重みがまるで違います。

響く言葉というのは、適切な言葉を選ぶことでもありますが、さらに重要なのは「その言葉にどういう背景があり、その人の哲学として言っているのか」です。

それを身をもって感じたひと場面があります。

あるハイパフォーマーへのインタビューで、「部下に相対する際に大切にしていることはどんなことですか?」と聞いたところ、「**一人ひとりにきちんと向き合うこと**」と答えた方がいました。

一見、当たり前のことではありますが、その方の物言いにただならぬものを感じて「そのように考えるようになったきっかけなどはおありですか？」と聞いてみました。

すると、しばし間があった後に、言葉を詰まらせ涙ながらに吐露《とろ》されました。

「かつてマネジャーに成り立ての頃、皆と丁寧に向き合う余裕がなく、そんな中、ある部下がうつ病を発症してしまいました。部下が少し良くなってきた頃、その部下は医師に言われて算数ドリルをやっていたのです。それを見た時に、あれだけ優秀な人が小学生がやるような算数もなかなかできないほど壊れてしまうんだと愕然《がくぜん》としました」。

その時のことを今でも深く悔いていて、心に刺さっているからこそ、「一人ひとりと向き合う」ことを何よりも大切にされていたのです。

説得力のある言葉の裏には、経験を通しての思想や哲学があります。逆に言うと、それがない言葉には重みがないのです。

20 野球とサッカーで比較、考えているかどうか、話し方に表れる

十分に考えていなければ、中身のある話はできないという点について、例を挙げて述べたいと思います。

プロスポーツで試合後のインタビューを聞いていて思うことがあります。プロ野球の試合後のヒーローインタビューにはいつも納得のいかないものが残ります。残念ながら中身のある話が少ないのです。

好投した投手に「7回まで無失点投球をされましたが、どんなことを考えて投げていましたか?」という質問に対して、「**何とか点を取られないようにと思って投げました**」、ホームランを打った打者に「あの場面、どんなことを考えて打席に入りましたか?」という質問に「**なんとか塁に出ようと思って打ちました**」、「今の気分は?」「**サイコーです**」、「最後にファンの皆さんに」「**これからも応援よろしくお願いします**」という感じです。

これがサッカー選手の場合には、だいぶ違います。

「**前半は我慢だと思っていましたので、全体的に引いて守り、特に相手の強い右サイドを抑えることを第一に考えていました。後半は守りから攻めへのカウンターを狙い、スピードのある選手が入ったことでリズムもできました**」という感じに答えます。

監督に聞いても同じようなことを答えたりもします。

内容もさることながら、そもそも話す量の違いが顕著です。野球選手がたいていはほんの一言で終わる一方で、サッカー選手はある程度長く話すことが多いのです。

なぜこのような違いが出るのでしょうか。

野球はベンチのサイン通りに動きますが、サッカーの場合は状況が刻一刻と変わります。ピッチ上で戦術を選手自身が考えるので、質問を受けてもきちんと答えられるのだろうと思います。**考えているからこそ、答えられる**のです。

野球でも、超一流の選手の場合は少し違います。メジャーリーグで大活躍中の大谷翔平選手などは、言葉は少ないながらも、毎回、違ったことを話します。一つひとつの試合に課題を持って臨んでいることがうかがい知れます。

話の上手い、下手以前に、考えていなければ内容のあることは話せないということです。

［2章］

話し方3つの誤解 2/3

――「論理的に話せば伝わる」

21 正確に伝えることだけを目的としている人

コミュニケーションにあたっては、**論理的に伝えることが何よりも重要で、正確に伝えさえすればいいと思っている人が、思いのほか多くいるようです。**

こういう人は「**コミュニケーションは相手に伝わってはじめて完結する**」という観点が抜けていると言わざるを得ません。

正確に伝えることはもちろん重要ですが、それだけでは発信する側の観点しかなく、ひとりよがりになってしまいます。高学歴者に比較的多く見られる傾向で、「**理解できないのは、相手の理解力が低いからだ**」と思いがちなのです。

そもそも仕事においては、**何かを伝える目的は、理解してもらうに留まらず、納得をしてもらい、何かしらの行動を起こしてもらうことにある場合が大半です。**

極端に言えば、**理解していなくても納得さえしてもらえればいい**という場合もあります。

一方、**理解はしても納得してもらえなければ、そのコミュニケーションは失敗したことになります。**

理解はできても、納得できないケースは実際に多くあります。相手側にこちらからの主張を受け入れる準備ができていない場合がその典型的なケースです。

逆に、**受け入れる準備が相手側にできてさえいれば、コミュニケーションは成功したのも同然です。**

受け入れる準備ができておらず、心理的反発がある状態では、いくらわかりやすく説明したところで決して納得はしてもらえません。

私は仕事上、人事制度改定後の説明会に同席することが多くありますが、こうしたケースも**下準備がすべて**と言えます。改定までに然るべきステップを踏んで、人事制度を改定することへの**不安や不信感を払拭できていれば、納得を得られる可能性は高まります。**

一方、何の準備もせずにその場に臨んでは、ほとんどの場合、失敗します。なぜなら評価や処遇など、自分の生活にかかわることは誰しも極端に保守的だからです。現状を変えてほしくないのです。

こうしたケースにおいて、**内容をどんなに正確に伝えたとしても、心理的反発によって納得を得ることは困難でしょう。**

22 論理的な話し方以上に伝わる、究極のコミュニケーション

大手化学メーカーの役員の方へのインタビューで、キャリア上ターニングポイントとなった重要な経験について聞いた時のことです。

28歳の時に、本社の人事部門から工場の総務へ異動となった時のことを話してくれました。コミュニケーションに関して「**それまで自分が常識と思っていたことが根本から覆された経験だった**」ということでした。

化学メーカーは港湾地帯に大きな工場を構えているケースが多いわけですが、安定稼働をするにあたって漁協の人たちとの関係性はとても重要な要素となります。

しかし、当人がこれまで本社時代に接してきた人たちと漁協の人たちは、まったくタイプの異なる人たちであり、コミュニケーションが成り立たなかったそうです。

「論理的な説明など何の役にも立たなかった」と振り返られています。「そもそも、漁協の人たちは、当社の生産計画など興味もないし、はなから聞くつもりもなかった」ということでした。

一方で、漁協の人たちも「長期的なことを考えれば、了解せざるを得ないことだ」ということもわかっていたそうです。

「それで、どうされたんですか？」と聞いてみたところ、**「とにかく一緒に飲んで、飲み潰れるまで飲みました」、それで、「あんたが言うなら、まあいいよ」と言ってもらえる関係をつくったということでした。**いったんそういう関係ができてしまえば、たいていのことは通してもらえたというのです。

これはやや極端な例かもしれませんが、仕事においては類似したケースは多く聞かれます。この役員の方も「**あの経験がなかったら、頭でっかちのまま、自らの主張をひたすら通そうとするようなスタイルで突き進んでいた。敵を多くつくり、肝心なところで足をすくわれていたに違いない**」と確信を持たれていたように、コミュニケーションにおける1つの真理を示しています。

漁協の人たちとのコミュニケーションの例で言えば、理解を得るにあたって、まずは人間関係づくりを先行して行うべきであったであろうし、自社側の都合を話す前にその地で漁業に携わっておられる方々の置かれた状況を聞くべきであったでしょう。

しかし、そのようなプロセスを飛ばして、自社側の都合を、しかも一方的に理詰めで話してしまったわけです。

このように準備ができておらず、相手側の心理的抵抗が強いことが明らかな状況においては、論理的な説明はかえって感情を逆なでするだけであり、一番やってはいけ

ないことだったのです。

コミュニケーションにあたって何を目的とするか。**納得してもらい、動いてもらうことを目的とするならば、自ずと伝え方は異なってくるのです。**

23 小説の中でのわかりやすい例

波多野聖さんの小説『黄金の稲とヘッジファンド』（ＫＡＤＯＫＡＷＡ）に、**まったく論理的ではないが、相手の共感を得られる人物**がわかりやすく描写されています。

こちらの小説の一部をかいつまんで紹介します。

農業系の金融機関である（作中名称）産業中央金庫「産中」を舞台とする小説です。（作中名称）農林水産共同組合「農共」の県単位の組織である連合会に増資を引き受けてもらうという困難な交渉をする場面です。

農林水産省の前事務次官で産中の新理事長に就任した堂田が連合会を説得するにあたって産中の頭脳と言われている企画管理部長の神宮からアドバイスがあります。

「理屈で動かないのが連合会です。まずは彼らの面子を第一に考えなくてはなりません」と言います。

「産中の頭脳が直接彼らに話す方が良いんじゃないのか?」と言う堂田に神宮は言います。「理事長に行幸頂く際には『最終兵器』を同道させます」「連合会のトップとの人間関係が絡む難しい仕事は私のようなものが行くと逆効果です」。最終兵器という菅という人物に会った堂田は「この男なのか……冗談ではないのか」と思います。その男の話はまったく要領を得ないのです。

しかし、神宮はなおも言います。

「H県連合会を落とせれば後は楽です。そのぐらい難しい相手です……ですが、ご心配には及ばないと思います。ただ一点、必ずどんな時も理事長のおそばには菅を置いて下さい。その一点、何卒宜しくお願い致します」。

半信半疑のまま堂田は、菅を同道させてＨ県連合会へ向かいます。

Ｈ県連合会の会長に対して堂田は懇切丁寧な説明を行いました。それは立て板に水の見事な説明でした。

しかし、会長はずっと目を瞑って微動だにせずに聞いていたのです。そして堂田の説明が終わると一言、「綺麗なお話でんなぁ。実に綺麗や」と目を瞑ったままです。

その時、「会長……私からもご説明させて頂きます」と堂田の横にいた菅が言いました。菅が話し始めて堂田は驚きます。連合会の会長が何とも言えない笑みを浮かべて菅を見ているのです。

菅の説明は例によって何が言いたいのか内容がよくわからない堂々巡りです。その菅に対して会長はウンウン頷いているのです。そこには菅を慈しむような様子があります。（なんだ？　なんでこうなる？）そうして菅の説明が終わりました。

すると、「菅ちゃんにそこまで頼まれたらしゃあないわ。やったげる！　ちゃんと関西以西も纏めたげるわ！」と会長は言ったのです。その後の飲み会でも菅は連合会の人間たちに「菅ちゃん！　菅ちゃん！」と大人気だったのです。

東京へ戻った堂田は神宮を呼び、言いました。「君の言った通り最終兵器が見事に働いてくれた。だが、なんであああなるんだ？」。神宮は笑って言います。「菅は頭がありませんが、腹もありません」「連合会は金庫の人間にコンプレックスがあります。共同組合の成り立ち的には自分たちの方が地位は上ですが、学歴や給与は産中の方が遥かに上、そんな産中に菅のようなタイプがいると可愛くて仕方がない。だから菅は過去二十年ずっと推進部で連合会を回って来ているんです」。

これは小説の中での話だからというわけではありません。**似たようなことは前述のケースもそうですが、現実の世界でもあちこちに見られます。**

それくらい**人を動かすコミュニケーションにおいては、論理よりも感情**なのです。

しかし、企業の中では優秀であっても、この点を理解していない人は多くいるものです。この点を理解していない場合、交渉事や調整事が上手く進まずに、当人がフラストレーションを溜めていくことになります。それでも当人は、**自分に非があるとは思わないため、改善がなされず、何度も同じような失敗を繰り返しがち**なのです。

24 アリストテレスの「人を説得する3要素」

アリストテレスは、人を説得し動かすためには3つの要素が重要だと述べています。それは**「信頼（エトス）」「情熱（パトス）」「論理（ロゴス）」**の3つです。**この3つが揃えば、人は本当の意味で説得され、心を動かされる**とアリストテレスは考えました。

「エトス」とはエシックスの語源であり、信頼・人柄のことを指します。

いくらわかりやすい説明を熱心に行ったとしても、**その人が信頼される人柄でなくては納得してもらうことは難しいのです。何を言ったのかではなく、誰が言ったのかが重要なのです。**内容以前に、まずは耳を傾けてもらわなければなりません。

逆に言えば、**深く信頼している人の言ったことであれば無条件に受け入れたりもするのです。**

「パトス」とはパッションの語源であり、情熱・感情のことです。

自分で本当に伝えたいと思っていることを話す場合と、用意された台本通りに話す場合とでは、気持ちの入り方が違います。情熱を持って話した場合、**言葉以上に相手にその情熱が伝わります**。どんなに熱い言葉を並べても、それを話す人の気持ちが入っていなければ伝わりません。相手の感情は動かないのです。

人はどういう時に行動を起こすかと言えば、感情が動いた時です。頭で理解しても、感情が伴わなければ行動は起こりません。

「ロゴス」とはロジックの語源であり、論理・理屈のことです。

論理的に正しいことです。**「メインメッセージ」があって、それを支える「サブメッセージ」があって、それを支える「根拠」がある。そうした型に乗っ取った話は整理されていてわかりやすい**のです。

これら3つの要素が揃ってはじめて強い説得力を持つのです。

スティーブン・R・コヴィーの著書『7つの習慣　――成功には原則があった!』（キ

ングベアー出版）によると、「エトス∨パトス∨ロゴス」の順番が大切だとしています。**まず信頼があり、次に感情があり、そして論理がある。**これは、人格があり、次に人間関係があり、そして論理展開があると置き換えてもいいでしょう。

ロゴスも重要ですが、自分に聞く態勢ができていないにもかかわらず、相手に自らの主張を理路整然と展開されても、共感しづらいということはよくあることです。

日本一有名な通販会社、ジャパネットたかたの創業者、高田明氏は、東洋経済オンラインの取材に次のように応えています。

「伝わるために、最も大切なのは、実はパッションであり、情熱です。強い想いがあれば、それは、身体から発せられます。しゃべりの上手い下手に関係なく、テレビショッピングならば、『この商品の魅力を伝えたい』という想いが伝われば、売上が確実に上がります」。

テレビショッピングを見てその商品を購入するというのは、即座に行動を起こすということです。

行動を起こさせるためには、まずは想いを伝えることが何よりも重要なのです。

25 なぜ日本の経営者のプレゼンは説得力がないのか

最近、スティーブ・ジョブズに倣ってか、日本企業の経営者でもステージ上の大きなスクリーンの前に立ち、ヘッドマイクをつけてプレゼンをする形式を見かけるようになりました。

しかし、どうも様になっていません。**説得力を感じない**のです。

何の違いだろうかと観察してみると、**記憶した台本をしゃべっているのか、自分の思いをしゃべっているのかの違いが大きい**ように思われます。

ジョブズは創業者であり、開発者でもあったので、商品への思い入れが尋常ではなく強かったのです。**心から伝えたいと思って伝えているので当然伝わります。**

日本企業のサラリーマン社長が自社の商品についてプレゼンをする場合、どこか人ごとに聞こえてしまうのです。思い入れが強くない場合、やはりそれも伝わります。

アリストテレスの３つの要素のうち、「情熱（パトス）」が欠けているのです。

よく「**自分の言葉でしゃべっていない**」という言い方をしますが、そうした状態ではないでしょうか。

26 「正しいことを言わなければ」という呪縛

「論理的に話せば伝わるはず」「話すにあたっては論理性が何よりも重要」と考えがちな要因はいくつかあります。その１つに「**正しいことを言わなければならない**」という思いがあります。ある種の呪縛です。

正解が決まっている問題ばかりを解かせる学校教育の問題もあると思われます。現代文などで、作者の心情を描写する場合にも、論理的に突き詰めて「正解はこれ、それ以外は不正解」という出題になっているわけです。

実はかつて私が書いた著作から、高校の問題集に使われた箇所がありました。どのような問題になるのか興味があったので、出版社にその問題を見たいと依頼をしました。著書の出版社の担当者は何かしらの躊躇があったようですが、その問題を送ってくれました。なるほど、こういう切り出し方をするのか、と感心した一方で、著者としては特に重点を置いて書いた箇所ではないため、肩透かしを食らった感じもしたものです。

このような「論理的な正解を求める教育」を受けて成長した企業の管理職の方々が特に苦手な思考方法があります。**「ブレインストーミング」**というアイデアを創出する手法です。いわゆる「ブレスト」と言われる思考法です。

まずは「発散」（思いつくままに数多くアイデアを出す）し、それから「収束」（アイデアを取捨選択）に入ります。発散には「バカなアイデア大いに結構」「他者のアイデアに便乗する」など、いくつかのルールがあります。

ブレストのイメージとしては、発散で１００くらいのアイデアを出し、５～10くらいに収束させるといった感じです。

しかし、論理的な正解を求める教育を受けてきた方々はこの発散にあたるバカなアイデアや、ちょっとした思いつきをそのまま言語化するようなことが特に苦手なのです。

そうした人たちでブレストをすると、なんと**最初から収束に入る**のです。発散の段階で収束後のような意見を３つくらい書いてペンが止まるといった感じです。**予定調和**と言えばいいのか、まったく新味のない教科書的な案にすぐに到達してしまいます。

平たく言えば、「**頭が固い**」ということになると思いますが、学校教育の中で、正解が決まっていないテーマで議論をするようなことがほとんどないことが影響している可能性は高いと思われます。

正しいことを言わなければならないと思っている場合の弊害として「**気楽な会話ができづらい**」「**より良い案へ向けての議論ができづらい**」「**自分の意見が正しいと思っているため対立しがち**」といった点が挙げられます。

会議の場で発言が極端に少ないのも、正しいことを言わなければならないとの呪縛が大きく影響しているように思われます。その思いは、自分だけでなく、他人にも同様に正しさを求めるためです。

問題なのは、**自分が正しいと思っていることが常に正しいわけではない**ことです。互いに空気を読み合って明確な主張を避けることも多いわけですが、主張し合った場合、**自分の正しさと相手の正しさがぶつかったまま膠着《こうちゃく》状態に陥る**ことがたいへん多いのです。

こうした思考傾向を考えると、「心理的安全性」を日本企業の職場でとり入れるのはかなりハードルが高いでしょう。なぜならば、心理的安全性を高めるとされる、話しやすさや助け合いがなされづらいと思われるからです。

気兼ねなく主張する方法は後半で解説します。

27　発想の芽を潰す「男性脳」

論理性重視という傾向は、どちらかと言えば男性に多いとも言われます。これには「男性脳」が影響している可能性があります。

「女性は脳梁が男性よりも太く生まれてくるため、右脳と左脳が連携しやすく、そのため、女性のほとんどは感情や根本原因を大切にしている」（プレジデント2022.7.1号）というようなことを感性分析が専門の黒川伊保子氏は言います。

男性は目に見える直接原因に目を向けます。何か問題が起こった時に男性上司が女性の部下にいかに理路整然と解決策を示しても、部下はいまいち納得のいかない表情だったりすることもあるのです。そんな時、男性上司は、「まったく女性は論理的思考が弱いから」といった感想を持つかもしれません。

しかも、上司の立場だと一**刻も早く問題を解決したいという思いがせっかちであるほど、強くなりがち**です。「**素早く解決策を示すことが上司の役目だ**」とすら思って疑いません。経験豊富なマネジャーの証のようなものであると。うんうん悩まずにその場で指示を出すということがかっこいいように思っているふしがあります。

しかし、女性の部下としては、**指示をされただけでは根本的な解決にならず、またすぐに同じ問題が発生するのではないかと、直感的に捉えているのかもしれない**のです。「そう言えば」と多く口にするのも、根本原因を探っているのだと、黒川伊保子氏は言います。

「**共感**」**に必要なのもこの右脳と左脳の連携**であるといいます。直接原因型の人は、即座に実現可能性を測ります。**論理的思考に自信のある人は要注意で、発想の芽を潰している可能性が大いにあります**。発想を拡げる前にすぐに実現可能性を探ってしまうので、細かな点を指摘して終わるのです。

このことが、発散の思考ができない背景にある可能性が高いと思われるのです。こういう人は、将来のビジョンを描くことも苦手な傾向にあります。発想が現状の延長線上に留まってしまうからです。

28 議論をつくさずに決を採りたがる人

「論理的に話せば伝わるはず」と思っている人が、それでも伝わらない場合、自分の意見が受け入れられない場合に、**結論を出すのに飛びつきがちなのが「多数決」**です。なぜかと言えば、それ以上、打つ手がないと思うからです。「論理的に説明したにもかかわらず、理解できないんだから後は多数決」だと。

決定権がある組織のリーダーの場合には、ひと通り説明した後に結論を伝えて終わる、もしくは多数決ということがあり得るのです。

しかし、それで果たしていいのでしょうか。多数決は民主主義に沿っていると言われますが、明らかに主義主張が異なる場合において、議論の末、最終的に数で決するということはあります。

しかし、会社でこればかりでは、いっこうに議論は深まりません。それぞれに思いがあり、主張する根拠があります。多数派が勘違いしていることもあるでしょう。議論をつくせば、知らなかった事実や違った考えを学ぶこともでき、より良い案に行き着くこともあるでしょう。しかし、「決を採りましょう」では**議論はそこでぶち切れる**ことになります。

しかも、少数派の人たちは、決まった案に対して釈然としないものが残ります。よって、その後の行動も**足並みが揃いません**。「だったら多数派の人たちで進めたら」というような感じにもなりかねません。**対話を通して合意をするからこそ、皆がその方向へ足並みを揃えて向かうことができる**のです。

仕事上の方針などについては、**早々に決を採らずに、皆がある程度、腹落ちするまで議論を重ねることが重要**です。

［3章］

話し方3つの誤解 3/3

――「デキるリーダーは断定的に力強く話す」

29　返答の速さを重視しすぎている人

インタビューをしてみると、ハイパフォーマーとアベレージパフォーマーとで、はっきりと違いのある点が発見できます。

1つには**「質問に対して即答するか否か」**という点があります。「即答するほうが優秀」であると一般的には見られがちかもしれません。

しかし、質問の内容や状況にもよりますが、じっくり考えて答えるべき質問に対しても、**焦って即答するような人はハイパフォーマーには見られません**。

たとえば「10年後、担当されている事業はどのような状態にあると思いますか？」と聞いた質問に対し、きちんと整理された形で即答できる人はそうはいません。

アベレージパフォーマーの多くは、何かしら焦っており、即答できる質問でないにもかかわらず、**即座に曖昧な回答を返したり、ごく一般的な言説を述べて終わったり**

します。

たとえば「今よりもさらにシェアを拡大し、競争力も増していると思います」とか、「激しいグローバル競争の中で、厳しい戦いを強いられていると思います」などです。

一方で、ハイパフォーマーの多くは質問に対して「なるほど」などと言っていったん受け止めて、しばし考えてから**地に足の着いた回答**をされます。

「環境変化の中で最も読みづらい点は……であって、そうした中でも確実に言えることとしては、我々がもし……という戦略をとったならば、……となっている可能性が高いであろうということです」など、**きちんと考えているがゆえの具体性**があるのです。

そうした**所作からは自信と余裕**が感じられます。

アベレージパフォーマーとインタビュー後の雑談などを通してわかったこととしては、どうやら「**質問に対しては即座に明確に答えなければならない**」**などの強迫観念のようなものを持たれている**人が多いということでした。

それゆえ、「答えられそうにない難しいことを聞かれたらどうしよう」との恐れがあり、浮足立っている状態にあるわけです。その裏には、**自分を実力以上に優秀に見せたい**との思いがあるのかもしれません。

一方で、ハイパフォーマーは「自分に答えられないことは他の誰に聞いても答えられないだろう」というくらいの自信があるのです。「どんなことでも聞いてくれ」というような余裕が感じられるわけです。むしろ、いろいろと難しい質問をされることを楽しんでいる様子すら見受けられるものです。

ハイパフォーマーがなぜ即答しないのかと言えば、難しい質問に対して**それなりに時間をかけて考えてから回答をしている**からに他なりません。

余裕を見せるためにあえてゆっくり回答しているということはもちろんなく、**ただ質問に真摯に向き合っている**にすぎません。

30 即答を繰り返す困った人

質問に対して即答する人の中でも、単に自信がなくてそうする人とは少し違ったタイプの人たちもいます。どちらかと言えば、**管理職よりも経営陣など、より組織的立場が上の方々**に見られます。

「質問に対しては即座に明確に答えなければならない」という思いは共通しているのですが、**「優秀な経営者とはそういうものだ」という固定観念**を持たれているようなケースです。

自分は頭の回転が速いから、どんな質問にも即答できることを示したいわけです。

これは一対一の場合よりも、人事部長や秘書など、配下の人が同席されている場合のほうがより極端な形で見られます。

このタイプはどんな質問に対しても早口で短い回答を繰り返されます。本来はもっと掘り下げて考えるべき質問に対しても表面的なことを断片的に答えて、次の質問を促すような態度が見られます。聞きたいことが聞けないので、聞き方を変えて何度も聞くことになりますが、「**こちらが何を聞きたいのか**」**という点に思いを馳せることなく、せわしなく即答を繰り返します。**

このように**即答を繰り返す人たちの場合、相手が聞きたいことが聞けないばかりでなく、会議の場などでも断定的なことを短く言って終わりになってしまうため、議論が深まることはありません。**深刻な問題について議論するような場にそぐわないのです。

実際、企業でよく見られる光景ですが、きちんとした話し合いが必要な場面においては、その人抜きの場が持たれることになります。

当人は自らの頭の回転の速さなどを誇示したいのが根本にあるためか、このような所作を繰り返されているのかもしれません。

しかし、それは**他者の信頼感を増すことにはつながらず、むしろ逆効果**となってしまっているのです。

31 自己否定ができるリーダーの特徴

上司の立場にある人は一般的に強弁しがちです。**自信満々に断定的に話す傾向**があります。その背景の１つに「**上司は常に自分が正しいと思いがち**」という点が挙げられます。他者の意見に対して聞く耳を持たず、ひたすら自分の意見を通すことになります。それくらい自信がないとリーダーなど務まらないという見方もあります。

しかし、**本当に自信があるリーダーは、自己否定をいとわない**ものです。「**もしかしたら違うのではないか**」「**もっと良い方法があるのではないか**」**とメンバーの意見にも耳を傾ける**ことができるのです。多くの意見をとり入れて、成果をあげてきた経験があるので、それを当然と思っているのです。

自分が正しいと思いがちな上司は、**部下の意見に耳を傾ける習慣がない**ので、畑違いの部署に異動になったりすると、まったく機能しなくなることがあります。**下の立場の人に教えを乞うことをしない**のです。

やがて部下との間に溝ができて、組織から孤立していくことになります。そうした状況でも、**権威を示さなければならないと思い、さらにキツく当たるようになります。**

聞く姿勢のある上司の場合、謙虚に教えを乞うことができます。

また、その分野の専門性はなくとも、効果的な質問をすることで問題点を洗い出したり、部下の発想を喚起したりします。**上司の役割は「部下が働きやすく、実力を発揮しやすい環境をつくること、他部署との交渉、上への上申などをサポートすること」**と心得ているのです。

自己否定ができない管理職にも、それなりの社会的背景があるようです。

近年、管理職は以前に比べて柔軟性やおおらかさが低下しているのはそれだけ会社から要請されていることが多く、がんじがらめの状態にあるからとも言えます。昭和の時代は、多少欠陥があっても普通に順番に職位が上がっていけました。いまは、管理職世代があふれているので昇進は狭き門になっています。

少しでもバッテンがついてしまうと、それだけで昇進候補者から外されてしまいます。ですから、**失敗を隠そうとするし、そもそも失敗をおそれてチャレンジしない**ようになってしまっています。

こうしたことも自己否定ができない管理職が増加している背景にあるのでしょう。**かつては笑い飛ばしてしまっていたような些細なミスでも、いまでは頑な態度をとってしまうのです。**部下に反論されるのを極端に恐れるのです。耳の痛いことに極度な拒否反応があったりします。**管理職失格との烙印でも押されたような気持ちになるのかもしれません。**

上司のさらにその上の上司も、自分のことで精一杯なので耳の痛いことをあえて言ってくれるような人が少なくなっているのも問題です。

32 近寄りがたい「強いリーダー」、話しやすい「弱みも見せるリーダー」

「上司は決して弱みを見せてはいけない」という教えもあるようで、こうしたことも、上司としてとかく強弁しがちな傾向に影響しているのかもしれません。

たとえば、元軍人が書いたリーダー論の書籍には必ずと言ってよいほど、そうした論調が示されています。

コリン・パウエル元国務長官、元陸軍大将の共著『リーダーを目指す人の心得』（飛鳥新社）にはこうあります。

「空腹な時もあるだろう、しかし、上に立つ者は決して空腹な素振りを見せてはならない。寒さや暑さでつらいときもあるだろう。しかし、決して暑い、寒いと感じている素振りを見せてはならない。怖いときもあるだろう。しかし、決して不安を見せてはならない」。

死ぬか生きるかという中で、果敢に戦わなければならない状況ではそうに違いありません。

一方で、こうも言っています。

「私に反論しろ。君が正しくて、私が間違った道を進もうとしていると私を説得しろ。それが君たちの責任だ。君たちがここにいる理由だ。私が言い返しても怖気づくな。私が十分に君たちの意見に耳を傾けたら、私が決断を下す時がくる。まさにその瞬間から、君たちは、私が下した決断が、あたかも君たちの意見だったかのように実行しなければならない」。

ふつうは弱みを見せない上司に反論などできないものですが、自らの命がかかっている場面であれば、そうするであろうこともわかります。つまり、非常時であるということです。

一方、ビジネスにおいてはトラブルくらいはあるものの、生死をかけるような場面は当然なく、そうした意味ではほぼ平常時と言っていいでしょう。加えて、時間軸が違うという点に注意しなければなりません。軍事行動においては目の前に差し迫った危機ですが、ビジネスの場合、1年から数年かけて組織目標を達成するというくらいに大きく異なります。

中長期的に続く平常時にあって、軍隊組織のように**常に上意下達で断定的に物言うリーダーは果たして受け入れられるでしょうか。**

優秀なリーダーと優秀な参謀とで優れた方針を決定できたとしても、**多様なメンバーたちが長い期間モチベーションを保ったままついて来るでしょうか。**

十分に納得し、合意し、自ら動くためには継続的な対話が欠かせません。また、**一人ひとりが成長するためには、自らで考える必要があります。**

リーダーにはそれらを可能とする所作が求められるのです。

昨今は、**自分をさらけ出せる上司が優れた上司**とされています。

部下に何でも打ち明けてもらいたいのであれば、上司自らが自分の弱い部分を見せたり、悩んでいることがあったら打ち明けたりしたほうがいいのです。そうすることで、**部下も同じ態度でオープンに接しやすくなる**からです。安心して弱みをさらけ出し、悩みを打ち明けやすくなるのです。

そうではなく、**上司がいつも近寄りがたいほど強い姿を見せていては、部下も距離を置いてしまいます。**

また、そうした上司を持った部下は、自分が上司になった時にもそうした所作を手本として実践することになります。

これでは、**何でも率直に言い合える文化とは真逆の文化を強化してしまう**ことになってしまいます。

33 聞いてるつもりは、なぜ起こる

一方的に断定的に話さないようにするためには、**聞く耳を持って他者の意見に耳を傾け、受け入れる**ことが重要です。

しかし、**上司として部下の話をまっさらな状態で聞くことは殊の外難しいもの**です。

（当人を周囲の人たちが評価する）３６０度評価の結果、上司である本人評価と部下評価を比較すると、**話すこと以上に聞くことに関して、大きな乖離《かいり》が常に見られます。**

つまり、**上司である本人は「十分に聞いている」と思っている一方で、部下の側としては「きちんと聞いてもらっていない」**と思っているということです。

この違いはどこから生まれるのでしょうか。

それは聞いているつもりでも、どうしても自分の**価値判断**が入ってしまうからです。

部下の話を聞きはじめた途端に「言っていることは正しい、間違っている」「ここはいいけど、この点はダメ」「この点を指摘しよう」などと思いながら聞きがちなのです。

部下よりも**経験が豊富なので致し方ない面もありますが、だからこそ注意が必要**なのです。その仕事が長く、誰よりもその仕事をよく知っている人の場合、この傾向が特に顕著に出ます。

そうして起こる問題としては、**部下は上司に言われた通りに行動するようになり、やがて考えなくなり、成長の機会を逸します。**

さらに実は、**上司自身も成長しなくなるのです。**自分の中にある知識のみを常に発するだけなので、そこに新たなものが加わったり、更新されたりすることがなくなります。上司としての仕事は常に自分の保有している知見を伝えるだけの指示（**「ダウンローディング」**）であると勘違いしているのです。

きちんと聞いてくれているかどうかは、確実に部下に伝わっています。きちんと聞いてくれている上司には、部下は本音で誠心誠意話します。

人は誰でも話を聞いてもらいたい存在です。きちんと聞くことで、相手の自己重要感が満たされます。その**根源的な欲求が満たされるか、ないがしろにされるかは両者の関係上、**とても大きなことです。

一方的に話しがちな上司の立場の人に対して**「聞くのと話すのと五分五分くらいに**

調整してください」と言っても、たいていは8割方話してしまいます。「自分が1に対して相手に3くらい話させてください」と言って、ようやく五分五分くらいになるものです。

自分がちょっと多く話しがちかなと思う上司の方々は、それくらいの意識でいるとちょうどよいのです。

34 会ってくれるのは、何かしら理由がある

私自身、経営コンサルタントという相談を受ける立場にありながら、十分に聞くことができずに後々後悔することになった経験はたくさんあります。

特に営業活動において、こちらのペースで話を進めるのではなく、**相手の立場に真摯に寄り添えばより多くを聞けたはずだった**と実感したことがあります。

会ってくれる以上、話したいことか、聞きたいことが必ずあるはずなのです。

それが何らかの事情でできない場合、当然ながら反応は鈍くなります。当初は私はそういうことがわからず、**「今日は忙しいのかな」「何か迷惑そうだし、早めに切り上げて帰ったほうがよさそうだな」**くらいに思っていました。

しかし、あることがきっかけで、**「会ってくれる以上、話したいことか聞きたいことが必ずあるはず」**と思うようになりました。

その時も、営業先の相手の鈍い反応の中、話がまったく盛り上がらずに40分ほどが経ち、今日は話を進展させるのはあきらめてそろそろ失礼しようかなと思い、帰り支度をしつつ、「最近は人事組織分野でいうと、どんな点に興味を持たれていますか?」と何気なく聞いてみたところ、「離職、特に離職とエンゲージメントとの関係です」と**真剣な表情で言った**のです。

「えっ」と思って、もう少し聞いてみると、実はある事業部で、若手社員の離職が続いていて、事業部長から相談されているというのです。**自社の恥をさらすよう**

なことでもあり、また、人事部として有効な支援ができていないことに対しての**不甲斐なさなども感じられていた**のか、**話しづらかった**のでしょう。帰り支度をしながら気楽な感じで聞いてみたことでようやく話してくれたのです。

さらに続けて話してくれました。

「エンゲージメントをいろいろ調べてみたところ、頭ではわかるものの、少々きれいごとすぎて現実感がないというか、実際に、エンゲージメントを高めることが離職防止に効果があるとしても、火を噴いているような状況で、早急にどんな手が打てるのか」など、この数日間反芻《はんすう》し続けていたであろう悩みを一気に語ってくれました。

私どもにとってはまさしく得意分野の話でもあり、支援事例も多々ある内容なので、ヒアリングをしつつ、約束の打ち合わせ時間を大幅に超過してその後2時間ほど、たいへん密度の濃いやりとりをしました。

結果として、実際に支援することとなり、数カ月後には事業部長も一息つける状態まで持っていくことができたのです。

もし、帰り支度をしながらあのような質問をしていなかったら、悩んでいる課題を打ち明けてもらうこともできなかったであろうし、その事業部の危機的な状況が続いていた可能性は高かったと思います。


そのことがあってからは、私は**時間をとって会ってくれる以上は、必ず話したいことがあるはず、あるいは聞いてみたいことがあるはず**と確信を持って対話に臨むようになりました。

その心持ちとは、実は「**会ってくれる相手に必ず何らかの価値を提供したい**」という思いと同じであるということにも後から気づきました。相手の反応が鈍いからといって、相手が話に乗ってこないからといって、早々に退散するということでは、お互いに無駄な時間を使ったことにしかなりません。

対話を通して価値を提供しようとするならば、相手の真の欲求に気づいて、そこにアプローチできなければならないのです。

35 リーダーは会議の進行をしてはいけない

会議の目的にもよりますが、議論をしようとするのであれば、組織のリーダーが進行役をするのはあまりお勧めできません。

リーダーが会議の進行役をする場合、議論が活発化しない傾向が見られます。なぜなら、価値判断を入れてしまいがちだからです。

メンバーが発言する度に「はい、では次、○○君」とスルーしてみたり、「たしかに、その通りだな」と評価的なコメントをしたり。こうなるともう、リーダーが気に入ることを言う競争のようになってしまい、議論にはなりません。

さらに、進行役をしなければいいというものでもありません。ご意見番のように、しばらく何も言わずに腕組みをして難しい顔をして聞いている。それ自体、徐々にメンバーに影響を及ぼします。ひとしきり意見が出たら、「部長、いかがでしょう?」

などと進行役のメンバーが水を向けて、そこで満を持して持論を展開する。**確実に話し合いはそこで終わります**。まるで相撲の行司のような立ち位置となっているのです。

議論をする場合、「対等な立場で」と言葉では言うものの、なかなか簡単なものではありません。権威主義的なリーダーの場合、なおさらです。

きちんと議論をしたい場である場合には、いっそのことリーダーは同席していないほうがいいことも多くあります。

36 反対意見で「敵をつくる言い方」「建設的な言い方」

反対意見を表明するような場合などは、あまり断定的な言い方をすると、とり返しのつかない事態を招きかねません。ビジネスで成功するうえでは、味方をつくることよりも、敵をつくらないことのほうが重要とも言われます。

相手の見解に反対である場合、明確に断定的に「反対です」と言えばいいというものではありません。見解の異なる相手を頑なにさせてしまうだけだからです。

あたかもビジネスコミュニケーション上のルールであるように「**結論から先に言え**」と言われるため、「私は反対です」なんていう言い方から入ってしまいがちかもしれません。**常に結論から先に言えばいいというわけではありません。**

後の章で詳しくは述べますが、バランスの良いリーダーの場合、たとえば「**わからないことが多いので教えてほしいのですが**」など、**相手に多く話させる質問をしたりします**。そうすることで、矛盾している点や、まだ十分に考えられていない点などを浮き上がらせることができる可能性があります。

最もダメなのは、顔を真っ赤にして興奮気味に反対意見を強行に主張していくような態度です。自分の賛同者が少ない場合は特にそうですが、多い場合でもせっかくこちらの意見で決まりかけていたにもかかわらず、あまりに直接的な反対表明をしたことで、相手の猛反撃を受けて決まらなくなることもあります。**思うように決まったとしても敵をつくることになりがちで、後々足をすくわれる**ことにもなりかねません。

中には断定的に力強く反対意見を述べることが必要な時もあると思いますが、多くの場合は、相手に配慮してストレートになりすぎないように述べたほうが望ましい場合が多いに違いありません。「**あくまで個人的な意見ですが**」「**1つの意見としてお聞きいただきたいのですが**」などの**クッション言葉**を入れるなり、反対の根拠や背景など十分な説明をした後に自分の見解を述べるなり、**相手への配慮があったほうが、対話は建設的なものになりやすい**でしょう。

あまりに断定的に言ってしまうと相手の話を断絶させることになりかねず、対話にならないからです。意見が異なるような場合には特に、断定的な物言いは相手を頑なにさせてしまい、それ以降、当人の主張に耳を傾けることはなくなってしまいます。

37 一対多で反対するときの、上手い言い方

多勢に無勢の状況の中での反対表明はさらにハードルが高くなります。

以前に勤めていた会社の役員会の場など、自分一人が反対で半数が中立で、もう半数が賛成というような場面が幾度かありました。そのような場合、その場で他を論破することはまず困難です。

ではどうするか。**その場で決を採られないようにすることを考える**必要があります。いま**拙速に決めてしまうことのマイナス点をまず述べ**、そして、「自分自身もよくわかっていない面もあろうかと思うので、もう少し情報を集めてみて、いま一度考えてみたい」などと発言し、**その場をやりすごすことに全力をつくします**。

そして、次の月の会議までの間に、中立派の懐柔に動いたり、折衷案を模索して根回しをしたりするわけです。

当時は厄介なことだ、ストレスだと思っていましたが、いま考えてみると、それもビジネスパーソンとしての面白みの1つであったかもしれないと思えます。

実際に、ハイパフォーマーを見ていると、そのようなことも一種のゲームのような感覚で楽しんでいたりするものです。

「断定的に話しすぎると、状況を悪化させることが多い」という点について述べてきました。ただ、難しいのは、**その逆であればいいというわけではない**という点です。次の項目から考えていきましょう。

38 傾聴は本当に大事なのか

昨今はパワハラ懸念ということもあり、メンバーの意見をよく聞くとか、褒めるという側面ばかりが強調されるきらいがあり、この章のテーマと真逆の誤解も起こりやすいのです。この点についてつけ加えておきたいと思います。

「リーダーはメンバーの意見をよく聞かなければならない」と昨今は**傾聴力**の重要性が強調される傾向にあります。もちろんその通りなのですが、とは言えそれは時と場合によることは言うまでもありません。あまりに強調されすぎてその関連の研修ばかり受けていると**必要な場面でも必要な指示を出せない**という事態に陥りかねません。

実はそうした声を、クライアント企業の部下の立場の方々から聞くことがあります。「意見を聞いてくれるのはありがたいのですが、緊急時における判断を聞いているのに『どう思う?』あるいは、組織の方針を聞いているのにもかかわらず『どう思う?』と聞かれても困ってしまいます」というような意見です。

リーダー自身が自らの考えや判断を伝えるべき時に、それができなければ、問題は解決しないし、組織の方向性は定まりません。メンバーも無用なストレスを溜め込むこととなってしまいます。

39 サーバントリーダーへの誤解

これに似た現象として「**サーバントリーダーシップ**」一辺倒というリーダーも昨今多く見られます。サーバントリーダーシップとは、「**リーダーはまず相手に奉仕し、その後に相手を導く**」という考えに基づくもので、アメリカのロバート・グリーンリーフが提唱したリーダーシップの形の1つです。
トップダウン型だけでは上手く仕事が回らない現代では、サーバントリーダーシップの重要度が高まっています。近年、日本でもサーバントリーダーシップのコンセプトがだいぶ普及してきました。

しかし、若干行きすぎの面も見られます。管理職全員がサーバントリーダーシップに関する研修を受けた企業などでは、**「どのようなリーダー像を目指していますか？」と聞くと、10人中10人が「サーバント型のリーダー」と言う**こともあります。この「サーバント」という言葉が印象に残りやすいのか「部下に奉仕する」という側面ばかりが受け止められやすいようです。

下手をすると、**御用聞きのような上司**になってしまいかねません。
リーダーの立場にはなったものの、もともと自らの主張を明確に発することが得意ではない人などは、この**サーバントリーダーシップの普及によって、あたかも免罪符を得たかのように、主張しないスタイルを強化**してしまったりもします。

リーダーが時と場合によって、使い分けるリーダータイプの1つとしてサーバントリーダーというタイプがあるのであって、常に全面的にそれでいいわけではありません。サーバントリーダーが流行るにしたがって、**指示・命令型のリーダーは「ダメリーダー」のレッテルを貼られがちな風潮が強まっていますが**、決してそうではありません。むしろ**リーダーが指示・命令型リーダーとのレッテルを回避しようとして、指示・命令がわかりづらくなるのが一番問題です。**

要は使い分けなのです。中でも最も難易度が高いのは、**相手によって使い分ける**ということです。

未熟な部下に対しては細かな指示をし、ベテランの部下には方針だけを示して任せるといったことはまだ比較的わかりやすく、自然に行いやすいものと思います。

ただし、**部下の特性やタイプによって伝え方を変える**という場合、難易度はぐっと高くなります。まずは**部下の一人ひとりを十分に把握しなければできません。**この点については、5章で詳しく述べたいと思います。

［4章］

信頼される話し方5つのポイント1/5

――「バランス感覚に優れている」

40 優れたリーダーの必須条件、「バランス感覚」の正体

リーダーに求められる条件を経営者に聞くと、多く出てくるものの1つとして「**バランス感覚**」があります。「なるほどなあ」となんとなく思いはしますが、具体的に何を指すのかは曖昧なことが多いものです。

実際にそう答えた経営者に「バランス感覚とはより具体的に言うとどういうことですか？」とさらに聞いてみると、たいていはちょっと困ったような表情をされて答えられます。

「たとえば、自部門の利益だけでなく会社全体のことを考えるとか、短期的な利益だけでなく中長期的な利益も考えるとか、利益だけでなく社会への貢献も考える」など、あるいは「専門バカではなく周辺のこともよくわかっているとか、優先順位が明確であって時間配分が適切である」など、いろいろな切り口から多様に出てくるわけです。

これほどビジネスで大事なバランス感覚ですが、その中身はなかなか明確になりません。

さらに質問を重ねて「バランス感覚を磨くためにはどうすればいいのでしょうか？」と聞くと、なかなか次の言葉は出てきません。それは曖昧なイメージのまま「バランス感覚」と答えているからなのです。

バランス感覚を具体化したとして「では、どの面でのバランス感覚を最も重視されますか？」とさらに質問をすると「優劣つけがたく全部」という回答が最も多く、その次に挙げられるのが**「全体を見る俯瞰力」**というあたりが多いようです。ビジネス上特に重要とされる**「俯瞰」**や**「全体感」「全体最適」**といった言葉で語られることもバランス感覚の一部となっているわけです。

しかしながらバランス感覚に関する文献はほとんど見当たりません。その理由の1つはやはり、バランス感覚という言葉に、あまりにも多くのことが含まれているからに違いありません。

結局、バランス感覚という言葉だけでは、何を指しているのかが曖昧であり、それゆえ、どのように身につけるかも見えてきません。

次項から、対話の中でのバランス感覚について見ていきたいと思います。

41 話す「量と質」のバランスで、仕事ができる人か見分けられる

対話に関してもやはり「**バランス感覚**」の違いは顕著に表れます。**量にも質にも表れます**。

まず、量について言えば、バランス感覚に優れた人は**聞いたことに対して適切な分量話すことができます**。対話においてこれはとても重要なことであり、**話が弾むかどうかも、内容以前に話の分量がそれを左右します**。

誰しも経験があると思いますが、質問してもほんの一言しか返ってこなかったり、

自分が熱心に話してもほとんどあいづちがなかったり、そういう人と話していても話が弾むことはありません。

反対に、長くしゃべり続ける人と対話を継続するのも難しいものです。途中でさえぎるのも失礼かと思い、あいづちを打ちつつ聞いていると、いつ途切れるともなく話し続ける人も中にはいます。

どれくらいの時間が適切かは話の内容や相手との関係性にもよりますが、**双方がその場に合わせて適切な分量を相互に話すからこそ、対話にリズムができて話が弾み、互いに話していて楽しいと思える**わけです。

インタビューのしやすさ・しづらさの違いは人によって大きいものですが、それに最も大きな影響を及ぼしているのは、このバランス感覚かもしれません。

ハイパフォーマーのインタビューが常に楽しく、有意義な時間になるのは、話す分量におけるバランス感覚に優れている人が多いからだと考えられます。**仕事ができて実績もあがっている人は、すべての質問に対して適切な分量を話してくれるもの**です。

では、この対話において適切な分量を話せるかどうかの違いは何でしょうか。

話を適切に整理する**論理的思考**などもあると思いますが、それ以前にまずは**相手への配慮にあります**。返答が短すぎたり、長すぎたりすれば、相手の反応は思わしくないはずであり、配慮があればそうした表情を読んで適切に調整することができるはずです。

しかし、**バランス感覚に乏しい人の場合、相手への配慮がなく、自分の思いのままに話しているため、相手にとって適切な分量とはならない**のです。

こういう人の場合、目の前にいる人がよく見えていない、あるいは見ようとしていないくらいですから、当然ながら周囲のことも見えていません。視野が狭く、俯瞰するようなことができるはずはないのです。

つまり、**視野の広さや全体感といった面でのバランス感覚にも欠けている**可能性が高いわけです。それが端的に**わかりやすく表れているのが対話の場面**とも言えるでしょう。

バランス感覚に優れたハイパフォーマーのインタビューにおいては、**その場がどういう場かをわきまえており、相手が何をどの程度聞きたいのかを理解しており、さらには相手の表情を読みつつ、話の内容や分量を調整している**ので、苦労なくインタビューを進めることができます。

おそらくは、仕事上のあらゆる場面でそのようにされているのでしょう。だからこそ交渉や調整が上手く進み、多くの人を効果的に巻き込めるのでしょう。

こう考えると、**コミュニケーションにおけるバランス感覚は仕事の成果を決定づける重要な要素である**と言っても過言ではないように思われます。経営者に求められる条件の一番目に出てくるのも納得です。

42 「具体」と「抽象」のバランス感覚

ハイパフォーマーは分量だけでなく、内容（質）的にも適切に話をします。

抽象的すぎず、具体的すぎない。この点はなかなか難しいところです。抽象的なことばかり話していると実感がわかないということがあります。「なんとなくはわかるけれども……」という場合は、抽象的な話が続いているケースです。

たとえば、「企画の仕事でもとにかくスピードが重要です。若手であればなおさら重要で、スピードこそが成果を左右するのです」と力説されたとして、「まあ確かにスピードが重要というのは間違いではないだろうけど……」と思うわけです。

それに続けて「若手メンバーの場合、上司が期待していることを最初から的確に捉えることは難しく、また、上司としてもまだ何も形になっていないうちに期待を明確に伝えるのも難しい。だから、外れていてもいいので、まずは早急に一次アウトプットを作成し、上司とすり合わせることが、最終的に十分な品質のアウトプットをつくる上で重要なのです」と話してもらえれば、**「なるほど、そういうことを言っていたのか」と理解できる**わけです。

いま、「たとえば」と入れて具体例を示しましたが、それは、それ以前の文が抽象的な内容だったからです。具体例を入れずに話を先に進めたら、おそらく読者の皆さんはやや悶々とした思いを抱えつつ読み進めることになるでしょう。

抽象的な話ばかりをする人の問題は、「たとえばどういうことですか？」と聞いたとしても首尾よい返答が返ってこないことが多いものです。

なぜならば、**一般論など抽象性の高い内容を多く話される人は、具体的な思考が働きづらい**人である場合が多いからです。そういう人は、**仕事上も具体的思考を働かせずに事を進めがち**です。

たとえば、チャレンジングな行動を起こす場合、「どこにどんなリスクがあるのか」を見極めずに、また、「あらかじめ誰を巻き込み」「誰に話を通しておくべきか」を考えず、**「まあなんとかなるだろう」という感じで場当たり的に事を進めてしまう**ような人です。

そう考えると「話し方の癖」というよりも「思考の癖」と言ったほうがいいのかもしれません。**「思考の癖」が表出する場面が対話の場面**ということになります。

43 「たとえば」と「つまり」が、言えるかどうか

ハイパフォーマーは、一般論が続いて抽象性が高くなりすぎたと感じると、**「たとえば」と言って具体例を挙げたりします。**

反対に、具体的な話が続いた場合には、**「つまり」「要するに」**と入れて、言わんとするところをわかりやすく要約してくれたりもします。

どうすれば相手に伝わるかを考えながら話しているので、具体と抽象を自然に行き来することになります。

ところで、これらの**「たとえば」「たとえて言うならば」**や、**「つまり」「つまるところ」「要するに」**などの言葉はハイパフォーマーのインタビューでは何度も出てくるつなぎ言葉です。

こうした言葉を多用するのは相手への配慮がある証拠です。相手の理解を促すため

に、具体化したり、抽象化したりするからです。

逆に、配慮がない人の場合、これらのつなぎ言葉はあまり使われることはありません。

中には1時間のインタビューで、こういう言葉を一度も口にしない人もいます。さらには抽象的なことしか話していないにもかかわらず、「要するに」と入れて同様に抽象的なことを言葉を換えて言う人もいます。自身でも十分な回答ができていないと感じ、説明する必要があると思ってのことだと思いますが、やはり具体的な思考が働いていない場合、そのようになってしまうのです。こういう人がハイパフォーマーであることはありません。

「たとえば」という言葉を入れて具体例を挙げて話すのは、実は結構ハードルを上げることになります。なぜなら、相手も納得する具体例を挙げなければならないからです。具体例の想定があってこそ言える言葉なのです。

だからこそ具体的思考が働きづらい人は「たとえば」が出てこないのです。

44 専門外の人にもわかりやすさを

質的な話のバランス感覚ということでは、**専門的な話をどのように話すか**という重要な点があります。誰しも何かしらの職種に就いており、皆それぞれに専門的な仕事をしています。相手に自分の仕事について説明をするような場合、専門用語を多用する人が時々います。自分の仕事に誇りを持っているがゆえかもしれません。技術系の仕事をしている人に多いように思われます。そうした分野では専門用語自体が多いということが一つにはあると思います。

しかし、それでは**専門外の相手には伝わらない**ことは明白です。

専門的な用語を使って説明したがる人もいる一方で、極力使わずに説明をする人もいます。ハイパフォーマーの場合、技術系でも専門用語をほぼ使わずに自分の仕事をわかりやすく説明されます。うっかり使ってしまった場合でも「○○**というのは、**

……のことです」と一般的にもわかりやすく解説されます。

また、「これは、最近増えているエレベーターの非接触ボタンなどに使われている技術です」などと**誰もが身近に感じられるものを引き合いに出して説明**してくれたりするのも、ハイパフォーマーに特徴的な点です。

専門用語を使って話した方が当人にとっては説明は容易いに違いありませんが、それでは相手に伝わりません。**どんなに専門性の高いことであっても、技術的に深い話をする場ではないのであれば、専門外の人にもわかるように話すべき**なのです。

「むずかしいことをやさしく、やさしいことをふかく、ふかいことをおもしろく、おもしろいことをまじめに、まじめなことをゆかいに、そしてゆかいなことはあくまでゆかいに」

有名な井上ひさしの言葉です。次の項目では、難しいことをやさしく、そしてゆかいに話をされる山中伸弥教授の話し方を紹介します。

45 説明能力が高い人のたった1つの秘訣

ノーベル賞を受賞した京都大学の山中伸弥教授は、iPS細胞についても、作製成功に至るまでの経緯についても、医療への活用の方向性についても、いっさい難しいことは言わずに説明されています。

作製までの経緯については、最初にネズミのiPS細胞ができた時に「学生の1人が『先生、なんか万能細胞ができてます』と持ってきてくれたんですが、僕は『99・9%、これは何かの間違いだ』と思いました」と、面白おかしく説明されています。

山中教授の場合、サービス精神もあって、話の中で笑いも入れるといった配慮もされています。こうした第一線の研究者の説明能力の高さには舌を巻きます。

山中教授のように説明能力の高い人は、どんな**相手に対してもわかりやすく話すことができている**とがわかります。

それは**「その場」によって「相手」によって、話の内容も言葉も専門性のレベルも変えているの**です。

それが**「どういう場」**であって、**「どのような人たちに」**話をするのか、その人たちは**「どのようなことを聞きたがっているのか」**、あるいはその人たちにとって**「役に立つ話とはどんな話か」**を理解したうえで、**内容もレベルも言葉選びも調整しているわけ**です。

山中教授はニュース番組の取材の時と、シンポジウムでの発表の時では専門性のレベルをだいぶ変えていますし、どこまで話すかも調整されています。ある大学の卒業式に呼ばれた席では、「人間万事塞翁が馬」の話をして自らの失敗体験を披露しています。

相手の関心や知識レベルに合わせて話をするならば、それは伝わるはずです。誰に対してもわかりやすいという状態をつくることができます。まさしくバランス感覚なのです。

一方、**誰に対しても一辺倒に同じ話を同じようにしていては、相手によって伝わる人もいれば、まったく伝わらない人がいることは当然**です。

自分の仕事について、友人に話す時と、高齢の祖父母に話す時と、小学生の子どもに話す時とでは話し方は当然ながら違うはずであり、調整しているはずです。

しかし、相手が仕事関係者の場合、つい同じように話してしまうという人は案外多いのではないでしょうか。

説明能力が高い人というのは、話が饒舌な人でも、言葉遣いが巧みな人でもないのです。「**相手に合わせた話ができる人**」です。

相手に合わせた話というのは、話し始める前に相手を想定しているだけではなく、話し始めた後も、相手の反応を見ながら随時調整して合わせていくのです。

そうすることで、誰にとってもわかりやすい話ができるのです。これが説明能力の高い人のたった1つの秘訣と言っても過言ではないでしょう。

46 優秀だけど、バランス感覚がない人

ノーベル賞を受賞するような優れた研究者であっても、皆がバランス感覚に優れているわけではありません。受賞後に取材に訪れた記者たちに向かって、誰にもわからない難しい話を玄関先で延々としてしまう人もいるわけです。**知的水準は高くても、バランス感覚は持ち合わせていない**わけです。

企業においても同様の現象は見られます。だからこそ、**企業の中では学力の高い人が必ずしも出世するわけではない**という現象が起きるのです。**その差はバランス感覚によるものであって、言葉を換えればビジネスセンス**といってもいいのかもしれません。**これは学力には比例しません**。むしろ学力的に優秀な人がバランス感覚を欠いているという状況も企業の中では多く見られます。

いくつかの理由が推察されますが、**集中力の高さゆえ、1つの物事に集中しすぎて周囲が見えなくなる**ということもあるかもしれません。

また、研究者である場合、研究対象への関心が強い一方で、**人への関心が薄くなりがち**ということもあるかもしれません。あるいは、**自分が正しいという思いが強すぎて、他者の意見をとり入れようとする姿勢がない**ということもあるでしょう。

バランスという以上、対象物は複数あるわけです。1つであればバランスをとる必要はないからです。

たとえば、対話に関して複数名で話をする場合、進行役をする人はバランスよく、皆に話を向けて、できるだけ**不公平のないような時間配分を心掛ける**わけですが、1対1の対話の場合も、**自分が一方的に話しすぎないようにする配慮が必要**です。

ビジネスは、自分一人で1つのことだけを実行するのは極めて稀です。勘案すべき人や事が2つ以上あるにもかかわらず「**自分のことだけ**」「**1つのことだけ**」**しか見えていない場合、配慮が行き届かず、バランスを欠いてしまう**という状況が起こるわけです。

47「自分の意見に固執する人」に起こること

知的水準がすこぶる高いにもかかわらず、話のバランスを欠いている学者のように、**あることへのこだわりが強すぎる場合、量的にも質的にも偏る傾向が出がち**です。

こだわりの強さは強みとして発揮されることももちろんありますが、それが仇になることもあります。

自分の意見に固執しすぎると周りが見えなくなり、他の意見をとり入れることができず、一途に突き進んだ結果として失敗することにもなりかねません。

こだわりがあり、自分としてはこうすることが正解だと思う場合にも、「**もしかしたら違うんじゃないか**」「**もっと良い方法があるのではないか**」と思えるかどうかです。

コンサルティング会社では「自分はこう思う」と思ったとしても、「もしその反対が正解だったら」と、いったん考えてみる思考訓練をよく行います。

そのように観点を**真逆にしてみると、いろいろと見落としに気づいたり、リスクに気づいたりする**ことも多くあります。

自分の意見に固執する人というのも、バランス感覚を欠いている人の1つの典型です。他人の意見を聞くには聞くものの、自分の意見を変えようとせず、他人の意見を否定するか無視するかです。それは実際には聞いていることにはなりません。

同時に、**そういう人には成長もありません**。自分の意見が正しいと思っているので、**これまで自分が身につけてきた知識や知見でしか行動しないため、新たな知識や考え方が身につかない**のです。

新たなものを吸収せず、「自分がわかっていること」「得意なこと」しかやらなければ、どんどん偏りが激しくなります。**やがては、特定の狭い範囲のことしかできない、バランスを欠いた人**になってしまうのです。

「優れた意見は柔軟にとり入れていこう」という姿勢で臨むことができれば、吸収できるものも多く、成長し続けることができます。

48 固執する若者が変わった、たった1つのきっかけ

自分の意見に固執する傾向が強い場合、**他者との協働が難しくなるだけでなく、成長という観点で決定的なデメリット**が生じてしまうのです。いわゆる「**頭が固い**」という現象ですが、頭が固いのは決して歳を重ねた中高年ばかりの現象ではありません。若くても頭が固い人はいくらでもいます。

外資系のコンサルティング会社でプロジェクトマネジャーをしていた時のメンバーで、20代後半のK君がそういう人でした。高学歴で頭が良く、論理的思考が働き、分析力も文章力も優れていましたが、ただ難点は頭が固いことでした。

あるとき、ある企業向けの企画書の作成を3名のメンバーで分担して進めていました。何度かチームで調整のための打ち合わせをしましたが、どうしてもK君の担当箇所のトーンが合っていなかったのです。

K君は勉強熱心でしたが、その時々で読んでいる書籍や文献に影響されやすいという特徴がありました。その企画書の担当箇所にも、その時に読んでいた書籍の影響が色濃く出ており、顧客ニーズからだいぶ逸れてしまっていたのです。

それを是正してもらおうと**私や他のメンバーが話をしても、芳しい反応はありません。**少々厳しい先輩のメンバーは「お前の学会発表論文じゃないんだから」とフィードバックをしていましたが、次に出てくるK君のアウトプットも多少言葉尻を修正したくらいで大方変わらないものでした。

結局、納期までに間に合いそうにないので、途中で他のメンバーに移管し、K君のパートは大きく縮小したうえで企画書にまとめることになったのです。そうした傾向はなかなか直らず、何度かそういうことが続きました。

しかし、ある策を講じ、それが幸い奏功したことで、比較的短期間でこの悪癖はかなり改善されました。

何をしたのかと言えば、思い切って**K君に小さなプロジェクトのプロジェクトマネジャーを任せた**のです。すると、誰もバランスをとってくれる人はいないので、自分自身で顧客の要望からずれていないかを考えるようになったのです。

もともと「**誰かがバランスをとってくれるだろう**」**との甘えがあった**わけです。

また、「**自分はこんなに学術的なことも理解している**」と上の人にアピールしたかったということもあるでしょう。

誰もバランスをとってくれないし、誰もアピールする人がいなくなったときにはじめて自分でバランスを考えるようになったのです。

自分の意見に固執する人とは、自信があるというよりも**自信がないケースのほうが圧倒的に多い**ように思われます。**自分の意見が否定されることを極度に恐れるあまり、他者の意見を真正面から聞けないのです。**

また、他者の考えのほうが優れていることが許せないのです。プライドが傷つくのでしょう。あるいは、他者の意見を理解できないかもしれない、自分の意見が覆されたら自分はできないやつだとレッテルを貼られるかもしれないなどと思っているのかもしれません。

自信がある人は余裕を持って他者の意見を真正面から受け入れ、柔軟にとり入れることができます。

［5章］

信頼される話し方5つのポイント2/5

――「相手に合わせて質と量を調整する」

49 相手側に立つポイント、「関心」と「悩み」

前章において、**説明能力が高いことの本質が「相手に合わせた話ができる」**点にあることを述べました。では、「相手に合わせる」にはどうすればいいのか、本章で考えていきましょう。

相手に合わせるといっても、もちろん「相手の意見に合わせる（迎合する）」ということではありません。**相手の特性や関心事を理解したうえで、相手がわかりやすいように伝える**ということです。つまり、伝えるためには、まずは相手を理解する必要があります。伝わらなければ、物事は前には進みません。

また、あらゆる場面で多様な関係性があります。お客様であったり、部下であったり、上司であったり、他部署の人であったりします。また、相手が一人だったり、複数名であったり、大勢であったりもします。その時々で、相手の立場や関心事、思いや考えを理解する必要があります。

部下や上司であれば、日頃からきちんと相対していれば、どんな人かはわかっているはずです。

しかし、**わかっているつもりが、そうではなかったということが意外と多いのも事実です。**業務上のやりとりばかりで相手を表面的にしか見ていない場合にそうなりがちです。

きちんと理解するうえでは「**相手が関心を持っていることに関心を持て**」と言われますが、その人が今現在、「**どんなことに関心を持っているのか**」、または「**どんなことに悩んでいるのか**」、少なくともそういったことを日頃から念頭に接していなければ、正しく理解することはできないでしょう。

反対に**理解できてさえいれば、どんなタイミングで、どんな内容をどう話せばよいかは自ずとわかるようになる**はずです。

50 話し方にも表れる「優秀に見せようとする虚勢」

企業内で「アセスメントインタビュー」を行う際などに、前項目のようなことがよりわかりやすく表れます。「アセスメントインタビュー」とは、昇進昇格の審査の一環として対象者の適性や強み・弱みを見るために行うインタビューです。

自信のない人の場合、このインタビューが昇進昇格審査に影響するとの思いから、緊張した面持ちで臨み、**優秀に見せようと精一杯の虚勢を張りがち**です。

そうした場合、**概して多弁になります**。質問したこと以上を話そうとされます。質問から逸れるのもお構いなしに、自分の優秀さを示せそうな話を朗々とします。また、答えられないような難しい質問をされないように、一方的に多く話したがります。1章で解説した「多くを語る人」がそれに当たります。

一方、ハイパフォーマーの場合は、**趣旨を理解したうえで、趣旨に合うように配慮して話を進めてくれます。こちらが聞きたいと思っている点を瞬時に理解し、それに合った話をしてくれます。**時間も限られているので、話しすぎることがないよう、質問に対して適切な分量を話されます。

どんな質問にも答えられる自信があるので自然体でいられるのです。最初から胸襟を開いて相対してくれて、どの質問に対しても率直に、ざっくばらんに話されます。

むしろ、せっかくの機会なので、やりとりを楽しみたいと思っている人も多くいます。すぐには答えられない難しい質問に対しても楽しんでいるふうでもあり、焦ってずれたことを話さずに、しばらく時間をとって考え、地に足の着いた回答をされます。

51　チームを機能させる、一人ひとりに合わせたコミュニケーション

「相手に合わせて話し方を変える」といっても、さまざまなタイプの人がいるので簡単ではありません。同じことを伝えても、人によって伝わり方が違うので、日々の

業務に加えて相手を理解したり、話し方を変えたりしなければならないためです。

管理職研修などで「**相手に合わせて話さなければならない**」という話をすると「**そこまでする必要があるの？**」「**かえって公平性を欠くことにはならない？**」「**とてもそこまではできない**」といった意見も多く聞かれます。確かに煩わしいことではあるでしょう。

しかし、「明確に指示したほうが安心して作業が進められる人」もいれば、「期待だけを伝えて任せたほうが能力を発揮できる人」も当然います。

特に、ダイバーシティが進んだ組織において、**チームを上手く機能させて、チーム成果を最大化するためには、一人ひとりに合ったコミュニケーションをとることは、欠かせない**のです。

相手に合わせるということでは、次の3つのポイントがあります。

①さまざまなタイプに合わせて話し方を変える

②相手の思いや感情を理解して話す
③相手との相性を考えて話す

それぞれ次項から考えていきましょう。

52 人のタイプを見抜く「軸」の持ち方

①「**さまざまなタイプに合わせて話し方を変える**」から考えていきます。
まずは、相手のタイプを見分ける必要があります。対話を重ねればおおよそわかるものですが、それでもある程度の試行錯誤は必要です。

タイプの見分けをして「**彼女はこまめにフォローしないと不安になりがち**」だとか、「**彼は細かいことを言うとやる気をなくしがち**」など、少しずつわかってくるものです。

こういうことは、苦痛だと思ってやってもいっこうに身につかないので、むしろ楽しむ工夫をすることをお勧めします。次で説明するフレームに当てはめて相手の反応を楽しむなどもその1つです。

メンバーの一人ひとりを漫然と見ているよりも、何らかのフレームを想定して見ていたほうが特徴はつかみやすいものです。最もシンプルでよく使われるものとしては、**「意欲」と「能力」の軸による分類**があります。いわゆる、**「Will / Skill マトリクス」**です。この2軸で4つのタイプに分類することができます。それぞれのタイプごとに接し方が異なります。

タイプが判別できれば、自ずと接し方の方針が立つわけです。

次ページの図の右上の象限は**「意欲もあって能力もある」**タイプであり、こういう人には**「任せる（Delegate）」が基本方針**となります。細かな指示はせず、責任の重い仕事を任せることで実力を発揮します。

次に、右下の象限は**「意欲はあるが能力がない」**タイプであり、若手社員に多いタイプです。**成長できるよう「指導する（Teach）」ことが重要**となります。

Will/Skill マトリクス

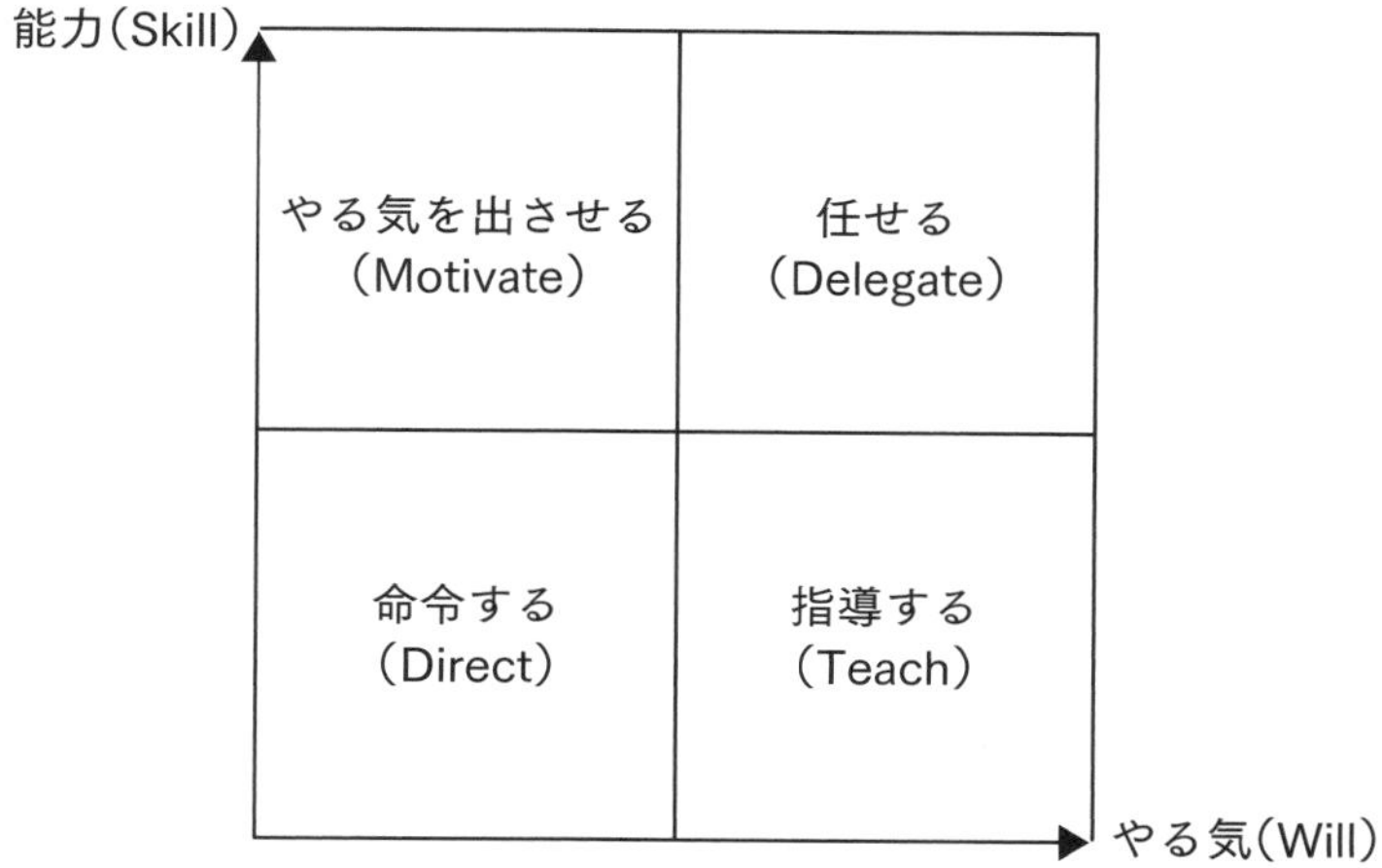

反対に、左上の象限は「**能力はあるが意欲がない**」タイプであり、最も難易度の高いセグメントと言えます。一定の経験のある有能な社員が何らかの理由でやる気を失くしているケースで、宝の持ち腐れの状態です。「**やる気を出させる（Motivate）**」**が基本方針**となりますが、能力があり、本来自信もあるため、モチベートのやり方もまた各人ごとに考えなければなりません。

左下の象限は「**意欲も能力もない**」タイプであり、自主性を期待することは難しい状態です。**事細かく指示し、「命令**

する（Direct）」ことで徐々に育成を図ると共に、やる気を起こさせる必要があります。

これはかなりシンプルに割り切ったタイプ分けの例ですが、こうした軸を持っていれば、人を見る際にもそのような観点で見ることができ、どれに当たるかがわかれば相応しい接し方もわかります。

ハイパフォーマーの特徴の1つとして「**目利き人材**」が挙げられます。**人を見る目があり、他者の特徴を的確に把握できる人です。**なぜできるのかと言えば、人を見るうえでの自分なりの軸を持っているからです。

53 意見を言わない「傍観者」ができる理由

「タイプによって話し方を変える」ことについて、もう1つ例を挙げましょう。

一人ひとりの特性に合わせたコミュニケーションをとる場合、極めて難易度が高いのが、「**モチベーションの源泉の違いによって伝え方を変える**」という点です。

かつて、高度成長期には部下も上司も皆、同じように長期勤務を前提とした正社員であった時代、関心の在りかも共通していました。そのため、いまのように多様性への配慮をする必要はなかったわけです。**組織内の多様性の進展に伴って、マネジメントは個別化し、複雑化しており、マネジャーの仕事の難易度は各段に高まっているの**です。

私自身も難しいと思うことが多く、何か伝えようとしても「ちょっと待った」と、いったん考えを巡らせて出直すことも多くあります。

どういうことかと言うと、**「この会社で出世していこうと思っている人」**と**「転職を前提としていて、この会社にいる間にできるだけ成長したいと思っている人」**、また、**「限られた時間の中で効率的に稼ぎたいと思っている契約社員の人」**とでは、関心の在りかがまったく異なるからです。

こういう多様な人たちに対して、組織の方針や優先事項など**一斉に同じことを発信**

してもそれが響く人とまったく響かない人とが出てしまうことは明らかです。一対一で伝えるにしても、同じ内容を同じように伝えていては一斉に発信するのと変わりありません。

ダイバーシティが進んだ組織では、このようなコミュニケーションの壁が普通にあります。それを認識していない場合、あるいは見て見ぬふりをしているような場合は、**組織の一部の人に対してしか伝えていないことになります。**

相手のモチベーションの源泉などには頓着せずに一律に、「**辛い気持ちもわかるけど組織の方針だから致し方ない。切り替えていこう**」というメッセージだけを発した場合どうでしょうか。

メッセージを受けた人は頭では理解できても何かもやもやしたものが残り、**方針に沿って邁進するまでに時間を要してしまい、生産性を大きく落としかねません。**

さらに、そのようなことが繰り返されるとやがて**気持ちが組織から離れてしまい、自分の殻に閉じこもったりしかねません。**このような状態になったメンバーを前著

（『職場の「感情」論』日本経済新聞出版）では、「**職場難民**」という言葉で表現しました。

「**職場難民**」は、**組織に対してそっぽを向いており、常に冷めており、組織全体として何かやっていこうというときに傍観者を決め込み、「お手並み拝見」の態度をとってしまうような人**です。

こういう人が職場に1人でもいると、組織全体が冷めてしまい、組織的なとり組みは何ひとつ実効性を確保できないことになってしまいます。

そうした人を出さないようにすることが組織にとって最優先事項であり、メンバー各人の個別管理こそが何よりもの対策になるのです。

54 モチベーションタイプを見抜く「キャリアアンカー」

メンバーのモチベーションを整理するのに役に立つのが、組織心理学者のエドガー・

シャインが提唱している「**キャリアアンカー**」という概念です。アンカーとは船の錨（いかり）の意味であり、不動のものということでこの言葉が用いられています。**キャリアアンカーとは、個人が自らのキャリアを形成する際に最も大切で、譲ることのできない価値観や欲求のこと**で、次の8つに分類されています。

各タイプの特徴を端的に言えば次のようになります。このうち誰しもいずれか1つが当てはまるとされています。

①専門・職能別能力……専門家としての能力を発揮したい
②経営管理能力……組織の中で出世したい
③自立・独立……自分のペースやスタイルを守って仕事を進めたい
④保障・安定……雇用が保障された安定した状態で働きたい
⑤起業家的創造性……創造性を発揮し、独立・起業したい
⑥奉仕・社会貢献……世の中のためになりたい
⑦純粋な挑戦……あえて困難に飛び込んで挑戦したい
⑧ライフスタイル……プライベートと仕事とのバランスをとりたい

たとえば、組織の方針が急に変わって、メンバーの気持ちの切り替えが難しいような場面において、各メンバーにどう伝えるべきか、キャリアアンカーを基に考えてみます。

メンバーのAさんのキャリアアンカーが、①「専門・職能別能力」である場合には、**「Aさんにやってもらいたいことは基本的に変わりはありませんが、よりAさんの専門性を広範囲に活用していただく必要がありそうです」**と伝えます。

Bさんが②「経営管理能力」であり、組織のリーダーを目指したい人である場合には、**「こういう方針転換は辛いけど、組織で仕事をしている以上、どうしても避けられず、メンバーの気持ちを切り替えさせることがとても難しい。このあたりがリーダーの腕の見せどころでもあるけど、Bさんだったらどんなふうに伝える？　ちょっとしばらくの間、皆の状況を観察して、適宜フォローしてくれる？**」と伝えます。

Cさんが⑦「純粋な挑戦」である場合、「**さらにチャレンジングなミッションに変わってしまった。状況変化に強く、プレッシャーを楽しめるCさんの出番だね。頼りにしてるよ**」と伝えます。

キャリアアンカーを上手く活用した接し方をすることで各人とも気持ちを切り替えやすくなり、新たな方針に基づいてスピーディな転換が図りやすくなるでしょう。

55 なぜ、相手の思いや感情を理解する必要があるのか

相手の思いや感情を理解することが重要な場面もあります。

営業活動をしていると、**途中まで順調に話が進んでいたのにあるとき突然、相手の反応が鈍くなる**ことがあります。何か状況の変化があったに間違いありません。

こういうときに**相手の反応を感知することなく、それまでと同じように話を進めてしまってはいい結果は決して得られません。**たいていは、だんだんアポがとりづらく

なり、話が立ち消えになったりします。

そんなときには「何か社内的なご事情に変化はありましたでしょうか?」と聞くべきですが、それで「実は……」と話してくれるケースばかりではありません。外部の人に話すことを躊躇する内容も多くあります。

たとえば、あるクライアント企業の人事課長のAさんは、コンサルティング会社である当社の支援を得てプロジェクトを進めようとしていました。

しかし、Aさんは上司である部長と共に部門長に了承を得ようと上申したところ、内容の理解は得られたものの「ところで君は何をするの?」と言われたのだそうです。「外部に丸投げするだけ」という印象を持たれてしまったわけです。コンサルティング会社を使う場合、料金が高額になることが多いため、上の立場の人からすればそう言いたくなるのも理解できます。

それを聞いて事情がわかったので、クライアント企業の人事部と私ども外部コンサルとの役割分担を明確にし、クライアント企業の主体性を損なわないよう、Aさんの役割を強調する形で、プロジェクト体制図を作成しました。
するると、それを見た**Aさんの表情がぱっと明るくなった**のです。案の定、社内的にも稟議が通り、プロジェクトは進むことになったのです。

Aさんは、当時の私よりも10歳くらい年上でしたが、それ以前にもおつき合いがあり、比較的人間関係ができていたので事情を話してもらえたのだと思います。

しかし、普通はなかなかハードルが高いものです。大手企業の人事部門の管理職などはエリート意識の強い人も多く、外部の人に弱みを見せるようなことは躊躇しがちです。10歳も年下のコンサルタントに悩みを打ち明けるようなことは簡単ではないのです。

56　相性が悪い人とのNG行為

相手に合わせようとしても、相性の問題で上手くいかないこともあるでしょう。相性が悪い場合、どうしても意思疎通も難しくなります。

上司と部下とでも、やはり相性があるので「**あいつと話すときはいつもぎくしゃくしがちだなあ**」といったケースは当然あります。「この部下とは何か話しづらいなあ」と思うときは、**たいてい部下の側も同じように思っているもの**です。**悪い意味での相互作用でますますぎくしゃくしてしまいがち**です。

こういう場合は、**フリートークではなくアジェンダを決めて、事前に考えておいてもらい、言わば杓子定規にかっちりと進めたほうが話し合いが進みやすい**ものです。それを繰り返しているうちに多少なりとも関係性ができて、徐々に関係も緩和されていくからです。**いきなり雑談やプライベートな話を展開するのは逆効果**になる可能性が高いと言えます。

反対に相性のいい場合もあるでしょう。

「話しやすいなあ」「この人と話をしていると何か気持ちがいいなあ」「この人ともっと話す機会を増やしたいなあ」などと思う人がいた場合、なぜその人に対してそのように思うのか、しばし観察をしてみるとよいでしょう。

「そうか、常に目元に笑みをたたえているんだなあ」とか、**「何を言っても、ビビッドないい反応を返してくれるんだなあ」**など、真似できそうな点はできるだけ取り入れていくとよいでしょう。

すぐ近くに格好の手本があるにもかかわらず、そこから何も学ばないということが意外と多いように思われます。ベンチマークは常に有効です。

新入社員の頃は先輩社員から何か学び取ろうと必死かもしれませんが、時が経つにつれて、そうした向上心もだんだんと薄れていってしまいがちです。

中堅になろうとも、ベテランになろうとも、周りから学べる人というのは、どんどんビジネス上の武器が増え、どんどん成長していくものです。

先に述べたような特定の観点をもって、周囲の人たちを観察することからまずは始めるとよいでしょう。初対面にもかかわらず、「この人は信頼できそうだなあ」と感じる人もいると思います。その場合、なぜそう思わせるのか、そうした観点でよく観察しながら話してみると、何か発見することがあるに違いありません。

相手をよく観察し、相手に配慮して話をすることは、もちろん仕事のことに限らず、日常生活においても同様に重要なことです。なぜなら**相手を尊重していることが伝わる**からです。

タレントのタモリさんがかつて担当していたお昼の番組の中で、ゲストを招いて話をするコーナーがありました。毎日いろんな人が来るわけで、ほどよい話のネタがないことも多くあったことでしょう。

そんな中でタモリさんが多く口にしていた言葉に「髪切った？」があります。この質問を受けた相手は、たいていは満面の笑みで自分の最近の状況について語ります。

誰しも自分に興味があり、自分の変化について興味があります。だからこそ自分の変化に気づいてもらえるのはとても嬉しいことなのです。相手を観察していなければ「髪切った？」とは言えないですし、また、過去の当人を記憶していなくてもやっぱり言えません。その短い言葉の中に**「あなたに興味を持っています」**というメッセージが含まれているのです。

相手は自己重要感を感じることができ、上機嫌で話し始めることになるのです。

「髪切った?」に限らず、**相手を細かく観察してみれば、何かしらの変化に気づくものです。それをネタにするのは、話が容易に盛り上がる秘訣とも言えます。**

［6章］

信頼される話し方 5つのポイント 3/5

――「自分が話しやすい環境をつくる」

57 上手く話せる人は、会議の最初の5分が違う

上手く話すためには**話しやすい環境をつくる**ことが重要です。

どんなに入念な準備をしていようとも、話しづらい環境では上手く話すことは難しいものです。

たとえば、**2時間の会議で、はじめの1時間は聞くばかりで黙りこんでいて、それから話すというのはハードルを高くする**だけです。自分で話しづらい環境をつくっていることになります。

何も核心をつくようなことでなくても、**最初の5分以内くらいに一言でも話しておけば、その後も話やすくなる**ものです。

確認のための簡単な質問などでもいいでしょう。テーマや資料についての質問でもなんでも構いません。または、着席してから始まるまで黙しているのではなく、隣り

合った人と会話することも話すモードをつくるのに有効です。

セミナーなどで講師を務める場合でも、開始時間前から一番前の席の人と他愛もない話をしてその流れで話し始めることは比較的有効です。たいていは笑顔で話しているので、セミナーを始めてもそうした柔らかい会話口調で話し始めることができます。**開始時間まで聴衆と相対して黙っていて、満を持して話し始めるよりも、だいぶ助走ができている状態がつくれます**。

58 何でも言えるキャラクターをつくってしまう

話をしやすくする別の方法としては**キャラクターづくり**もあります。

ある大手インフラ系企業の部長のJさん。とにかく発言力が強く、社内的にも社外的にも発信力があるということで有名な方です。上席者に対して自部署の都合を最優先して強い要求をしていくなどは日常茶飯事のようです。

比較的まじめでお堅く、上下関係を重んじる社風の中で異質そのものです。なぜ1人だけそのようなことができるのか、本人に聞いてみました。

すると、**「他の人には言わないでもらいたいのですが、キャラクターづくりが上手くいっているということにつきます」**と言うのです。

どういうことか。**「失礼なやつ」というイメージづくりをずっとしてきたというのです。「そういうイメージさえできてしまえば、何でも言えるので」と。**

最近では、「部門横断会議などで私が何を言っても『またあいつか』くらいに皆思っているし、私を知らない上席者が出席していたとしても例によってまくし立てていると、その隣の席の人が何やら耳打ちをして、その上席者が何度かうなずくのを見て、自分の戦略が上手くいっていることを確認できました」ということでした。

会議の場でたまたま特に主張すべきことがないので静かにしていたところ「Jさんは今日は静かだけど体調でも悪いの?」と心配されたりもするそうです。

「こうなったら、もう何でも言いたい放題言えます。本当はそういうキャラじゃな

いんですけどね。あくまでビジネス上のキャラです」と、何やら楽しげです。

59 「笑い」「共感」「お得感」が、聴衆を巻き込む

人前で話をするとき、私は「**笑いと共感、そしてお得感**」をいつも考えています。

1時間なり2時間の間、ずっと真剣な表情で聞くのは苦痛だと思います。**程よく笑っていただき、リラックスして、できれば楽しんで聞いてもらいたい**と思っています。

共感というのは「たしかにそういうことあるよね」と、言わば「**あるある感**」を感じてもらいたいということ。

お得感というのは「いいことを聞いたので、早速職場に戻って皆に話してみよう」など、**何か持ち帰れるものをお伝えする**ということです。それができると来た甲斐があったと思ってもらいやすいのです。

そして3つの中で最も意識しているのは「**笑い**」です。

聴衆の方々に**笑ってもらえると、距離感が縮まり、自分としても話しやすくなる**のです。冒頭近くで笑いを取りたいといつも思っています。

これは話しやすい環境づくりの1つで、聴衆の方々を巻き込むことでもあります。上手く巻き込むことができれば、講師である私も含めた皆のセミナーという位置づけができるわけです。

まったく巻き込むことができなかった場合は、1人の講師VS聴衆全員という関係になってしまい、堅苦しくなって話しづらくなってしまいます。

「巻き込む」ということでは、**人数が10名以下と少ない場合には、冒頭で一言ずつ口を開いてもらう**のも有効です。大勢の場合にはそれができないので、簡単な質問をいくつかして、挙手してもらうなどをします。これだけでも**双方向性ができ、聴衆の方々の参加意識、当事者意識がぐっと上がります。**

逆に、やってはいけないことは、1列目や2列目に座っている人にだけ聞いて、会話をしつつ進めることです。これだと、3列目以降に座っている全員が疎外感を抱いてしまうからです。当事者意識をもって聞いてもらいたいわけですが、その逆をしてしまうことになってしまいます。

60 「対等な関係性」をつくるべき本当の理由

ハイパフォーマーと話していると気持ちよく話ができるのは、**程よい関係性がつくれるから**です。対話において程よい関係性とは、**対等な関係**です。

なぜなら、**対等な関係があってこそ、躊躇せずに互いの本音を打ち明けられるから**です。

ハイパフォーマーは**職場においても上の人に変にへつらうことなく、また下の人に対して偉そうにせず、対等な関係をつくる**のが上手です。

対等な関係といっても、役職があるので立場や役割はもちろん異なりますが、お互いに1人のビジネスパーソンとして尊重し合える関係ということです。派遣社員やパート社員に対しても同様で、誰とでも分け隔てなく接することができます。そういう関係があってこそ、**互いに率直な意見を口にすることができる**のです。そして、**誰もが自分らしく居られる職場ができる**のです。

このあたりにも、ハイパフォーマーが優れた業績をあげ続ける秘訣があるように思います。プロスポーツ選手でも、一流の選手ほど、スタッフや裏方の人たちへの感謝を忘れず、対等に接するものです。

対等な関係性をつくることにたいへん秀でている知人がいます。外資系生命保険会社でライフプランナーをしているSさんです。長年にわたってトップクラスの成績を収め続けているトップパフォーマーです。

その会社の中で彼のことを知らない人はいないというような有名人です。そうであるにもかかわらず偉そうにすることは一切なく、**誰に対してもオープンにフランクに**接します。

この「誰に対しても変わらず」という点が彼の最も特徴的な点です。誰に対しても同様のトーンで、比較的丁寧に穏やかに話します。自分のスタッフである契約社員に対しても敬語で丁寧に物事を依頼します。支社長や営業所長に対しても、若いライフプランナーに対しても、**何ら変わることなく親しみを込めて、ユーモアも交えて友人のように接します。**

こうした関係をつくることで互いに本音で話しやすくなるのはもちろんですが、職場全体にも大きな好影響を与えています。こういう人が職場に1人でもいると、職場全体に穏やかでフェアな空気が流れます。

彼自身もそうですが、周囲の人たちも日々楽しく仕事をしやすくなるのです。

61 部下との関係がギクシャクしがちな人が抱えていること

上司と部下は共通の目的のもとに活動しているので利害関係はありませんが、それだけに複雑であり、難しいものです。端的に言えば、**相手を尊重することの難しさに**

なります。

「相手を傷つけずに、必要な批判をする」ことができるかどうかにつきます。上司・部下間のコミュニケーション上の難しさはこの一点にあるといっても言いすぎではないでしょう。

顧客や取引業者との関係など、利害関係があるほうが単純でやりやすいとも言えます。**利害が対立するのがはっきりしているので論点が明らかだからです。社内の場合、そうした構図が明確な対話とはちょっと違った種類の対話が必要**になります。

それゆえ、社外の人と話すことは得意でも、社内の人と話すのが苦手なのもうなずけます。端的に言えば、ドライな関係を好み、ウェットな関係は苦手という人です。

こういう人は上司の立場になっても、一人ひとりに合わせた丁寧な対話ができず、そうしたことが煩わしくもあるため、部下に対して「**耳の痛いことでも成長のために素直に聞くのであれば言うが、言ってほしくなければ一切言わない。どっちがいい？**」などと言ってしまいがちです。

これは一種の強迫であり、相手を尊重することにはまったくなっていません。自分が相手に配慮するような難しいマネジメントをしたくないだけのことです。

62 批判も反論も言える、職場全体の話しやすい環境

日本企業の場合、言うほうも聞くほうも批判に慣れていないと感じます。批判どころか、反論にすら慣れていないという状況も多く見られます。

互いに対等な関係で、自らの主張を明確に述べるためには、全員が批判に慣れなければなりません。この点も、職場全体として話しやすい環境をつくるための重要な点です。

批判されること、反論されることに慣れている相手に対しては、躊躇なく本音をぶつけることができるからです。

しかし、**深く傷ついてしまうのではないかと思ってしまえば、曖昧なことしか言え**

なくなってしまいます。打たれ強い部下には何でも言いやすいが、打たれ弱い部下の場合、腫れ物にでも触るように接しなければならないということです。

職場全体として話しやすい環境づくりは、メンバー一人ひとりの成長にも大きく影響し、メンバーどうしの強い絆が築けるかどうかも左右するのです。

果たして意見をぶつけ合わずに、強い信頼関係は築けるのでしょうか。

「相手の意見に反対であっても、それを表明せずに物事が進み、前向きに協力もしないので失敗する」。

するると、傍観者として「やっぱり自分が思っていた通りだったな」などと思い、さらに冷めた関係になってしまう。これでは信頼関係はいっこうに築けません。

互いに耳当たりの良いことしか言い合わず、表面的で当たり障りのない関係は築けるかもしれませんが、それ以上の関係には至ることはありません。

反対意見を正々堂々と表明し、より良い結果へ向けて真っ向から議論し、あるとき

はこちらが折れ、あるときは相手が折れ、あるときはより良い合意点が発見でき、実行してみて、上手くいったときも上手くいかなかったときも、一緒に振り返って反省もし、次につなげる。

このようなことを繰り返し、共に戦う仲間としての深い絆ができていくものです。

63 プロジェクトメンバーに選ばれるのは、どんな人か？

「最近は職場内で激しい議論をするような場面を見かけなくなった」と、企業の役員や管理職の方々からよく聞きます。以前は侃々諤々《かんかんごうごう》の議論をする場面は普通にありました。

最近に限ったことではないのかもしれませんが、若手社員同士は比較的対立を回避しがちのように思われます。平和主義とも言えるかもしれませんが、あまり成長が見込めるとは言えません。**前向きに対立することで、意見をぶつけ合い、互いに学び合い、成長することができますがそれがないからです。**

もう1つ重要な点としては、対立を避けている場合、**表面的に良好な関係を築けるかもしれませんが、困ったときに助け合うような仲間はできづらい**と言えます。**その時は激しく対立しても、後々強い絆が築かれる**こともあります。

対立と言っても、**同じ目的に向けての意見の相違という意味での対立です。それを避けて馴れ合いの関係を築くことは容易いことです。**

しかし、それでは個人の発想を超えて、より良い方向へは向かわないでしょうし、互いの成長もなく、そして強い絆も築けないでしょう。

ではなぜ本当に対立を経て、強い絆ができるのでしょうか。

「雨降って地固まる」という言葉があります。物語でも「雨降って地固まる」プロセスで描かれることは多くあります。

以前の職場で、コンサルティング・プロジェクトチームを組成するときに「誰と一緒にやりたいか」とメンバーに聞いたことがあります。その答えで印象に残っていることがあります。

比較的簡単そうなプロジェクトの場合には「誰でもいいですよ」とか、「新人を一人面倒見ましょうか」とか、よく一緒にランチを食べている仲良しメンバーを指名したりすることが比較的多かったように思います。

しかし、どう考えても困難が予想される難関プロジェクトの場合にはそうではありません。「あいつを入れてもらえますか？」と真顔で指名する相手は**日頃からさほど仲良く接している相手ではないけれど、実力を認め合っている相手です。**

どういう経緯でそういう関係ができているのかと言えば、**過去に共に苦労した経験があるのです。困難続きのプロジェクトで意見の相違もあって対立もして、しかし、お互いの持てる力を精一杯出し合って、何とか共に乗り切った仲間です。**そうした経験があるからこそ、いざというときに頼りになる仲間との関係を築けるのです。

64 「雑談をしない」心理的な抵抗の正体

次に、話しやすい環境をつくる取っ掛かりとしての「雑談の重要性」について述べたいと思います。**雑談は人と人との距離を近づけますし、他愛もないことも含め、やりとりする習慣をつけるという点で重要性は高い**と思われます。

しかし一方で、雑談が苦手な人が多いのも事実です。**リスク回避傾向**というものが関係しているという考え方もあるようです。

「**リスク回避志向が高いのは実は日本人の特性である**」という意見もあります。「**それゆえ、雑談への苦手意識が強い**」というようなことをコミュニケーション戦略研究家の岡本純子氏は言います（「『雑談力』こそ『人生最強の武器』である超納得理由」東洋経済オンライン2022.6.24）。記事では、大手旅行サイトExpediaの調査を紹介しています。

「機内で知らない人に話しかける割合は日本人はたった15％で、堂々のワースト1位でした。トップ層のインド（60％）、メキシコ（59％）、ブラジル（51％）、タイ（47％）、スペイン（46％）と比べても、その差は歴然です。ちなみに日本以外の下位４カ国は、韓国（28％）、オーストリア（27％）、ドイツ（26％）、香港（24％）で、日本とは10ポイント近くの差がありました」。

確かにアメリカの国内線を利用した際には、かなり高い確率で隣の席の人が話しかけてきました。「この間の席には誰も来ないことを願うよ」といった些細な一言ですが、座ってすぐくらいに話しかけてくれるので気まずい気持ちにならずに助かったものです。

「『飛行機の中で、頭上の棚に荷物を入れるのを手伝うか』という問いに、オーストラリアやドイツ、スイス、オーストリア、アメリカはほぼ半数の人が『手伝う』と回答しましたのに対し、日本人は24％とやはり世界最低でした。

一方で、**機内の迷惑行為に対して『何も言わずに黙っている』と答えた人の割合は**

日本人が39%と、世界一『我慢強い』一面も明らかになりました」ということです。

雑談をしたがらない理由としては、「**雑談は無駄である**」と捉える風潮が強いということを記事では挙げています。

確かに、**スピード重視のビジネスの世界では、業務に関係しない話は無駄である**と考える人もいます。無駄だから話しかけないというよりも「**余計なことを言ってバカにされたくない**」「**軽くスルーされたらどうしよう**」などの心理的な抵抗のほうが大きいようにも思われます。

まして見ず知らずの人に話しかけることには、高い心理的なハードルがあって当然です。「**沈黙は金なり**」ということわざが頭をよぎったりするかもしれません。**黙っていたほうが賢く見える**という誤解もあるかもしれません。

昭和の時代の管理職などは、黙っているだけでなく、苦虫を噛み潰したような不機嫌な表情をする人も多くいました。**明るくオープンに接するよりも何か権威が増すような錯覚をしていた**のでしょう。

とは言え、いきなり明日から雑談をしようと思ってもなかなかできるものでもありません。まずは身近なお手本を参考にしましょう。次の項目で紹介します。

65 身近にいた、雑談の達人がしていること

街中を見てみると、ご年配の方などは比較的フランクに話しかけるように思われます。電車の中で隣に座っていたおばあさんに突然話しかけられて驚いたこともありますし、子どもが幼児であった頃には、子ども連れで外出するとご年配の人たちにはほんとによく話しかけられたものでした。

年齢と共に心理的なハードルが自然に下がるのでしょう。自分自身を顧みても、10代、20代の頃は人見知りが激しく、見ず知らずの人に自分から話しかけるなんてことはとてもできませんでした。そればかりかマンションのエレベーターの中では硬い表情をしてて「話しかけないでくれオーラ」のようなものを出していたと思います。

しかし、40代、50代になるにつれてエレベーターの中やスポーツクラブなど、何度か顔を合わせたことのある人には気軽に話しかけられるようになりました。

これは社交性が増したというよりも、「無用なプライドがなくなった」「相手に対する警戒心がなくなった」ということのほうが大きいように思います。

スポーツクラブなどでは、ロッカールームで話が弾んでいるのは、たいていは70代くらいのご年配の人たちです。耳をそばだてて聞いてみると、**最初は失礼ながらほんとにどうでもいい、あまり意味のないようなことを言い合っているのです。**

しかし、そこから話がどんどん展開し、どうやら双方ともが関心のある話題にたどり着いて、しばし楽し気に話が弾んでいました。

その雑談力には恐れ入ります。そうした目的を持たない、どこに行き着くかわからないような対話を続けることはとてもできません。

しかし、最終的に楽し気に話しているのを聞いていて、こちらも楽しい気分になるくらいですから、その方々の幸福度は確実に高まっているに違いありません。昨今ではスポーツクラブがご年配の人たちの社交の場となっていると言いますが、それも納得です。そうした場面を何度か見ていて、ひとつ気づいたことがあります。そもそもご年配の人たちは若い人たちに比べて、**表情も態度も柔らかい**ということです。**硬い表情をしている人には話しかけづらいですが、ニコニコしている人には話しかけやすいものです。**

また、硬い表情をしていると自分でも言葉が出づらいものですが、柔らかい表情をしていると比較的言葉が出やすいものです。話しやすい環境づくりのひとつの実践例と言えるかもしれません。

また、外国人はよく目が合うとにこっと微笑みます。「敵意はありませんよ」ということを示していると言われますが、理由はともかく、そうしたことが小さい頃から習慣化しているのでしょう。

お互いに微笑み合えば、そこから自然に会話が生まれます。互いに硬い表情をしていたり、目線を合わせなかったりしていては、そこから会話が生まれる可能性はありません。

まずは言葉を発する以前に、柔らかい表情でいることが、雑談を生み出す第一歩なのかもしれません。物騒な世の中なので、誰に対しても微笑みかけるのはリスクはあると思いますが、**リスクのないような場面では、できるだけ肩の力を抜いて柔らかい表情でいたい**ものです。

66 今日、職場で何回人と雑談をしましたか？

日本人は世界でも特に「幸福感が低い」ことで有名ですが、この大きな要因のひとつが、**「人とのつながり」**の希薄化です。また、幸福感や健康を決定づける第一の要因は、お金でも仕事でもなく、「人とのつながり」であることもわかっています。つながりがあるかどうかは、心臓病やがんの予後、血糖値、肥満度にまで影響を与えます。**職場でのつながりや地域社会でのつながりがますます希薄化**しているのは問題です。

つながりのための雑談は必ずしも上手に話す必要はなく、単に話してみるかどうかです。話しかけるという行動を起こすだけで幸福度は大きく変わり得ます。

シカゴ大学のニコラス・エプレイは、イリノイ州のホームウッド駅を利用している通勤客97名にお願いして実験に参加してもらいました。エプレイは、通勤中に知らない人に「近所の人と話をするように」話しかけるようお願いしました。

目的地の駅に着いたところで結果を尋ねてみると、知らない人に話しかけても、平均して14・2分と割と長く話せて、**「とても楽しく会話できた」と答え、「幸せで気持ちがよかった」と言った**のです。

また、心理学者の内藤誼人氏は次のように述べています。

「スーパーやデパートで買い物をするときには、レジ係の人に、『ここのお惣菜って、本当においしいんですよね』と一言だけ話しかけます。いきなり話しかけられてビックリする店員さんもいるかもしれませんが、たいていは笑顔を見せて、『ありがとうございます』などと返事をしてくれます。友人などいなくとも、知らない人と、ちょこちょこと話すようにすれば、それで十分です。別に友人をつくろうとしなくとも、軽いコミュニケーションを意識してぜひあなたもトライをしてみてください。きっといつもと違う気分を感じることができるはずですから」。

（「スーパーのレジ係と話すだけで十分幸福度は高まる」プレジデントオンライン2023.4.8）

職場においても、**業務上の話をするだけではなかなかつながりはできません。**プライベートにかかわるような話をしてはじめて相手の人となりがわかり、つながりができるのです。

そう考えると、**雑談力を磨くことはビジネス上のメリットに留まらず、幸福度を高めることにつながる**ということに気づきます。一日の活動時間のうちの大半をすごす職場だからこそ、そこでのつながりは幸福度や健康を大きく左右するのです。

67 雑談がなくなると離職が増える

雑談の重要性については、拙著『職場の「感情」論』（日本経済新聞出版）でも記述しました。以下に一部抜粋します。

雑談の重要性については、以前から指摘されてきました。**雑談が自然にできるかどうかは、その職場が健全な状態にあるかどうかのバロメーター**と言っても過言ではありません。**雑談や声掛けの多い職場ほど、上司・部下間や同僚間の垣根は低く、現場からの情報は上がってきやすく、また流通しやすくなります。**

私は仕事柄、多くの企業に足を踏み入れていますが、たいていは最初にその職場に入った瞬間に、良い職場かそうでないかはわかります。何をもとに察知しているのかと言えば、**社員たちの動きや表情、話し声です。**

もちろん職種にもよりますが、しんと静まり返った中で、皆がＰＣに向かっているような職場には弾んだ空気は流れていません。

雑談はまた、リテンションの指標であることもわかっています。つまり**離職可能性に大きく影響するのです。**

リクルートキャリアが2019年6月に発表した「中途入社後活躍調査」（n＝5378）の結果がそれを示しています。

離職意向に影響を及ぼす要素を調べたところ、離職について「まったくそう思わない」「どちらかといえばそう思わない」と回答した人には**「短時間でも上司と雑談している」傾向が見られた**のです。

また、自分の能力を十分に発揮している**「パフォーマンス発揮者」は、「会話の頻度」が高い**ことがわかったのです。「パフォーマンス発揮者」の約3分の2の人が「1日に1回以上の頻度で上司と会話」をしていました。

一方、**パフォーマンスが不十分な人の約3分の1は、「1週間に1回程度、またはそれ未満」しか上司と会話をしていなかった**のです。

そもそも、**「リモートワーカーは離職する可能性が高い」**とする海外の研究結果もあります。その調査によると、**在宅勤務を行う人の中では孤立感と労働意欲低下の深刻化が顕著であることが明らかになりました**（Survey: Remote Workers Are More Disengaged and More Likely to Quit, November 15, 2018.）。

世界中の従業員とマネジャー2000人以上にインタビューを実施した結果、**遠隔勤務者の3分の2は「仕事に意欲を持っていない」**ことがわかったのです。

また、「キャリアを通して同じ会社に勤め続ける」と常時あるいは頻繁に考えている割合は、遠隔勤務経験のない従業員の場合は28％だったのに対し、遠隔勤務者の場合はわずか5％でした。リモートワークによる労働意欲の減退と離職可能性の上昇が顕著であることがわかります。

こうしたこともあり、ＩＢＭや米ヤフー、ヒューレット・パッカード、ハネウェル、ベスト・バイなどの企業は、**毎日のオフィス勤務を例外なく義務づけています。**

そうすることが**チームワークを高め、強力な文化を醸成し、エンゲージメントを高めることで、労働意欲を高め、離職可能性を低下させる**と考えているのです。

多様化が進み、価値観が共有されていない場合、仕事上必要な会話以外、雑談など

職場はなされなくなります。仕事上の会話だけでは人間的なつながりはできづらく、への愛着感も生まれづらいのです。

［7章］

信頼される話し方5つのポイント4/5

――「ストーリーとユーモアを磨く」

68　ストーリーは、22倍記憶に残りやすい

ハイパフォーマーは、話をしていく中で共感を得て、信頼を得ていくことに長けているわけですが、**共感を得るうえで極めて重要である、ストーリーとユーモア**についてこの章では述べたいと思います。

他者に何かを伝える場合、**最も浸透力があるのはストーリー**であると言えます。先週のテレビのニュース番組で聞いた経済についての解説はほぼ忘れていても、遠い昔、子どもの頃に聞いた童話や若い頃に見た映画の内容はよく憶えているものです。

誰かの話を聞くときも、人は頭の中でイメージをつくりながら聞きます。そのイメージがぼんやりしているよりは、**鮮明に描けたほうがより印象に残り、感情も動きます**。スタンフォード大学教授のジェニファー・アーカーによれば、「**事実だけを伝えるよりも物語として伝えるほうが、22倍記憶に残りやすい**」ということです。

私は企業の人事部の人たちとも多く話をしますが、何かしらの相談を受けて答える場合、**相手が最も前のめりになるのは常に他社事例の話をするときです。**

「○○会社は××な課題があって、それに対して△△を実行し、その結果こうなった」というように、事例は１つのストーリーになっているからです。

では、ストーリーの要件とは何でしょうか。

優れたストーリーには、次の３つの要素が備わっていると考えられます。

１つめ、具体性があり、臨場感があること
２つめ、思いや感情が伝わること
３つめ、独自性や意外性があること

この３つが備わっていることで、聞き手が十分に共感することができ、感情が動かされるのです。

69 実は誰でもできる、ストーリーのある話し方

ストーリーは大事とは言え、「語り部でもないのに感動するようなストーリーがつくれるはずない」と思うかもしれません。

しかし、ストーリーはつくるまでもなく、誰もがすでに持っているのです。というのは、**過去の経験はすべてストーリーだからです。失敗談も成功談もそうです。**

部下や同僚に失敗談を話したことがある人も多いと思いますが、おそらくあなたが会議で自分の意見を述べているときよりも、何倍も周囲の人たちの興味を集めていることでしょう。

周囲の人はそこから何か学びを得たいと思って聞いていることもあると思いますが、それ以前にストーリーだからこそ、のめり込みやすいのです。

多くの企業で、大ヒットした商品の開発ストーリーなどは長いこと語り継がれているものです。一般にもよく知られているものとしては、3M社のポスト・イット®の開発ストーリーなどがあります。

3M社の科学者スペンサー・シルバーが当時、より優れて強い、丈夫な接着剤を開発しようとしていました。しかし、目指していたものとはまったく異なる、粘着力の非常に弱い接着剤をつくり出してしまったのです。

その使い道を考える中で、あのような商品につながったというものです。失敗を失敗のまま終わりにしないというような学びが得られます。

ストーリーという言葉はとっつきづらいかもしれませんが、**エピソード**と言い換えればもう少し身近なものに感じられるかもしれません。テレビ番組でも芸人が盛んにエピソードトークを繰り広げていますが、概して面白く聞けるのではないでしょうか。

さまざまな経験をしてきている人、対人関係の豊富な人はエピソードトークのネタが多いものです。

70 ルイ・ヴィトンに秘められたストーリー

ブランド品なども、ブランドイメージをより堅固なものにできるよう物語で深く記憶に刻まれることを狙って、**広告にストーリー性を持たせている**例が多く見られます。

ブランド品の代表格とも言えるルイ・ヴィトンは旅をテーマとしています。もともとは旅行鞄の専門メーカーということもありますが、ただの旅ではなく「人生そのものが旅だ」という**メッセージが隠されている**のです。

広告には、旧ソ連書記長のゴルバチョフや、英国女王からナイトの称号を贈られた名優のショーン・コネリーなどが登場します。歴史に残る偉業を成し遂げたこれらの人物たちは、今、人生の大仕事を終え、過去を回想しているかのように見えます。その素晴らしき人生の横には、いつもルイ・ヴィトンがある。

ルイ・ヴィトンの「旅とは人の歴史そのものを指している」というメッセージが重厚に伝わります。**このコミュニケーション方法は、顧客側のアイデンティティに大きく影響を及ぼし、旅行鞄としてのアイテムを超え、「人生の必需品」という世界観を与えます。**

ルイ・ヴィトンのバッグは日本人の5人に1人が持っており、その総保有数は2400万個とも言われています。平均価格が15万円だとすると、日本の家庭には3兆6000億円分のルイ・ヴィトン資産が存在することになります（拙著『ハイパフォーマー彼らの法則』日本経済新聞出版）。

このように**ストーリーによって人の記憶に深く刻み込まれ、時が経っても色あせないブランド・ロイヤリティ**を維持しているのです。

71　光景が目に浮かぶ話し方

ハイパフォーマーのインタビューでも、過去のエピソードを語ってくれる人は多くいます。**その光景がありありと目に浮かぶように語る人**はやはり、ハイパフォーマーの中でも特に優れたほうです。

現在は大手メーカーの人材開発部の課長として活躍されているある女性管理職の方は、「転機となった過去の出来事」を聞いたところ、入社3年目の工場総務での経験を紹介してくれました。赴任直後の出来事をまるで昨日のことのように語ります。

赴任して最初に工場内を見たところ、穴蔵のように思ったんです。窓側に在庫の段ボールや備品が高く積まれていたので光が遮られて薄暗く、また、工具も整理されておらず、あちこちに散在していました。

お昼を食べる休憩室も埃っぽく、床にはハンダが溶けて固まった箇所があちこちに点在しているような、とても食事をする場所とは思えない環境でした。

初日が終わり、帰る頃には体調が悪くなり、帰宅後は熱を出してしまいました。こんな粗悪な環境ではまず自分が耐えられないし、工員の人たちも生産性が上がらないばかりか、健康上も良くないと思い、工場長を説得し、環境改善（職場快適化）プロジェクトを早速立ち上げました。

とは言ってもオペレーターの人たちが現場を離れるわけにはいかないので、総務や生産技術の人たちや課長以上の管理職など、工場長も含めて整理整頓を毎日時間を決めて行い、2週間掛けて実行しました。

まずはデッドスペースに段ボール類を移すなどして窓面をすべて空け、光や風が差し込むようにしました。窓掃除も、床掃除も徹底してやりました。休憩室は家具もすべて変えたかったのですが、予算がなかったので、レトロな雰囲気を活かす方向で古い木のテーブルとイスはきれいに磨き、床はワックスがけをし、裸電球だけは耐えられなかったので雰囲気に合ったアンティーク調のペンダントライトに替え、スタンドライトも配置しました。

また、予算の許す限り、あちこちに観葉植物も置きました。

すると、空気が清々しくなったように感じられ、オペレーターの人たちも、「結構いい工場だったんだな」などと言って気に入ってくれました。

何よりも体調不良での欠勤者が格段に少なくなったことが、工場長の評価につながりました。

それ以降も比較的自由に自分の発案でいろんなプロジェクトを任せてもらい、管理職の人たちも積極的に協力してくれました。実はこの経験が、自分が自分よりも立場の上の人たちを巻き込んで実行した初めての仕事だったのです。

この出来事が、巻き込み上手と周りから言われていた彼女の仕事スタイルを決定づける経験となったわけですが、**このようなエピソードとして伝えてくれたことで、聞き手である私にも鮮明に理解する**ことができたのではないでしょうか。

また、それ以上に**10年以上前に聞いた話であるにもかかわらず、この通りに聞いた言葉をほぼそのままに再現できるほど、記憶に留まっているのです。ストーリーの力は凄まじい**と思わざるを得ません。

72 臨場感をかもし出す「セリフ」と「数字」の魔力

ストーリーで語らなくとも、その効果を部分的に入れ込むことも可能です。実際に**人を引き込む話をする人は自然に行っている**ことですが、話の中で「**セリフを入れる**」のです。これだけで**ぐっと臨場感が増します**。

インタビューで、大きな影響を受けた上司について質問した際に「失敗を恐れない姿勢を学びました」と述べる人がいます。

一方で、「新たなチャレンジを躊躇していたとき、当時の上司にこう言われたんです。『失敗からしか学べない。成長したければ失敗することだよ』と」。

後者のように話されると**話にメリハリができますし、臨場感も増すため、つい前のめりにさせられます。**小説を読んでいても、括弧書きのセリフの箇所は読みやすいし、**興味を持って集中して読める**と感じたことはないでしょうか。似たような効果であると思われます。

このような話し方は、明らかにハイパフォーマーに多く見られます。**重要な出来事をあたかも動画のまま憶えている**かのように、細かな部分までよく記憶しているからできるということもあると思います。

他に多少似たような効果が「**数字を入れる**」ことです。これもやはり**臨場感を増しますし、説得力も増します。**もちろん数字が頭に入っていなければできないことです。「前年比で幾分か上がっているのですが」と言う人もいれば、「前年比で2％強上がっているのですが」と言う人もいます。

また、インタビューの中では過去のことを多く聞きますが、「だいぶ前のことですが」と言う人もいれば、「20年以上前のことですが」と言う人もいますし、「2000年の秋から2001年の夏にかけてのことですが」と言う人もいます。

具体的な数字を言うことで、聞く人は「2001年と言えば9・11事件のあった年で、自分はシンガポールにいたな、その頃この方はどのようなことをされていたんだろうか」と、**時代背景を想像しながら聞く準備もできる**わけです。

どちらが説得力を持つかは歴然としています。**数字が話に入っていると、聞いている側も具体的にイメージしやすくなります。**

こうした意味での数字とは違いますが、「理由は3つあります」などと前置きしてから話すのも説得力が増すという点で共通しています。

こう言ってもらえると、いくつの理由が出てくるかわからずに聞くよりも、各段に整理しながら聞きやすくもなります。

こうした話し方も、明らかにハイパフォーマーに多い話し方です。**頭の中が整理されている、あるいは咄嗟に整理できるから言える**ことです。

ちなみに、この「3つあります」というのは、コンサルティング会社などでは、「とりあえずそう言ってしまえ」という指導がされたりもします。「**ポイントは3つあり**

ます」と言ってから、1つずつ考えればいいというわけです。**2つでは少ないし、4つ以上になると多すぎて整理し切れていない印象を与えるので、3つということです。**

3つならば言った後になんとか絞り出せるだろうということでもあります。

こういう前置きをすることで、**何度も説明してきている内容であって、そのことについて熟知しているという印象を相手に与え、信用が増す**という効果もどうやらあるようです。

73 職場にこそユーモアを

次に、**ユーモアの大切さ**を述べたいと思います。この点は重要性が高いにもかかわらず、日本の職場においては軽んじられてきた点であると思います。

ユーモアは笑いを起こし健康にいいということに留まらず、人間関係をよくする効果もあります。

しかし、その実際は多くの人がその効果を十分に意識していないレベルではないでしょうか。

特に、**職場においては、むしろ軽はずみな言動は慎むべきという意識が勝っている**ことが多いのではないでしょうか。中には数日間、声を出して笑っていないという人もいるかもしれません。

「平均的な4歳児は1日に約400回笑っているが、35歳以上の大人は1日に15〜16回しか笑わない」というデータもあるようです（「Leading with Humor」Alison Beard, May 2014 Harvard Business Review）。年を経るごとにどんどん笑わなくなってしまうのです。

笑うことには多くの効用があるにもかかわらず、もったいないことです。医学的見地から言えば、**笑いによって脳はストレスホルモンと言われる「コルチゾール」の分泌を抑制し、ストレスを和らげて気持ちを穏やかにします。**

また、**ランナーズハイに似た状態を起こす「エンドルフィン」の分泌を増進し、人の忍耐力を高め、天然の痛み止めとしても作用**すると言います。

「辛いときほど笑っていよう」という教えもありますが、それには医学的根拠があったのです。

もちろん笑いは職場においても多くの効用を発揮します。職場においてこそ、その重要性は際立つと言っても過言ではないでしょう。

職場で笑うことで、たくさんの酸素が脳に供給され、ストレスを緩和し、リラックスできます。脳の活動を活性化させ、記憶力や判断力を強化し、リラックスすることで発想力が向上するという効果があります。ユーモアと笑いを職場に持ち込むことで、生産性の向上さえも見込むことができるのです。

ユーモアのセンスを磨くことには、数多くの利点があることが、多くの研究によっても証明されています。

ミシガン大学の研究では「**優れたユーモアセンスの持ち主は、高い創造性、情緒の安定、現実把握力、そして大きな自信を持つ傾向にある**」と結論づけています。

また、リーダーシップ論の権威、ジョン・マクスウェルは次のように語っています。

「**人生や自分自身を笑い飛ばせる人は、それができない人よりも、はるかにストレ**

スの少ない人生を歩むことができる。あなたが優れたユーモアセンスを持っているなら、ユーモアのセンスを持たない人よりも出世の階段を早く上れるだけでなく、そのプロセスを楽しむこともできるだろう。ユーモアのセンスは、あなたと他者との人間関係を円滑にし、チームワークを強化し、チームの生産性向上にも貢献するので、結局はあなたの業績も上がるのである」。

（ジグ・ジグラー 著、田中孝顕 訳、『潜在脳力超活性化ブック』きこ書房）

74 ユーモアは、リーダーに不可欠な要素

スタンフォード大学のビジネススクールで「ユーモアとリーダーシップ」に関する講義を展開している行動科学者のジェニファー・アーカーと企業戦略家のナオミ・バグドナスによれば、**ユーモアはその威力の大きさに反し、職場の中できわめて低く評価されている資源の1つである**と言います。

両氏は、TEDで人気を博した講演の中で、ユーモアを「**組織における『人同士の絆』**

『組織力』『創造力』『回復力』を強める秘密兵器」と呼び、私たちビジネスパーソンはもっとユーモアを持つべきであると訴えています。(Humor boosts your credibility at work (and that's no joke) March 9, 2022 WORK LIFE by ATLASSIAN)

プレゼンテーションにおいても、ユーモアは大きな効果を発揮します。『Harvard Business Review』に掲載されたブラッド・ビタリーとアリソン・ウッド・ブルックスのレポート「Sarcasm, Self-Deprecation, and Inside Jokes: A User's Guide to Humor at Work」によると、プレゼンテーションの効果を計測したある実験において、**ユーモアを交えたプレゼンターは、ジョークを使わなかったプレゼンターよりも自信と能力が高いとオーディエンスから評価された**と言います。

また、ユーモアのあるプレゼンターは、のちのリーダーシップ研修においても、リーダーとして高い能力を発揮しうると評価されたようです。

さらに両氏によれば、**組織のリーダーのユーモアには、組織に対する従業員のロイヤリティや自発的な貢献意欲を向上させる効果が期待できる**と言います。

次のように述べています。

「リーダーのユーモアは、従業員たちの仕事ぶりを前向きにするほか、仕事への満足度、組織への貢献意欲、ロイヤリティ、創造性、心理的安全性、リーダーとの交流を続けたいという意識など、リーダーシップの有効性を支える、従業員のあらゆる心理的要素にプラスの影響をもたらすのです」（ビタリー、ブルックス）。

ユーモアは職場において軽んじられていますが、実際には組織のリーダーにとって不可欠とも言える重要な要素となっているのです。

ただ、ユーモアなら何でもいいわけではありません。一線を越えたジョークは対人関係を悪化させるリスクもあります。

「一線を越えたジョークには、周囲から知的で有能だと思われる効果はなく、逆に『非常識』で『知性が低い』と見なされてしまう恐れが強いと言い切れます」と、ビタリーとブルックスは指摘しています。

他人をおとしめるようなネガティブなユーモアは攻撃型ユーモアと言われたりします。言っている当人は面白いと思っているかもしれませんが、結果として不信感や関係悪化を生んでしまいます。関係性を良くするポジティブなユーモアである必要があるということです。

75 緊迫した状況を一瞬でやわらげた、たった一言

名優トム・ハンクスが主役を演じる映画『アポロ13』は、実話であるだけに大きな感動と教訓を残すものになっています。絶体絶命の危機を脱して無事帰還するわけですが、リーダーであるジム・ラヴェル船長の高い資質があってこそであることは言うまでもありません。

大きく3点、リーダーの資質を見てとることができます。それは、**前向きな期待**と**冷静さ**、そして**ユーモア**です。

ジム・ラヴェルは実際に実用的なジョークを好んでいたようですが、絶体絶命の危機に瀕して、常にユーモアを忘れない姿には凄みすら感じます。

大気圏への突入という最後で最大の難関。突入角度のずれがわずか2度以内でなければ、焼け焦げてしまうか、弾かれて宇宙をさまようことになるという状況です。故障して制御が利かなくなっているので、普通に考えて、無事に地球に戻れる可能性はごくわずかであり、パニックになっていたり、絶望していたりしてもおかしくない状況です。

そんな中で、ジムは打ち上げ直前に風疹にかかっていることがわかり、他のメンバーと交代せざるを得なかった元クルーのケンが無線に出ると、次のような一言を最初に言います。

「やあケン、今頃、発疹だらけか？」と。

その軽快なジョークによって、「パニックにはなっていない、あきらめてもいない、必ず帰れると信じている」ということが、他のクルーたちにも、管制官たちにも伝わりました。他の2人のクルーも「大丈夫なんだ、絶望するような状況ではないんだ」と信じることができたでしょう。

もちろん、それを聞いて笑顔になることで、笑うことの医学的効果も得られたはずです。アポロ13号の帰還は後に「栄光ある失敗」と言われるようになったのです。

深刻な状況のときにこそ、ユーモアは効果を発揮するのです。

こんな命がけのミッションではないとしても、**職場でもさまざまなトラブルが発生します**。中には、一刻を争うような状況や、つい他者のせいにしたくなるような状況もあるでしょう。そうした中では余裕をなくしユーモアなど発揮できないように思われます。

しかし、実はそういう状況においてこそユーモアが重要であり、そのような緊迫した状況を救うことにもなるのです。

［8章］

信頼される話し方5つのポイント5/5

――「褒めると叱るを使いこなす」

76 効果的なフィードバックが成立する条件

職場におけるコミュニケーションにおいて、**最難関の1つは明らかにフィードバック**でしょう。特に、厳しいことを言わなければならないケースにおいては、なかなか上手くできないものです。

相手との関係が良好であればできるというものでもありません。その**関係を壊さないように、批判的なことは言わないでおこう**となりがちだからです。

本当の意味での信頼関係ができていなければ難しいのです。

近年は、**以前と比較しても、厳しいフィードバックは年々少なくなってきているよ**うに見て取れます。理由の1つには**ハラスメントへの懸念**があるでしょう。相手が反感を持ってしまいパワハラと取られかねないとの思いがある場合は、厳しいことは言いづらくなります。

また、ダイバーシティにより**人材が多様化すれば、それぞれに合わせたフィードバックも難しくなります。**

さまざま要因はありますが、**厳しいフィードバックがなくなれば、当人の成長もなくなります。成長がなくなれば、成果もあがらなくなる**というように、ビジネス上のたいへん重要な側面が機能しなくなるのです。

これほど重要なフィードバックですが、これを上手くできるリーダーはどれほどいるのでしょうか。

効果的なフィードバックはそう簡単なことではありません。『GREAT BOSS』（東洋経済新報社）の著者で、アップルやグーグルの管理職研修プログラムを運営してきた、キム・スコットの分類に従えば、効果的なフィードバックには2つの側面があります。**「気づかいがある」ことと「率直に言う」ことです。この2つの要素が共に満たされてはじめて、効果的なフィードバックが成立するのです。**

さらにキム・スコットは次のスティーブ・ジョブズの言葉を紹介しています。

フィードバックの特徴を表す4象限

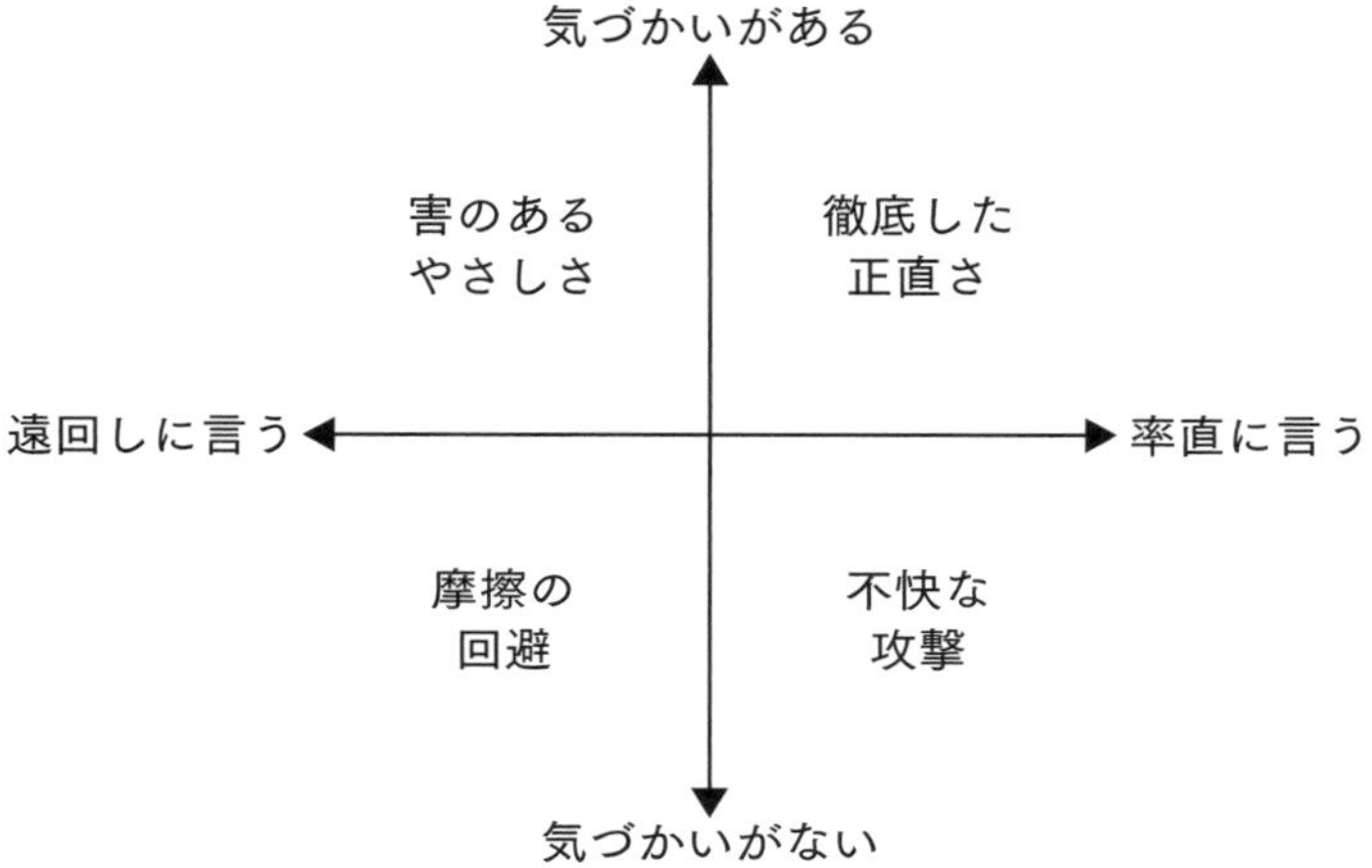

「決して相手の能力を疑っているわけではないことを伝えながら、解釈の余地を残さないように批判しないといけない……すごく難しいんだが」。

キム・スコットは、「**気づかいがある**」と「**率直に言う**」を軸とし、4象限で示しています。

この2つのどちらか一方に失敗した場合、図の「**不快な攻撃**」か「**害のあるやさしさ**」になってしまいます。

気づかいなく、ただ率直に言ってしまえば「不快な攻撃」となり、フィードバックがマイナスとなり、「言わないほうがよかった」となってしまいます。逆に、気づかいはあるが率直に言えない場合は「害のあるやさしさ」となってしまいます。「気づかいがある」と「率直に言う」の両方に失敗した場合、「**摩擦の回避**」となります。

次の項目からこの４象限の具体例を考えていきます。

77 上司として致命的な「いい人」

日本においては、ハイコンテクスト文化ということもあり、**率直に伝えることは多くの人が苦手としており、「害のあるやさしさ」になってしまうケースが多いと考えられます。つまり「毒にも薬にもならない、いい人」ということです。**

そもそも**「いい人」と呼ばれる場合、相手が何か物足りなさを感じていることが多い**ものです。表面的につき合う相手としてはいいのかもしれませんが、**こういう人が上司であるような場合、何を言いたいのかわからず、チームとしての成果はあがらなくなってしまいます。**

このような場合、気づかいがあるといっても、**気づかっているのは部下ではなく、それ以上に自分であるということ**という点を認識しなければなりません。「**相手を傷つけないように**」**との配慮の一方で、**「**自分が嫌われないように**」**との配慮も働いている**のです。嫌われないように何重にもオブラートにくるんで曖昧に伝えてしまうのです。

そのような場合、**部下は何を伝えようとしているのかよくわからず、行動改善のフィードバックにならないため放置されていることになります。部下にとっては成長の機会が失われることになるのです。**

また、こんな「いい人」もいます。チームミーティングなどでメンバーどうしの**意見の対立が起こると**「**まあまあ熱くならないで**」**と治めてしまうやさしい上司**です。

冷静に議論をするためであればいいのですが、その論点について解決に至らず、**お茶を濁したまま次の話題へ進んでしまう**ような場合は、4象限の「**害のあるやさしさ**」**であり、チーム全体にそうした文化を植えつけてしまう**ことにもなりかねません。

そうしたことを何度か経験させてしまうと、メンバーは有意義な議論をしなくなってしまいます。

78 プライドが高い人への効果的なフィードバック

伝え方ひとつで「不快なダメ出し」か「有意義なフィードバック」か、分かれるため難しいところです。高学歴でプライドが高い人に対してはなおさらのことでしょう。

以前勤めていた外資系のコンサルティング会社でのこと。ある優秀なメンバーが、人前で話す際、**言葉は滑らかに出るのですが抑揚がなく間もとらず、一本調子で話し続ける**傾向がありました。

これでは聞き手がついていけず、途中で飽きてしまうのです。セミナーなどでは、途中から居眠りをしてしまう受講者が多く見られました。

当人もそうした反応はわかっていたはずですが、自分の話が退屈なのだとは毛頭思わず、気にしていない様子でした。当人は人前で話すことに苦手意識はなく、どちらかと言えば話すのが上手いと思っているようでした。

フィードバックするか迷いましたが、**高学歴でプライドが高く、仮にも自分が得意だと思っている点ですから、不用意なダメ出しは逆効果**のように思えました。

そこで「**冒頭でちょっと笑いをとってみたらどう？**」とアドバイスしてみたのです。なぜなら、以前、彼が「話し始めが難しい」という話をしていたからです。私自身も念頭に置いている点であり、この効果を実感してもいたからです。

結果、その一言が上手く伝わり、**それがきっかけでいつもよりメリハリのある話し方となり、受講者の表情は明らかにこれまでとは違った**のです。

この時宜を捉えて「**今日のセミナーは上手く聴衆を引きつけていて見事だった。いつもよりも抑揚もあってリズムもあって、何よりも間の置き方がすばらしかった**」という賞賛のフィードバックをしました。

すると、「間の置き方」というところで彼の「おっ」という反応があり、言いたいことがどうやら伝わったようでした。それからは冒頭での笑いのとり方にも、間のとり方やリズムについてもかなり改善され、気になっていた欠点はすっかり影を潜めてくれました。

もし、フィードバックで気づかいなく、「**べらべらと自分のペースでしゃべるだけではダメだ**」「**ちっとも聴衆を引きつけられていないじゃないか**」と言ったとしたら、反発を受けてまったく無駄になっていたことでしょう。嫌味な上司だと思われて関係も悪くしていたに違いありません。

一方で、過剰な気づかいをして「**とても流暢なしゃべり方でよかったけど、もう少し聴衆の反応を確認しながら話すとさらにいいと思う**」とフィードバックしたとしたら、おそらく真意は伝わらず、「**私は聴衆の反応をしっかり見ているし、しゃべり方が上手いなら問題ないじゃないか**」と思われて終わっていたことでしょう。

つまり、「**害のあるやさしさ**」と「**不快な攻撃**」**のどちらにも陥らないように注意しつつ行ったため、効果的なフィードバックになった**のだと思います。

次の項目では、フィードバックにかかわる失敗体験も１つ披露しておきたいと思います。

79 離職の結果に追い込んでしまったフィードバックのミス

フィードバックのしかたも重要ですが、**タイミングも重要**です。ここでは今回は不幸な結果をもたらしてしまった失敗談を述べたいと思います。

たいへん有望な若手を採用したにもかかわらず、短期間で離職という結果になってしまった時のことが、とても苦い経験として記憶に残っています。

最高学府を出て、有名企業に勤めて5年目の若者でした。かなりの難問を揃えてあった採用選考試験の出来もよく、面接の結果も良好で適性は高いと思われました。

立場としては、下から二番目の職位としての採用でもよかったのですが、**リーダーになった時のためにも、末端の仕事を多少でも経験し、理解しておいてもらいたい**と思い、一番下の職位として採用することにしました。おそらくは1～2年で上がれるであろうし、5年程度で部下を持つようになるだろうとの読みもあってのことでした。

しかし、そのような**期待を持たせるようなことはいっさい言わず、オファーを出しました。**

当人はオファーを受け、入社はしましたが、もっと上の立場で採用されると思っていたのか、あまり表情は冴えませんでした。同じタイミングで採用になったもう一人は学歴や前職でのいわゆる社格ということでは劣ってはいましたが、社会経験や前職での役割や実績の点から、より上の職位として採用したのも、彼のプライドを傷つけたのかもしれません。

彼は末端のメンバーとして、クライアントとの打ち合わせでログをとる役目がありましたが、その役割を「**手を抜いている**」「**態度もあまりよくない**」**との報告**が指導役であるプロジェクトマネジャー（プロマネ）からあったのです。

後から考えれば、このときに一度当人と話しておけばよかったと後悔しています。また、プロマネたちにいったん預けた以上、私からあまり口を出さないほうがいいなどの言い訳のもとに放置してしまったのです。彼の潜在力を信じてもいたし、一通りいろんなプロジェクトを経験した後でゆっくり話そうとも思っていました。

行動すら起こしていないわけですから、私のフィードバックはキム・スコットの4象限で言えば「**害のあるやさしさ**」や「**摩擦の回避**」よりもさらにひどい状態です。

一方で、プロマネたちは遠慮のないフィードバックを常日頃からしていたため、当人にとっては「**不快な攻撃**」になっていた可能性があります。

そうこうするうちに、**当人はプロマネだけでなく、プロジェクトのメンバーたちからも見限られ、孤立した状態になってしまいました。**

あるとき、当人から長文のメールが送られてきて、そこには**自分の役割や指導役のプロマネに対する不満が書かれており、転職の意思で結ばれていました。**

入社5カ月後のそこに至ってようやく当人とゆっくり話をする機会を設け、1時間ほど互いの思いを語り、私の期待もはじめて口にしました。

しかし、時すでに遅し、**当人の長所である向上心や秘めたる自信もすっかり失われ、どこか目もうつろで、活力はまったく感じられない状態**でした。

プロマネから報告を受けた段階で、しっかりと「徹底した正直さ」でフィードバックできていたら結果は違っていただろうと思います。

80 効果的なフィードバックが、普通に行われるためには

ダメな仕事を率直に伝えるのはとても難しいことですが、スムーズに行える状況があります。それは**フィードバックの文化**が備わっている状況です。

4象限の「徹底した正直さ」が発揮できる状況にするために、一人ずつにフィードバックの教育をしていくことは得策ではありません。

当たり前にそれができるフィードバック文化を組織に醸成することで、誰もがためらいなく「徹底した正直さ」を発揮できるようになるのです。

そのような文化を醸成するためには、何よりも**上司自身が進んで耳の痛いフィードバックを受けるようにする**のが早道です。つまり、「**私が間違っていたら教えてほしい**」

と心から言えるかどうかにかかっています。

キム・スコットも、「**徹底した正直さ**」を発揮できる文化を築くには、「**まずは部下から上司である自分を批判してもらうほうがいい**」と言っており、その理由として次の3つを挙げています。

- **第1に、批判を歓迎することで、あなた自身もよく間違えるということを自覚していることや、間違っていたら教えてほしいと思っていること、反対意見を歓迎していることを周囲に示すことができる**
- **第2に、自分自身について多くを学ぶことができる**
- **第3に、批判されるとどんな気持ちになるかがわかる**

また、フィードバック文化を醸成する出発点としては、**組織に好循環を起こす優れた見本**が重要です。

例えば、ある優れたリーダーが率直なフィードバックをして、そのフィードバック

を活かして当人が結果を出せば、信頼関係は深まり、さらに率直なフィードバックをすることができる。

このように、上司と部下との関係は上手く行き始めると好循環が生まれます。

さらに、上司と部下の関係性に留まらず、チーム全体に対しても、1つの見本として好影響を与えます。そうして**組織全体としての文化が醸成される**のです。

一方、**悪い関係は悪循環を起こします。**

十分な信頼関係がない状態だと率直なフィードバックのつもりが「不快な攻撃」になってしまい、それによって関係はさらに悪化し、より一層、率直なフィードバックが行えない状況になり、やがて対話も少なくなり、上司・部下の関係もそうですが、チーム全体にも悪影響を及ぼしてしまいます。

残念ながら良い影響より悪い影響のほうが、影響力が大きいのです。

「ネガティブ・バイアス」と言われるもので、ネガティブな出来事はたった1つで大きな影響を及ぼし、いとも簡単にチームに悪循環をもたらしてしまいます。

一方、好循環を起こすには、多くの継続的でポジティブな働きかけが必要となるのです。

まずは、悪循環の流れを断ち切ることから始めるのが得策でしょう。

81 なぜ、リーダーは失敗談をすべきなのか

率直にフィードバックし合える文化を醸成するうえでは、リーダー自らが失敗談を話すことが有効です。リーダーが率先して弱みを見せることで、**「失敗は誰にもあることで、そこから学べばいいんだ」**と失敗を恐れなくなるという効果も期待できます。そうなれば厳しいフィードバックも受け入れやすくなります。

また、そもそも失敗談の場合、誰もが興味を持って聞くことができるので、訴求力が高いという点も大きいと思います。

失敗談を学校の授業のような形式で披露するテレビ番組がありますが、失敗談だからウケるし、共感を覚えることができるのでしょう。

成功談であっても、**失敗談から入る成功談であれば、「そういう試練を経て、ようやく成功が掴めたんだなあ」と共感が得られる可能性はあります**が、何事もとんとん拍子で順風満帆に歩んできた、才能があって、運に恵まれた人の自慢話など、誰も聞きたくないのではないでしょうか。

失敗談だからこそ、興味を持って聞けるし、共感が得られやすく、教訓も得られるのです。

ではなぜ、自分の失敗談を話すリーダーはそれほど多くはないのでしょうか。

そもそもそうした経験が少ないという人もいるでしょう。チャレンジしなければ失敗もありません。**大きな失敗は、大きなチャレンジの結果です。**

上から言われたことだけを無難にこなしてきただけでは、失敗体験と言えるほどの体験は積めないものです。

大きな失敗をした経験があったとしても、自分の失敗は恥ずかしくて話せないと思うかもしれません。

リーダーの立場であれば、**「メンバーにバカにされるのではないか」「権威が落ちるのではないか」「情けないリーダーにはついてきてくれないのではないか」**などの懸念もあるに違いありません。

だからこそ、**自らのイタい話を赤裸々に話してくれるリーダーには親近感が持てるわけですし、人間的な魅力を感じやすい**のです。

82 難易度が高い「褒めること」と「叱ること」

ここまでフィードバックについて述べてきましたが、**フィードバックとはより平たく言えば「褒めること」と「叱ること」**と言えます。

昔も今も、これらはとりわけ重要な要素で、管理職にとっての「きほんのき」ですが、研修などの際に管理職の人たちに聞いてみると、**どちらも苦手**という人が常に最多です。

どちらか一方が苦手というケースについては、以前は**「叱ることはできても褒める**

ことがなかなかできない」という人が多かったのですが、それが逆転し、**昨今では「褒めることはできるけど、叱ることができない**」という人が多くなっています。

「褒めること」と「叱ること」、両方とも難しさがあります。

1つの障壁は「褒める」「叱る」のイメージにあるように思います。歯の浮くようなことを言って褒めちぎることはなかなかできるものではありません。「褒める」のイメージがそうだとすると、実行のハードルはとても上がってしまいます。

そういう私も「叱る」のイメージゆえ、リーダーの立場になった当初は叱る、注意するということが本当に苦手でした。

私の入社時の上司は、ややカッとしがちな人で、人を殴ったりはもちろんしませんでしたが、物に当たる傾向がありました。ごみ箱を蹴ったり、机の上の物をなぎ倒したりしてはかなり華々しく怒っていました。現在であればおそらくアウトな行為でしょう。

当時はさほど大きな問題とは捉えられていませんでした。そういうことのできない私は、何かしらうらやましくも思っていたくらいです。

そんな私もメンバーを叱ることができるようになったあるきっかけがあります。

クライアントである、ＩＴ企業の部長でとても穏やかな人がいました。

しかし、部下の人たちに彼について聞いてみると、「とても厳しい人です」と皆が異口同音に言うのです。強い口調で叱ったりしそうにないのに、どういうことだろうと、当人に聞いてみたところ、**「私は声を荒らげたりはしませんが、静かに穏やかに、必要なフィードバックはきちんとするようにしています」**と教えてくれました。

なるほど、そういう叱り方があるのかと思い、早速私も実践してみました。当初は半信半疑、穏やかに厳しいことを言ったところで言いたいことが伝わるのだろうかと思っていました。

実際やってみると、普段は比較的ソフトに接するほうであるだけに、相手の気持ちにも配慮しつつ穏やかに、しかし、指摘するべき点は確実に指摘するようにしたところ、思った以上に効果がありました。

このやり方は自分としてもしっくりいくもので、その後の自分のスタイルとなり、厳しいフィードバックを躊躇なくできるようになったのです。

当初、自分で描いていた「叱る」のイメージを引きずっていたのなら、**未だに叱ることはできず、組織のリーダーとして未熟なままであった**と思います。

チャレンジや交渉などもそうかもしれませんが、何かすべきことができない、というような場合、イメージが邪魔をしているかもしれません。イメージを少し変えるだけで意外とすんなりと行動を起こせることも多いのではないでしょうか。

83 人によって言い方を変える

褒めたり、叱ったりするときにも、人によって言い方を変えることができれば、より効果的です。**普通に褒めたり、叱ったりできるだけでなく、メンバーの特性に合わせてそれができるリーダーは、かなり優れたリーダーです。**中には、意識せずともやっているという人もいるに違いありません。

たとえば、いじられたがりのメンバーに対しては「ほんとにバカだな」とか、「少しはプレッシャーを感じろよ」などと言っても笑いに変えることができます。

しかし、**人や状況を間違えるとたいへんよろしくないので、相手をよく理解することと共に、日頃から信頼関係を築いておくことが重要**です。

前述のキャリアアンカーにも通じますが、仕事の質にこだわっている人に対しては「**いい仕事してるな**」とか、「**こだわりがよくわかるよ**」は最大の褒め言葉になるでしょう。そのような人にもう少し頑張ってほしいときには「**おまえだったら、こんなものじゃないだろ**」という叱り方は有効かもしれません。

場合によっては、**叱ることよりも褒めるほうが求める行動を起こしてくれる可能性もあります**。日頃主張が少なく、もっと発信してほしい人に対して、何かちょっとした行為を見つけて「抜群の発信力だな」と言うことで、そうした行動に拍車がかかるということがあります。

この点については、私自身も実体験がありますので次の項目で紹介します。褒められた人の心理と行動の変化を意識してみてください。

84 「褒めること」が、その人の将来すら変える

私はこれまで10冊ほどの本を書いてきましたが、もともと書くということには苦手意識がかなり色濃くありました。

しかし、あることをきっかけに文章を書くということに興味がわき、自信もつくようになったのです。ほんの小さなきっかけでした。

前職の会社に入りたてで下っ端のときに、ある報告レポートを作成して上司のところへチェックを受けに持って行きました。この上司というのは、前述した通り少々怒りっぽいところはありましたが、たいへん優秀な人であり、尊敬していた人です。厳しい上司でしたので強烈なダメ出しが来るのではないだろうかと思っていましたが、

私の書いたレポートを読みながら「**なかなか文章が冴えてるな**」と独り言のように言ったのです。

「えっ」と、聞き違えだろうと思いましたが、もう一度、今度は私のほうを向いて「君はなかなか冴えた文章を書くね」と言ったのです。

まさかと思いましたが、尊敬する上司がそういうのだから「何かそう思わせるような点があるのだろう」と受け止めました。

それ以降、その上司の一言で大きな変化が起きました。調子に乗りやすい私は「**自分はもしかしたら文章が上手いのかもしれない**」と思い始め、どうせなら文章が上手くなりたいと思い、文章術の本を片っ端から読み、名文家と言われるような作家の随筆や小説を読み漁りました。

そして、それまで意識したことはなかったのですが、少しでも読みやすく、わかりやすい文章を書こうと、その時から急速にそういう思いが芽生えました。

あのときの上司はもしかしたら、「**もっとまともな文章が書けないのか**」という叱咤としてそう言ったのかもしれません。そうだとすると、まんまとそれに乗せられて文章を勉強し、だいぶましな文章が書けるようになり、自信もつき、ついでに文章を書くことが好きにもなったのです。

その上司の一言がなかったら、その後、人事情報誌に論文や記事を書くこともなかったであろうし、ましてや本を出そうなどと思わなかったことは疑いないところです。

私は**ほんの一言の褒め言葉が人生を変えることがある**と実感したのです。

それ以降、他者に対しても**発見した優れた点、特に本人があまり意識してなさそうな点は、どんどん褒めるようにしてきました**。

１つの点を研究者のごとく追求する傾向の強かったメンバーには「君はコンサルよりも学者向きだな」と言ったことがあります。そのメンバーはその後、大学教員の道に進んだのは、その一言の影響もあったのかもしれません。

フィードバックのしかたひとつで、仕事のみならず、人生をも変えてしまうのです。

おわりに

正直に吐露《とろ》すると、今回は、書き始める前の想定と、書き終えた後の内容とでは、大きな違いがありました。書き始める前は、テクニック的な内容になるのではないかと思っていました。ハイパフォーマーたちは話すことに優れているので、きっと秘訣があり、それらの共通点をまとめれば意味のある発信になるはずだと思っていました。

しかし、書き進めるに従って、少々様子が異なってきたのです。どうやら、話が上手いと思える要因は、そういった点とは違うところにあることがわかったのです。

ハイパフォーマーが話すことに長けている要因は、そもそも話すことの目的をどこに置くかということであったり、論理よりも感情を重視した伝え方であったり、もっと深いところにあったのです。小手先のテクニックに走ってしまえば、かえって目指すところからは遠ざかってしまうことにも気づきました。

私自身、発見のプロセスでもあったわけですが、そこにたどり着いて改めて話すことの本質的な点に気づきました。それと共に、それらの本質的な点さえ獲得すれば、誰にでもできることだと実感することができました。

話すことについての正しいイメージや考え方さえ身につければ、ハイパフォーマーが実践しているような、信頼される話し方は誰にでもできるのです。ハイパフォーマーは仕事の中で試行錯誤する中で、そうした本質的な点にたどり着いていたのです。

本書を読み終えて、話すことに関しての本質的な観点を獲得いただいた後は、とにかく対話量を増やしてみることをお勧めします。

本書の中で、雑談の重要性に触れた箇所でも述べていますが、人生を豊かにするうえでは対話は欠かせません。それは濃密な関係の人との深い対話である必要はありません。薄い関係の人たちとの何気ない対話で十分なのです。

まずは気負わずに軽やかに話し始めることが重要ではないでしょうか。そうすることで、きっと対話の楽しさやその効果を確認できるはずです。

そういう私もまだまだ途上なので、本書の中でも紹介した、スポーツクラブでの年輩の方々を見習って、話しかけられやすいよう、また、自らも言葉を発しやすくするように日頃からできるだけ柔和な表情をつくることから始めようと思います。

本書の執筆を終えてみて、話し言葉ではなく、書き言葉の場合にはさらに、相手に届くように書くことは容易ではないことを実感しました。相手が目の前にいないのですから当然です。理解いただいているか、共感いただいているか、表情から読み取って、書き足すことができないわけですので、想像を働かせるしかありません。

自分としてはこのように書けば届くであろうと思い書き進めるわけですが、編集者からの指摘を受けてはじめて、「なるほど、確かにこれでは意図するところが読者に伝わらない可能性があるなぁ」と反省することが幾度もありました。担当編集者の田中隆博さんにはたいへんお世話になりました。この場をお借りし、御礼申し上げます。

２０２３年８月

相原孝夫

参考文献

キム・スコット／関 美和（訳）［２０１９］『GREAT BOSS』（東洋経済新報社）
ケイト・マーフィ／篠田真貴子（監訳）／松丸さとみ（訳）［２０２１］『LISTEN』（日経ＢＰ）
クリスティーン・ポラス／夏目 大（訳）［２０１９］『Think CIVILITY』（東洋経済新報社）
ジェニファー・アーカー他／神崎朗子（訳）［２０２２］『ユーモアは最強の武器である』（東洋経済新報社）
ジル・チャン／神崎朗子（訳）［２０２２］『「静かな人」の戦略書』（ダイヤモンド社）
中島義道［１９９７］『〈対話〉のない社会』（ＰＨＰ新書）
勝浦雅彦［２０２２］『つながるための言葉』（光文社）
相原孝夫［２０１４］『ハイパフォーマー 彼らの法則』（日本経済新聞出版）
相原孝夫［２０２１］『職場の「感情」論』（日本経済新聞出版）

Yes, You Can Learn to Sell by Heidi Grant, February 19, 2013
What I Learned Watching 150 Hours of TED Talks by Carmine Gallo, April 11, 2014
Storytelling Can Make or Break Your Leadership by Jeff Gothelf, October 19, 2020
Leaders, Don't Be Afraid to Talk About Your Fears and Anxieties by Lauren C. Howe, Jochen I. Menges, and John Monks, August 18, 2021
The Art of Persuasion Hasn't Changed in 2,000 Years by Carmine Gallo, July 15, 2019
What the Best Presenters Do Differently by Carmine Gallo, April 27, 2022

【著者紹介】

相原　孝夫（あいはら・たかお）

◉――人事・組織コンサルタント、作家。株式会社HRアドバンテージ代表取締役社長。早稲田大学大学院社会科学研究科博士前期課程修了。マーサージャパン株式会社代表取締役副社長を経て現職。コンピテンシーにもとづく人材の評価・選抜・育成および組織開発に関わる企業支援を専門とする。

◉――職場で他者の模範となり、継続的に高い成果をあげている人材である、ハイパフォーマーへのインタビューを30年以上続けており、これまで延べ3,000人以上を調査・分析している。

◉――著書に『ハイパフォーマー 彼らの法則』『職場の「感情」論』（以上、日本経済新聞出版社）、『図解戦略人材マネジメント』（東洋経済新報社）ほか多数。

人望《じんぼう》が集《あつ》まるリーダーの話《はな》し方《かた》

2023年９月20日　　第１刷発行

著　者――相原　孝夫
発行者――齊藤　龍男
発行所――株式会社かんき出版
東京都千代田区麴町4-1-4 西脇ビル　〒102-0083
電話　営業部：03(3262)8011㈹　編集部：03(3262)8012㈹
FAX　03(3234)4421　　　振替　00100-2-62304
https://kanki-pub.co.jp/

印刷所――ベクトル印刷株式会社

　ISBN978-4-7612-7692-8 C0030